九州

NovoLand ·

登云

唐缺

著

北京联合出版公司
Beijing United Publishing Co.,Ltd.

图书在版编目（CIP）数据

九州·登云 / 唐缺著 . -- 北京：北京联合出版公司, 2021.2

ISBN 978-7-5596-4754-2

Ⅰ.①九… Ⅱ.①唐… Ⅲ.①长篇小说—中国—当代 Ⅳ.① I247.5

中国版本图书馆 CIP 数据核字 (2020) 第 243229 号

九州·登云

作　　者：唐　缺
出 品 人：赵红仕
责任编辑：徐　樟
封面设计：吴黛君

北京联合出版公司出版
（北京市西城区德外大街83号楼9层 100088）
北京新华先锋出版科技有限公司发行
涿州汇美亿浓印刷有限公司印刷　新华书店经销
字数208千字　787毫米×1092毫米　1/16　15印张
2021年2月第1版　2021年2月第1次印刷
ISBN 978-7-5596-4754-2

定价：49.00元

目　录

1 ·

楔　子

昏黄的灯光下，那些满身尘土的书生围住了那块石碑。他们个个看起来疲惫不堪，双眼布满血丝，显然是经过了漫长的旅途跋涉才来到这里。但在这块石碑跟前，他们心无旁骛，看着那上面的碑文，所有人的眼神中都充满了期待。

"行了，看得差不多了吧！"石碑的卖家不耐烦地说，"要不要？要的话，买了回去慢慢看个够。"

"我们要了，"领头的书生说，"多少钱？"

卖家看看书生急切的神情，眼珠子骨碌一转，报出了一个他自以为的高价："一百两！少了这个数不卖。"

他做好了对方还价的准备，却没料到书生毫不犹豫地点点头："成交。"

后悔已经来不及了。他只能收下用散碎银两乃至铜钱凑足的一百两，看着那些文弱的书生一齐动手，吃力地把石碑抬走。

一百两买一块破石头？他们怎么会这么看重这块石碑？他禁不住想。只可能是为了上面的那幅图，以及图下面曲里拐弯没人能看得懂的奇异文字。但虽然那幅图看起来很古怪，甚至可以说很吓人，也不至于能值那么多吧？这些读书人，一定是发疯了。

他禁不住悄悄回头，看着那些读书人的表情。他们都很兴奋，但在兴奋中，却又蕴藏着某种黑色的恐惧，就像是在恐惧着某种极度危险的诱惑。那种比夜还深沉的恐惧把他吓坏了，他收好银子，三步并作两步赶紧离开。

第二天清晨。

县令邓清风烦躁地醒了过来，面对令他厌恶的早晨。那些没什么水准的坊间小说作者瞎编故事时，总是很喜欢用"一觉醒来"这四个字来推动下面的情节。有些人一觉醒来身陷囹圄，有些人一觉醒来家破人亡，有些人一觉醒来丢了官，有些人一觉醒来戴了绿帽子。总而言之，一切的坏事，大抵都喜欢选择在你睡觉的时候发生，仿佛黑夜就是所有罪恶与不幸的根源。

邓清风就很讨厌"一觉醒来"。作为一个小小的县令，醒来就意味着上堂，上堂就意味着无穷无尽的麻烦。东家丢了猪，西家丢了儿子，南家掰了北家窗台上两瓣蒜，诸如此类的琐碎官司搅得他头昏脑涨。但是为了那份微薄的俸禄，他仍然不得不硬着头皮顶下去。兼之卫原县僻处西疆沙漠边缘，物产贫瘠、民生凋敝，就算想刮油水也找不到下手之处，做了几年县令，他别的没攒下来，倒是攒了一肚子火气。

所以这一天清晨，当看到老婆昨晚刚刚晾上的衣物又被狂乱的夜风铺上一层黄沙时，邓清风的心情格外恶劣。他黑着脸坐上堂，挥袖拂去桌上的尘土，打定主意不管第一个案子是什么，他都要找茬把对方骂上一顿，能打几板子更好。

等看到人时，他的怒火更盛。那是城里廉价小客栈"朋来居"的老板，三天两头就会用一些鸡毛蒜皮的小事来烦他。他手里抓起了签子，准备对方一旦有话没说好就先把他打一顿。

"今天是你家后院的鸡被偷了还是看门的狗被宰了呢？"他咬牙切齿地问。

"都……都不是……"老板看来惶恐不安，牙关上下打架，脸色比沙子还黄，"死的是、是人！"

"人？"邓清风一愣，有点没反应过来，"死人了？什么人？"

"旅客，十多个昨天刚刚住进来的旅客，"老板带着哭腔喊道，"他们全死啦！"

"全死了？"邓清风脑门上的汗珠立马滚滚而下。能一气杀死十多个人的罪犯必定穷凶极恶，就他手底下那几块料，怎么可能捉得住？

幸好老板接下来的那句话让他吃下了定心丸："不是……看上去都是自杀的！"

自杀那就好办多了。但毕竟十几条人命非同儿戏，邓清风还是得亲自过去瞅瞅。

十四个外乡客衣着寒酸、行李简陋，但从头巾可以看出都是读书人。此刻他们一个个横尸于狭窄的客栈房间中，口鼻流血，显然中了剧毒。

"鹤顶红，一人几滴就够了。"仵作汇报。

"从现场看，没有任何打斗挣扎的痕迹。死者也留有遗书，言明是自杀，但没有说明理由。"负责勘查现场的捕头说。

邓清风没有搭理他，视线完全被房间中的一样东西吸引住了。

"这是什么东西？"他禁不住问出了声。

在这些读书人的尸体中央，赫然放着一块沉重的石碑，石碑表面的磨损程度以及装饰花纹显示了它的古老。但人们也许永远也无法知道碑文的内容了，因为那些文字或者图案已经全部被铲平，半点痕迹都没能留下。从死者们手上的血泡可以看出，这些四体不勤的读书人花费了多大力气来完成这一工作。

"这些人什么时候来的？石碑是他们带过来的？"邓清风问。

老板赶忙回答："昨天中午，石碑是晚上有人送来的，我担心压坏我的地板，还不让他们进呢。后来他们答应多付……"

"什么人送来的？"

"一对姓毛的兄弟，都是盗墓贼。我偷听到他们说话，石碑是他们从一个古墓里挖出来的，那些读书人，就是跑过来买石碑的。"

衙役正好在其中一个死者的包袱里翻出一枚书签，邓清风接了过来："麓华书院？那可是在东海边啊！他们从东往西穿越整个中原，就是为了买块石碑？"

还没容他想清楚，下一样翻出来的东西令他的眉头当即紧紧皱了起来。那是一枚铁青色的指环，上面刻有云纹图案。

"麻烦大了……"他喃喃自语着，"这帮孙子都是拜神的人。"

所谓拜神的人，是近年在中原出现的一个神秘教派，正式名称叫"登云会"。他们笃信在九天之上，有所谓天神的存在，并且天神终有一天会降世，带他的信徒去往永生的神界。这种荒诞不经的言论原本可笑至极，只应当去蒙骗那些连自己名字都不会写的无知愚民，但奇怪的是，许多有学识、有身份的人也信了。或者说得更确切些，似乎越是有学识、有身份的人，越相信这个诡异的教派。该会虽然人数不多，声名不著，但其中的每一个人却都不容小觑。

所以朝廷与众属国认为这绝不仅是单纯的教派。那么多有身份的人聚集在一起拜神，明显是个幌子，显然其中包藏着不可告人的阴谋与野心。但该教派势力太大，朝廷轻易不敢去动，尤其这些人一直克制隐忍，没有做下任何授人以柄的事情，这更让人不安。这些年来双方没有明争，却暗斗不止，下级官员们也都心中惴惴。

如今十四个登云会的妖人一股脑死在自己治下，万一传出去，无论哪方面有问题都是天大的麻烦。危急关头，邓清风的头脑反而冷静下来，毁尸灭迹、封锁消息、抓捕那对姓毛的兄弟灭口……这些都是必须要干的事情。头上这顶乌纱帽虽小，毕竟也是稳定的饭碗，万万丢不得。

他分派着任务，忧心忡忡地祈求这件该死的破事千万别传出去。等到捕快们分头去办理了，他才得空想到这一点：

这些妖人为什么要自杀？石碑上究竟刻着些什么？

这无疑是两个十分让人头疼的问题，但幸运的是，这也是两个和邓清风的脑袋与饭碗半点关系都没有的问题。所以当善后事宜一件件处理妥当后，他也就不再关心这些细节了。在这个不太平的年月里，江湖仇杀与诸侯国间的战争每天都会导致无数条鲜活的生命化为乌有，死掉十四个读书人，原本算不得什么大事。一两个月之后，人们慢慢地淡忘了这桩奇案。

第一章
神　子

1

这间石室里除了一个巨大的药池外并无他物，在火把的照耀下可以看清，池内药水的颜色漆黑如墨，表面不断泛起古怪的泡沫，散发出刺鼻的恶臭，其中还隐隐夹杂着血腥味。一个身穿白色长袍的人站在池边，一动也不动，恍如雕像。

忽然之间，池水起了剧烈的波动，水面被分开，十多个黑乎乎的人影从池里钻了出来。他们身上都沾着腥臭的药水，却顾不上擦拭，上岸后的第一个动作就是齐刷刷跪在白袍人面前。白袍人却不以为意，只是淡淡地点点头："很好，你们都复活了。还记得你们要做的事情吗？"

"绝不敢忘！"跪在地上的人回答得很整齐。

"你们会把自己要做的事透露给别人吗？"白袍人又问。

"宁可断舌！"仍然是干脆整齐的回答。

白袍人满意地点点头，不再多看他们一眼，转身向石室的大门走去。来到门口时，他停住了脚步。

"去吧，都往北谅山而去，"他的声音充满了不容抗拒的威严，"用你们的生命，证明你们对教主的忠诚吧！"

他大步走了出去，抬头看着乌云密布的夜空，月光正透过浓云的缝隙，洒下点点阴郁的银白色。白袍人久久凝视着看不见星光的天幕，嘴里喃喃自语着："北谅山……北谅山……"

他背在身后的双手，不知何时已经紧握成拳。

与此同时，北谅山中。

北谅山正在走近万物复苏的三月。但就在这一个月里，北谅山里却相当不太平，发生了一件大事和一件更大的事。那一件大事是朝廷征兵征到了北谅山；更大的事则是，一个小木匠摔下了悬崖。

事情就从小木匠摔下虎头崖的那个黄昏开始。当他像一块秤砣一样坠下深渊时，夕阳的红光还未散尽，三陇村中炊烟袅袅，村民们和以往的每一个傍晚一样，等待着自己在外玩耍的小孩回家吃饭。没有人想到，一个等待了十六年的恐怖阴谋就以这样的意外拉开了序幕。

平静的氛围是被村头传来的哭叫所打破的："有人滚到山崖下边去了！"家长们当即蜂拥而出，急惶惶将那个跑回来报信的小孩揪住："谁？谁掉下去了？"

但吓傻了的孩子除了大喊大叫"有人滚到山崖下边去了"，再也说不出别的话。人们不再浪费时间，沿着满是碎石的小路拼尽全力向着虎头崖跑去。

最后的答案也不知道应当算是好消息还是坏消息：孩子们全都安然无恙，那个滚落悬崖的并非幼童，而是村里的小木匠。对于此人的死，人们甚至都不愿意在脸上伪装出一丝悲戚，但那随之而来的可能的后果足以令任何人心头发颤。某种程度上，或许他们甚至宁可死的就是自己的儿女。

"是祸躲不过。"村长面色凝重，开始分派人手去寻找他，"不管死活我们总得确认一下。"男人们一个个唉声叹气，饭也顾不得吃，准备好攀下悬崖的工具，在天黑前赶到了虎头崖。他们忙不迭地垂下绳索，开始搜寻。虎头崖地势险峻，悬崖下则是一片一人高的茂密草丛。但人们寻遍了草丛中的每个角落，不少人被锯齿状的草叶割得流了血，也始终是生不见人，死不见尸。小木匠就像一滴落入山涧的水珠，再也找不着了。

回到村里的时候已经东方发白。通宵未睡的村民们这才顾得上打孩子泄愤，一片杀猪也似的哭号声中，村长发话了。

"一切都是天命所定，"他叹息着，"上天要把那团莫名的火球扔到这里，又要安排我们捡到那个奇怪的孩子，现在再安排他死去。"

村长闭上眼睛，十六年前的夜晚又一次浮现于记忆中。那道点亮整个夜空的邪恶的光芒，那几声震耳欲聋的剧烈爆炸，那片被夷为平地的山坡，那些可怜的祸从天降的死难者，那个半点伤都没有受的古怪来客，以及他手中抱着的婴儿。十六年来，这些场景和那个婴儿身上闪动的妖异光芒一道，无时无刻不在他眼前晃动着，让他不得安宁。

"但愿一切都这样过去吧！"他说。

2

小木匠滚落山崖的经过如下：下午的时候，他一个人跑到虎头崖的山坡上晒太阳，不知不觉睡着了。到了临近黄昏时，忽然额头上一痛，醒了过来。原来是村中顽童相互抛掷石子玩，却不小心打到了他脑袋上，还磕出了血。

小木匠劣迹斑斑，其中之一便是不分大小，睚眦必报。在肇事顽童的惊叫讨饶声中，两人一追一逃，在悬崖边乱窜。其他小孩对此场面见怪不怪，自然也无人敢上前阻止，只能悄悄扔点东西给他使绊。理论上，身经百战的小木匠不会在这种状况下失去平衡，更没理由向着悬崖边摔下去，但他摔了。直到这厮惨叫一声消失于视野之外，孩子们才开始闹嚷着往回跑。对于小木匠出事，他们与其说惊慌，倒不如说幸灾乐祸。

北谅山是北方有名的高峻山脉，位于山脉西麓的三陇村偏僻、闭塞、贫困，但通常情况下也饿不死人，这一点和绝大多数位于大陆北面的普通山村没什么两样。三陇村有一些很讨厌的人，总是给村民们带来困扰，这一点也和其他山村差不多。

小木匠就是全村最招人讨厌的家伙。没有人乐意找他做木工活儿，但其父安木匠死后，村里实在找不出第二个木匠了，而离此最近的邻村也要走上四五个时辰的山路。

"随你们的便，"小木匠白眼一翻，"爱打不打，不找我可以去邻村。"

多数人在这种摆明了要无赖的威胁之下都被迫妥协了，但村西的牛大力却真的再也不去找他，宁可吭哧吭哧爬山路。去年冬天，牛大力家屋顶的瓦片破了，他踩着梯子上去换瓦片，梯子却离奇断裂，若不是当时他还没爬多高，只怕已经丢了小命。

牛大力一面捂着屁股哼哼唧唧，一面检查梯子，这一查差点把他生生气死。原来梯子上的所有铁钉都被换成了锈蚀不堪的旧钉子。而梯子上一次检修时，钉子明明都还是新的，修梯子的小木匠自然有重大嫌疑。

牛大力怒气冲冲地扛着梯子去找小木匠，小木匠正缩在火炉旁喝着茶，听完牛大力的血泪控诉，懒洋洋地摇摇头："证据。"

"放屁！这还需要什么狗屁证据！"牛大力两眼冒火，"除了你，还有谁能碰到这梯子？"

小木匠继续摇头："没证据？那就不关我的事了。没准是放久了自己锈掉的，没准是你故意换了钉子来讹我的。"

谈话进行到此显然已经失去了意义。牛大力揪住小木匠的衣领，不费什么劲就把他扔出门去。随着一声从村头到村尾都能听到的惨号，小木匠在雪堆上卖力地打起滚来。不久大夫的诊断结果出来了，虽然小木匠浑身上下除了一些表皮擦破外并无明显外伤，但他始终说腰疼得厉害，可能是伤到了骨头。牛大力为此不得不赔了小木匠一笔汤药费，其价值约合三架新梯子，换算成钉子就不知道是多少了。

这只是从小木匠诸多光荣事迹中信手拈出来的一件，其他诸如偷工减料、拖延工期、偷鸡摸狗之类不胜枚举。按照北方山民们的彪悍民风，这种人被乱棍打死都算是轻的，但除了牛大力等极个别缺点心眼的，没有任何人敢动小木匠。几乎每回的村务会上都有人提出驱逐他，但最终没有一次成功执行，因为所有人都害怕，害怕隐藏在小木匠背后的某些事物。每当人们回想起十六年前小木匠到来的情景时就会冷汗直冒，从心底泛出深深的寒意。那个夜晚发生的事情，恍如一场挥之不去的梦魇，多年后仍然在目击者们的脑海里不断浮现。随着这场梦魇而来的小木匠，充其量算得上是个添头罢了。

他们不知道的是，"添头"并没有真的打算摔下崖去。他成天在此处转悠，对于崖边地势早已了然于胸。失足的那一刹那，他已经扯住了垂于悬崖边的一根粗藤。根据他之前的测试，这根粗藤足以承受五六个小木匠的分量。

然而小木匠还是摔下去了，因为粗藤在他到来之前已经莫名其妙地断掉了，他自信满满地伸手一拉，却完全没有着力之处，自然也无法止住下坠之势。这一意外变故导致他之前的计划全盘落空。我怎么那么倒霉？半空中下落的时候，他在心里愤愤地骂着。

但事情的确发生了。他能清楚地感受到那无可阻挡的下坠之势，以及在身边呼啸而过的山风。在想到这般跌下去会有什么后果之前，他就已经吓晕了。

这之后发生了什么他完全不知晓，但在昏迷中，他却再度进入了那个缠绕他多年的梦境。这个梦从他记事开始就不断地在夜晚浮现，一次次在黑暗中占据他的头脑。但这一次，在亲身体验了从高处下坠的恐怖感觉后，这个梦中的一切细节却变得分外清晰。

——他在飞翔。在那些一遍遍重复的梦境中，他总是飞在高高的云端。他的背上有一对宽阔而健硕的翅膀，在白色的云层中有力地挥动着。在他的身畔，还有无数和他一样长着翅膀的人，自由地、无拘无束地在天空中飞翔，如风般雄壮，如阳光般耀眼。

他们划过蓝天，掠过太阳，大地在脚下显得那么渺小。他甚至能看到地面上，那些没有翅膀的普通人，跪在地上，向着他们顶礼膜拜。

那是个多么美丽的梦，甚至令他每次醒来时都不愿睁眼，只希望能再多回味一刻那种感觉。但最终他还是会醒来，发现自己正躺在家中窄窄的木板床上，当视线渐渐习惯了黑暗之后，那些粗陋的家具慢慢回在了眼中，鼻端是一阵阵轻微的霉味和糙米饭的焦煳气息。老木匠正在隔壁酣睡，响亮的鼾声透过薄木板墙钻入耳朵。这样的巨大反差，每每令他的心一阵紧缩，怅然、愤恨、失落、哀伤……种种复杂的情绪混合在一起。

然而这一次不同，醒来时，眼中所见到的不是熟悉的房间，而是……星星。他似乎正躺在野外，面朝着天空。他缓缓支起身子，冷不防右手一下按了个空，险些失去平衡。定睛一看，小木匠差点吓个半死：他竟然身处一棵大松树的枝丫上，而这株松树并非扎根于泥土中，而是从危崖上探出，悬于万丈深渊之上。他赶忙死死抱住身下的枝丫，生怕一不小心跌下去摔成肉泥。

这时他才慢慢想起之前发生的事，想起自己是如何掉下来的，不由得一阵迷糊。自己分明是从虎头崖坠下的，但此处却是与虎头崖遥遥相对的凤仙岭——难道真的是飞过来的？

还没来得及高兴，身边已经响起了一个陌生的声音："我带你过来的。"

他赶忙回头，才发现身边更高的一根树枝上，还坐着一个人。此人看来四十岁左右，眼神像刀锋般锐利，但那张总是带着笑意的脸却又令他看来很和善。

小木匠仰起头喊道："喂，是你救了我？"他话虽如此问，语气却好似是他救了别人。

"可以这么说。"对方回答。

"什么叫'可以这么说'？"

"因为你想要抓的那根粗藤是我故意弄断的，所以我虽然接住了你，也算不上是救你。"这个面相和善的男人一面说，一面晃动着手指，上面缠绕着一根极细极长的透明绳索。

小木匠瞠目结舌地看着那根绳索，过了好半天才哼了一声："我就说一定有人偷偷捣鬼……喂，有吃的吗？"

对方笑意更浓："我还以为你会跳起来揍我一顿。"

小木匠撇撇嘴："第一，我现在饿得没力气了，要揍人也得先吃饱；第二，就算有力气，我也一定打不过你。"

男子点点头，扔过来一块又冷又硬的面饼。

"第三，打不过没关系，你会慢慢找机会偷袭我，或者用别的办法报复我，对吗？"男子悠悠地说。

小木匠愣住了，费力地咽下嘴里干硬的面饼："你怎么知道？我可从没见过你。"

男子反问："你叫安赐，十六岁，家住村西第四间屋，三陇村唯一的木匠。父亲老安木匠于四年前去世，旁人都叫你小木匠，对吗？"

小木匠死死盯着他，并不回答。男子又说："你从小到大就莫名其妙地受人歧视，大人不愿亲近你，同龄人都躲着你，连你父亲也不愿意和你多说话。所以你生性顽劣，专喜挖空心思与人作对，已经成了村里一害，对吗？"

小木匠忽然笑了起来："所以我现在不叫安赐了。赐不就是送的意思吗？我觉得我不像是送来的，倒像是被当成垃圾扔在这儿的，什么赐不赐的，不合事实，但我自己想改名，又觉得叫'安扔''安丢'实在太难听。后来我问了村里的私塾先生，他教了我一个字，我觉得蛮顺口的。"

"什么字？"

"弃，'抛弃'的'弃'，也就是扔的意思，"小木匠说，"所以现在我的名字叫安弃。"

"我叫丁风。"

"管你叫什么……你把我这个小木匠抓到这儿来，想要干什么，请我给你打副棺材吗？"小木匠当此险境，又不知对方底细，嘴上却不肯稍微收敛一点。

丁风居然一点都不生气："我如果死了，曝尸荒野也就是了。我只是不想让你给自己准备一副棺材。你的这个计谋，充其量能瞒住那些愚昧的山民，要躲过想抓你的人，可不容易。倒是整个三陇村的人，都被你害死了。"

小木匠安弃脸色大变，下意识地想要退后两步，却发现背临深渊、无路可退。他放下手中的饼，结结巴巴地问："你、你这话什么意思？"

"你自己清楚。这些日子以来，北谅山山里山外的各个村庄都接到通告，要征调各村的十六岁以上男子入伍，宁国准备与雒国开战。你也知道，村里人都很讨厌你，一定会抓住这个机会把你送走，所以你才想出这个主意，打算假死避难，等抓丁结束了再回去。"

"你还真是我肚子里的蛔虫，"小木匠嘟囔着，"就算你说的都是真的，找不到一个山村里的没啥手艺的小木匠又有什么关系，他们还能花力气专门抓我不成？你和我开这么个大玩笑，又是想干什么？"

丁风一耸肩："天亮之后你就知道了。"说完这句话，他就往树上一靠，不吭气了。安弃满腹疑团却得不到解答，这一夜迷迷糊糊地半醒半睡，在夜风中冷得瑟瑟发抖，还要随时提防滚落下去的危险。他偶尔偷偷看这个奇怪的男子，似乎一直都没睡，只是出神地看着夜空，似乎那上面有金子要掉下来。

"你到底在看什么？"天亮时，安弃终于忍不住问。

"我只是在等。"丁风透过松树的针叶注视着缓缓升起的朝阳，那阳光已经由柔和逐渐变得刺眼，令人很难直视了。

"差不多了。"他突然说，然后一把抓起安弃。安弃只觉得身上陡然一轻，随即如腾云驾雾，随着对方在山间纵跃。到此时他才知道，梦里的飞翔和现实中的飞翔差距实在太远，梦里可不会把人颠得头晕眼花、苦不堪言。在这个远离大海的地方，他却想到了渔民和水手们才能体会到的晕船。

"晕船"结束时，安弃迫不及待地从丁风的魔爪下挣脱出来，扑到一旁翻江倒海地呕吐起来。由于过去半天之内只吃了一张饼，那种干呕的感觉更加难受。等他终于缓过劲来，才顾得上打量四周。

短短一小会儿工夫，他已经被带到了三陇村旁的半山腰上，可以俯瞰整个三陇村的全貌。这里看上去和平时没什么两样，至少在此时，村里人都还活着，并没有变成一具具挺尸倒在地上。他们都在村里活动，从半山腰望下去，恰如一群小小的蚂蚁。

但从丁风递给他的千里镜里细看下去就能发现不对。从千里镜黑色的小圈里可以看到，人们只是有的在村里随意走动，有的在下地劳作，但一个个都显得动作僵硬，有的干脆无缘无故摔跤。

"他们这是怎么了？脑子都被驴踢了？"安弃困惑地自言自语。他对同村人素无好感，说起话来也是刻薄非常。

"倒不是被驴踢了，都是怕的，被人收拾了，"丁风事不关己地说，"那些士兵们就藏在你看不见的地方，等你一回村，就会动手把你抓起来。喏，注意那个草垛。"

安弃悚然，仔细看下去，人们的行为的确都很奇怪，一个个目光慌乱，不少人脸上还带着伤痕。他们显得十分紧张害怕，以至于有些人走着走着就自己绊一跤，然后又赶忙爬起来继续走。

而在丁风所指的那个草垛背后，安弃看见了金属的反光，再仔细看去，隐隐可以见到红色的帽缨。他终于感到了不对劲，放下千里镜，皱着眉头想了一会儿："看来他们真的被人威胁了。按你的说法，是为了我？为什么？"

"所谓征兵入伍，本来就只是掩人耳目，"丁风说，"最终的目的仅仅是为了抓你一个人，不过他们只知道你在北谅山中，具体哪个山村却不知道，因此只能出此下策，把所有合乎年龄的人统统找出来——其中总会有一个是你吧。"

"至于这些村民，"他继续说，"我想他们原本只是幸灾乐祸，巴不得你被抓走，谁知给自己惹来了大祸。既然确定了你就是这个村的，知道你存在的人自然必须要被灭口。但敌人或许并不相信你真的会死，并且认为你可能回到村里，所以暂时不杀他们，以便诱使你回村，落入他们的圈套。"

"等会儿，等会儿，先打住！我完全不明白你在说什么，"安弃说，"他们为什么要费那么大力气抓我？旁人又为什么要被灭口？我他娘的不过是个混吃等死的破木匠，全部家产还不够买两斤猪肉，怎么突然之间变得和香饽饽一样了？"他恶狠狠地瞪着丁风，"你又是谁？我为什么要相信你说的话？"

丁风淡淡地一笑，突然闪电般出脚，在安弃脚下一绊。安弃还没摔到地上，他又伸手抓住了安弃的脚踝，将小木匠倒提起来。

"你并没有选择不相信我的资本，所以不妨心平气和一点。"丁风的笑脸依然显得很和善，似乎方才那一连串干净利落的动作只是收拾了一只野兔。

他看着安弃那张由于上下倒置而显得奇怪的脸："我愿意告诉你的事情，不用你问也会说；否则的话，你多问一句，也许就会收到我一点特殊奖励，你明白了吗？"

安弃不吭声了，甚至连挣扎的动作都停了下来。丁风满意地点点头："识时务者为俊杰。"一松手，安弃重重摔在地上，好似一张肉饼。晕头转向之中，他听到丁风说："你唯一的选择就是相信我。十六年前，是我把你寄养到这里的；十六年后，也只有我能救你的命。"

3

十六年前的那个夜晚原本宁静而平和，首先将村民们从熟睡中惊醒的是声音，一阵由远及近、恍如雷鸣的破空之声，在寂静的深夜中听来无比刺耳。人们不安地起身，来到窗前，走出家门，看到了空中的异象。在黯淡的星辰与月亮之外，夜空中出现了一个极其醒目的光点，向着地面飞速冲来。随着距离的接近，光点越变越大，渐渐可以看出，那是一团正在燃烧着的巨大火球，火焰中透出诡异的血红色，呼啸着划过夜空，景象蔚为壮观。

虽然历史上孛星坠落地面的记载屡见不鲜，但极少能如此清晰地被人近距离目睹，不过在此时，没有人顾得上去惊叹这样百年罕见的奇观，因为按照这火球的下坠之势，它将会很快落在村民们的脑袋上，到时候整个三陇村都会化为灰烬。一片乱糟糟的哭爹叫娘声中，衣衫不整的人们惊惶万状地夺门而出，只恨爹娘少生了两条腿。当他们狼狈地逃到安全地点后，才顾得上再抬头看天，然而此时，匪夷所思的一幕发生了。

——那团火球不知怎么回事，竟然莫名其妙地停止了下落，仿佛是半空中有一道看不见的屏障将它生生截住了。火球静止了一小会儿，村民们的心都提到了嗓子眼上，当它又动起来时，人们才稍微镇静了一点，因为它忽然间改变了方向，并没有直直地下坠，而是呈一条大斜线飞向了远方，绕到了一座山峰的背后。正在村民们欣喜地松了口气，庆幸大家把命捡了回来时，山后传来一阵沉闷的爆炸声，升腾的火光将半边夜空都照亮了。显然，可能是燃烧着的火球撞击到了地面。

然后所有的声与光都戛然而止，就像是一场来去匆匆的夏日雷雨。村民们几乎要以为自己只是做了一场噩梦，但那些残留在空气中的焦煳味提醒着他们，刚刚发生的一切是真实的。

这时候才有人开始后悔，早知道整个过程有惊无险，刚才就应该眼睛都不眨一下地盯着看，要知道这样的异象在今后的一生中恐怕是再也看不到了。

"走，看看去！"通常说这句话的都是村中胆子最大的安木匠。此人年轻时当过兵打过仗，亲手杀死过两三个敌人，还在军伍里跟着军中文书学过几个字，于是一向自诩为全村最有见识的人。当然了，安木匠是否最有见识，这一点仍然存在争议，但此人头脑最愣、胆子最大，却是全村公认的。

看看去。这话说来容易，那段山路看起来并不甚远，在黑夜里走过去却得花上至少两三个时辰。但眼前的怪事确实带有一种危险的吸引力，男人们犹豫着，还是有几个愣充好汉的年轻人随着他一同去了，后来他们都后悔得恨不能把自己掐死。

在距离爆炸地点还有两里路左右时，人们已经可以明显感觉到那股尚未消散的热力，山道上烧焦的树木更是触目惊心。越靠近事发地点，脚下的地面就越显得灼热，但安木匠却颇为兴奋，步伐也快了起来。但就在快要到达爆炸中心时，他的脚步停了下来。

"太惨了。"他喃喃自语着。跟在他身后的人们更是捂住了眼睛不敢再看。

尸体。遍地都是烧得漆黑的人与马的尸体，此外还有一些车辆的残骸。安木匠从尸堆中捡起一块尚未熔化的金属铭牌，借着火把的光亮勉强认清了上面的文字。还好，那些字碰巧都是他学过的。

不久之后，临州陵威镖局全军覆没的消息传遍了江湖。他们原本保着一趟报酬颇丰的珠宝，只需最后翻过北谅山就能到达目的地。但就在这距离成功一步之遥的地方，他们碰上了这样从天而降的莫名灾祸，无比冤枉地送掉了包括总镖头在内的大批好手的性命，得到的是无法承担的索赔。镖局顺理成章地关门、倒闭，彻底消失了。

山民们战战兢兢地继续搜寻，却有了更加惊人的发现。他们找到了两个活人，两个位于那样的爆炸冲击下却仍然安然无恙的活人。其中一人是个相貌和善、微带笑意的男子，看年纪大约三十岁上下，不知为什么，那张笑脸让人看了心里发梗，带有一种令人望而生畏的冷酷气质；另一个则是个小小的婴儿，正被那男子抱在怀中。在村民们诧异的目光中，男子抱着婴儿慢慢向他们走来。

"就是这个小屁孩了！"许多年后安木匠喝醉了酒发着牢骚，"老子那时候看他一副可怜兮兮的样子，心肠一软，就抱回来收养了。要是早知道他这么混账，当时就把他扔到火里烧成烤猪，免得那么多麻烦！"

酒友们纷纷报以嘲笑："别逗了。你以为我不知道？当时那个人硬把婴儿塞到你的手里，说他是什么什么神赐之子，你一定要把他好好抚养长大，否则会被天神惩罚什么的；我还听说那家伙很吓人，让人不敢招惹——不然你才不会要呢！"

安木匠一张老脸涨得通红："放屁！他是这么说了不假，老子是什么人，见过世面的，怎么会被他那两句话唬住？还不是看小屁孩可怜……"

人们的脸上都现出了苦相："可怜？你倒是说说看，现在究竟是他可怜还是我们可怜？就在昨天，我养来抱蛋的老母鸡被这浑小子偷去宰了，连柴火都是从我家顺手摸的！"

安木匠摇摇头，嘴里含混不清地说："有什么办法呢？谁看到那个场面不怕？那时候这小屁孩身上还泛着绿光，看起来就那么奇怪，而那一片的山路几乎都被炸平了，到处是死尸，他们俩却一点擦伤都没有——难道你们看了不害怕？他是天神赐下的还是魔鬼扔下来的，有区别吗？总之我们都不敢惹。"

"而那个人，那个脸看起来在笑，眼睛却看起来像要吃人的家伙……他明明说了很快会回到这里来接小屁孩走，到现在已经十年啦，也没见他回来，"他的语气中充满了嘲讽，"也许那个人真的是天神降世吧，我听说天上的时间比地上慢多了。"

这番对话发生后不久，安木匠在一次大醉后迷迷糊糊走入了深山，几天后被发现时，已经被饿狼啃得只剩下骨头，天晓得这对他是不是种解脱。至于村里人，过去有气还能找安木匠发泄一下，现在只能忍气吞声，苦苦等待着那个撂下一句话就走掉的怪客。此人也许明天就会来，也许永远也不会再来。

"去他大妹子的神赐之子，"牛大力有一次说，"如果天神就是这个样子，我们还不如统统去死好了！"

4

"我本来把你藏在这里，期望这件事无人知晓，但就在前些日子，不知怎么的，你的行踪败露了。你的身份，我的身份，慢慢我都会告诉你，但现在最要紧的是，很多人都想要抓住你，所以我必须带你走。"丁风说。

安弃笑得眼泪都快出来了。他以夸张的姿态蹲在地上，把脸埋在膝盖间，双肩抽动，不断发出类似杀猪时猪的嚎叫似的笑声。

丁风静静地站在一边，耐心地等待他笑到声嘶力竭。安弃似乎也觉得自己这样的表演挺没意思，讪讪地止住笑，但嘴里还是嘟囔着："我不信。"

他有一万种理由要陈述：第一，丁风讲的这个故事过于奇异，接近于胡编乱造——从天而降的火球？还不如说是从天而降的馅儿饼；第二，自己从小到大身上就没有半点特殊之处，打人没力气，挨打会流血，虽然总是梦见飞，但从悬崖摔下一样会像石头般下坠；第三，虽然从没人见过真正的天神，但他们总应该是高贵的、有尊严的，哪有像自己这样无聊、无赖、没脸没皮的神赐之子？第四……

但这些理由他一条也没来得及说出口，丁风一言不发，突然伸出手，又把他拎了起来。没等他反应过来，他的身子又随着丁风腾空而起，做着那种令他心惊胆寒的跳跃。这就是所谓的轻功吧？他脑子里蹦出这个从老木匠那里听到过的词汇。

再度落地时，他已经到了虎头崖附近的一块巨岩后。丁风打个手势，要他躲在岩石背后，向外看去。

于是他看到了官兵。这些人和山贼唯一的区别就在于衣服不同，并且和山贼保持着惊人的默契。通常情况下，当山贼光顾过一座山村后不久，官兵们就会跟着来收税、罚款、抓捕山贼同党，双方始终保持着几个月的间距留给人民休养生息，确保不会空手而归——同时也确保不会和对方撞上。

但现在这些官兵并没有顾得上劫掠，他们正在虎头崖上上下下地搜索着什么。倘若该山崖上并没有什么暗藏的秘密宝库，他们如此专注地搜寻着的，恐怕只能是人了。

"他们是在找我吗？"安弃终于忍不住问。

"你可以认为他们没有找你，并且走到他们面前去，"丁风回答，"正如同你大可不相信草垛后面藏的也是这些人的伙伴，而以为那里只藏了一个私奔的大姑娘一样。"

"我不去！"安弃下意识地退了一步。但情势看来由不得他，丁风已经第三次像拎小鸡一样把他拎了起来，并且大步向前走去。

"你要干什么？"安弃惶恐地叫起来。丁风的脚步丝毫不停："怕什么，反正他们抓的不是你。"

安弃恨恨地喊道："好吧，我投降！他们是来找我的，我信了。你就算说你是我亲爹我都相信！"

"我还没那么荣幸。"丁风耸耸肩，不再前行。两人重新回到隐蔽地，安弃以无赖的姿态往地上一坐："现在开始什么都听你的，要杀要剐随你吧！"

"我对杀你剐你没什么兴趣，"丁风不轻不重地踢了他一脚，"快滚起来，跟老子下山去。"

第二章
云　邪

1

　　山上的人向着山外进发时，山外的人也正在走向北谅山。离开的和到来的，终将有一个交会点，然后彼此牵扯着被卷入巨大的漩涡中。这是一个十六年前就已经写好的剧本，没有人可以逃离。

　　易离离并不知道自己正在靠近这样一个危险的漩涡，她只是为了找自己的父亲而来。鉴于父亲在自己出生前就已经离开，所以易离离的头脑里从来就没有任何关于他的直观印象。在长达十余年的寻找中，易离离有时几乎忘记了自己寻找的目的，仿佛寻找这件事就代表着生活本身。

　　但母亲不这么想。她总是摩挲着父亲留下的物品——有时是一本书，有时是一块头巾，但最多的是父亲用微薄的月例钱给她买的一根廉价银钗——将所有的软弱情绪都慢慢化在绵长的思念中。然后她就会抬起头，若无其事地擦掉眼角的泪痕，对易离离说："上路吧。"

　　很多次易离离都禁不住想要和母亲争辩。她一次次地想象着，自己在母亲面前历数从话本里读到的或者从说书先生那里听到的故事，力图证明男人负心是多么容易的一件事情，并希望母亲能够明白：父亲已经抛下她们母女俩远去，永远也不会回来了。

　　但最终她并没有那么做。她只是默默陪在母亲身边，随着她从一个地方跑到另一个地方，徒劳地打听着那个消失的男人的行踪，当身上的钱用干净时，才停下来找一些短工做，攒够了钱又继续上路。这些年来，她已经数不清母亲一共多少遍向着每一个遇到的人重复她的问询了："姓易，叫易允文，麓华书院的书生，个头不高，背有点儿驼，长方脸，眼角有点斜，左边眉心有一颗痣，很醒目的……"

这样能问到才叫怪事呢！易离离想，所谓大海捞针也不过如此。她还有另一个想法，在这样一个人人都朝不保夕的乱世，父亲也许早就在某一次兵祸中丧生，尸骨无存了。但这话同样不能对母亲说，因为或许母亲心里也早有这个念头，却一直强行压抑着，不让那种恐惧浮出水面，否则的话，她大概早就崩溃了。所以易离离只能忍耐，小心翼翼地维护着母亲已经脆弱不堪的神经，全然忘记了自己也不过是一个十五岁的女孩，一个在颠沛流离的羁旅中一点点长大的女孩。

"我们到哪儿了？"母亲的问话打断了她的思绪。

"还有两里路就到北水镇，"易离离小心地挽着母亲在路旁坐下，"从这个镇子再往北，就能踏入北谅山的地界了。"

"北谅山啊，说不定你爹就在这儿，"母亲每到一处都会这么说，"他不是相信什么天神吗？天神一定是住在天上的吧？北谅山是天下最高的山，离天最近，他也许会觉得这种地方容易碰见天神呢。"

易离离温顺地回答："嗯，说不定啊，我们先到镇子里找地方过夜，再慢慢打听吧。"

"天快黑了吗？"母亲问，"那我们赶紧到镇上去吧。"她摸索着站起来，把手交给易离离牵着，慢慢前行，夕阳斜照下来，眼眶中的一对眼珠呈现出混浊的灰白色。

北水镇是进入北谅山的最后一处驿站。北谅山虽然顶着"天下第一高山"的漂亮名头，实际却是物产贫瘠，山穷水穷人也穷，除了一些比北谅山本身还要无聊的骚客旅者偶尔来此发点思古悲秋之情，平时少有人来。

不过每年三月却是例外。每到此时，都会有为数不少的采药者进入此山，试图寻找在这个季节成熟的千山霜芝。那是一种颇为珍稀的药材，可以制成上品外伤药，仅在北谅山中可见，在严冬季节孕育而成，过了三月，天气渐暖，成形的霜芝就会逐渐枯萎，失去价值；但若来得太早，冰雪未化，难于攀援。所以三月也成了采集霜芝的唯一时节，一到三月，北水镇唯一的客栈总是挤得满满当当。

易离离和母亲来到客栈门口时，正看见十来个江湖客从马上跳下。满面堆笑的老板从门里迎出来："各位大爷，不是小店故意怠慢，实在是太不凑巧，所有的房间都……"

"行了行了，我知道了！"为首的江湖客摆摆手，"你在大堂里给我们摆几张舒服的椅子，再生一盆火，我们明早就要赶路！"

看来这些人对于北谅山的状况倒是很熟悉，也省去不少口舌。三月初，大山中仍旧阴冷，故而要生火。老板如释重负，连忙指挥伙计们办理。

易离离素来对那些舞刀弄枪的江湖中人无甚好感，在她看来，这些人就是"麻烦"的代名词。但全镇只有这么一家客栈，也没得可挑，总不能带着母亲露宿荒郊吧？她只能无奈地如法炮制，在大堂里要了个火盆，伺候母亲找了个角落坐下，尽量离江湖客们远一点。

然而到了夜间，又陆陆续续来了一些人，把大堂挤得满满当当。易离离并不知道，这些都是武林中的三四流角色，平素就是靠着处事圆滑、广结人缘才能在江湖上立足，而要交朋友就得用钱，千山霜芝自然是一个不错的财源。她只是很不耐烦地听着他们挤在一起啰啰唆唆，作逸兴横飞状讲述着那些两分真实、八分夸张的奇闻流言，直到母亲终于在喧嚷声中睡着了，她才松了口气。

"金老师！多日不见，近来在什么地方发财呢？"一个胡子拉碴的大汉向一个矮矮胖胖的中年人问道。中年人苦笑一声："林四老弟啊，发财？我倒是险些变成了发菜！"

他伸出了自己的右手，易离离也好奇地扭头一瞥，在明亮的火光下，众人可以清楚地看到，这只手掌上赫然只剩下了三根手指，食指和中指都齐根而断。

林四一惊："这……这是怎么回事？是谁下的毒手？"

金老师颓然摇头："没有谁下毒手，神仙打架，草民遭殃而已。"

此话一出，众人皆默然，似乎是都明白了。过了一会儿，一个三十余岁的女子轻声问道："是不是……又是魔教和五大门派？"

金老师长叹一声："还能是谁？那一天我路过并州城，恰好遇到双方在火并。活该我好奇心起，远远地想要看看热闹，被一个魔教妖人发现，飞毒针伤了我这两根手指头。要不是我欧阳老哥见机得快，一刀斩下中毒的手指头，我现在尸体都烂光了，哪还能坐在这儿和你们吹牛？"

人们都嗟叹不已，易离离想到断指的滋味，也禁不住一阵同情。只是这些年来她和母亲在旅途上颠沛流离，从来无暇去关注和她的生活原本相距遥远的江湖，五大门派倒是马虎听说过，魔教是个什么玩意儿？

她想起母亲所说的父亲失踪前偶尔和她讲过的趣闻逸事，曾用不屑的语气对母亲说："什么名门正派、邪门歪道，不过都是掌权之人自封的而已，谁的势力大，谁就是正派，如此而已。往生教、截清教什么的被称之为魔教，也不过是他们处于下风罢了。"

稍后父亲又补充，说他提到的那两个教派早已消亡，武林之中，暂时是所谓名门正派独大。那么现在的魔教又是什么呢？她事不关己地随意想着，人们打开话题后，也纷纷开始痛斥魔教的倒行逆施，又讲起魔教如何与五大门派公然为敌，双方如何纠缠不休、有仇必报，那一个个血腥的故事让她感到阵阵胃部不适。但突然之间蹦出来的一句话却令她心头狂跳不止。

"说起来，听我师父说，这登云会当年虽然神神秘秘的，却也从没做过什么了不得的坏事，怎么短短十多年中，就变成了现在这样残忍好杀、嗜血成性？"一个她看不见面目的人在人堆里说。

登云会！原来"魔教"就是登云会！易离离被这三个字惊呆了。过往的记忆就像开闸的洪水，汹涌澎湃地在脑海中冲击着，以至于那些人接下来的谈话她都没怎么听。这是她再熟悉不过的三个字了，因为父亲在离家之前，就曾是登云会的一员。

"哦，那不过是我们书院里的同好聚在一起凑凑热闹而已，"父亲那时候用漫不经心的语气对母亲说，"鬼神之说，虚无缥缈，只是世人求来慰藉内心的玩意儿，我们与其说信神，还不如说找个由头一起喝茶聊天。"

父亲语焉不详，把登云会描述成了麓华书院内部的一个同好会，轻松岔开话题，因此母亲完全没有在意。但直到此刻她才知道，父亲骗了母亲，登云会竟然是这样一个庞大而邪恶的组织——难怪要对她们隐瞒。那么父亲的失踪会不会也和登云会有关呢？

正想到这里，母亲也突然醒了。"登云会！登云会！"她喃喃地说，"我听到有人在说登云会！你爹不就是登云会的吗？"易离离很无奈，知道母亲绝不可能再睡了，她一定会一字不漏地把这番谈话全部听完，然后一个个地向那些江湖客打探父亲的下落。她叹了口气，一时睡意全无，连客栈的大门被推开又有旅客进来都没注意到，直到来人毛手毛脚地搬动椅子、碰到了她的脚，她才反应过来。

"对不起。"对方虽然说了这三个字，口气却是信口敷衍，没有一点抱歉的意味，而且他拖动椅子时发出的声响也相当刺耳。易离离微微有气，转头一看，那是一个十五六岁模样的少年人，一副懒洋洋的惹人讨厌的神情，身边跟着的中年人倒是看起来很和善。

"你把我硬拖下来的，饭钱都得算到你账上。"少年人严肃地对同伴说。

易离离也懒得再听中年人如何回答，把椅子挪远了一点，重新把注意力放在了高谈阔论的众人身上。此时他们的话题又起了变化，谈论起了此行的目的：千山霜芝。

"说起来，正邪两派火并，倒是给我们带来了不少商机呢！"一个秃头老者说，"你们想，这千山霜芝是极品伤药，他们动刀子伤的人越多，就越需要这药材。这两年千山霜芝的价格连连看涨，难道不是拜他们所赐吗？"

所有人都拊掌大笑，称赞此人说得有道理，气氛这才渐渐轻松起来。那秃头老者却依然神色郁郁："谁知道以后会发生什么？魔教为了让正派中人无药可医，来这里霸了此山，也说不准。人的命，有如浮萍一般，咱们只能是过一天算一天了。"

易离离听到"过一天算一天"，耳畔是母亲急促的鼻息，心中微有所感。旁人已经忍不住问："乌老哥说话干吗那么消沉？陵威镖局出事都快二十年了，你却还惦记着吗？"

乌姓老者摇摇头："一夜之间，所有的朋友、同事全都不明不白地死掉，老镖头苦心经营多年的镖局，化为泡影，悲愤自尽。你叫我怎么忘得了？"

原来他是十六年前在北谅山被从天而降的火球毁掉镖队的陵威镖局中人，本来是一名普通镖师。他并未出那一趟镖，而是留在了家中，却万没料到等来了那样的噩耗。镖局关门，老镖头无力偿还巨额赔偿，只得悬梁自尽，他由此心灰意懒，无意再干保镖这一行，于是随着朋友干起采药贩药的生意。

大凡世人受到重大刺激，通常会有两种反应。第一种将伤心之事深埋在心底，不愿说与他人听知；另一种却恰好相反，总喜欢喋喋不休地将自身的经历翻来覆去讲与别人，即便是初次见面的陌生人也不例外。这秃顶老者显然是第二种人，周围人一问，便开始滔滔不绝、添油加醋地讲述当年的惨案。只可惜他未曾到现场，所以诉说重点只能在其后镖局是如何倒闭的，当时的惨案却无法说得很了然。

这老者多半是有朋客栈的常客，他一开口，本来围在周围听江湖故事的几个伙计便离开了，想来这故事也是听得耳朵起茧子了。老者兀自唾沫横飞，讲述着他如何抱着自尽的老镖头尸身痛哭，镖局剩余的幸存者又是如何树倒猢狲散各奔前程。

一个充满讥刺的声音低声说："拿着死人的事情给自己脸上添点悲壮，还真够廉价的。"

易离离循声看去，说话者正是身边少年的同伴，那个始终面带笑意的中年人。没想到这个面善的人说话居然如此刻薄，但易离离觉得他说得也不无道理。少年更是放肆地笑出声来，幸好没引起旁人注意。

"其实算算时间，有一个巧合，"老者继续说，"魔教开始兴风作浪，就是在那几个月，他们一向手段毒辣、诡计多端。我们那一批镖，保的是极贵重的红货，所以我一直在怀疑，这桩案子说不定是魔教做的，然后故布疑阵，伪装成离奇事故……"

此言一出，又是两声杂音。一个是方才低声挖苦他的中年人："这哥们真该去当个说书先生，那脑筋编故事倒是挺灵光的。"

当然，他说话的声音依然比较轻，另一个人可就是毫无顾忌了。此人虽然只是阴恻恻地细声细语，却故意运起了内力，让他的声音满室可闻。

"这位兄台大放狗屁，还真看得起那个破镖局。"这个人说。众人循声望去，是一个山民打扮的瘦子，一直坐在门口远离人群，好像也不怕冷。

秃顶老者勃然大怒，但毕竟这群三四流角色江湖上活命的经验都很丰富，不明底细绝不轻易动手，因此只是强忍着怒气拱手问："不知这位朋友有何见教？"

那人仍旧阴阳怪气："登云会向来爱杀谁就杀谁，杀人从不赖账，但也绝不能容忍把别人的烂账算到自己账上。陵威镖局保的红货值多少钱我不知道，就凭这小破镖局那点名声，怎么也不至于入登云会的法眼。"

这番话一出，本来群情激愤的江湖客们反而冷静了下来。他们都注意到，此人两次提到魔教，用的都是正名"登云会"。

秃顶老者嗫嚅着问："阁下……莫非……莫非……"

那人嘿嘿一笑："不错，你猜得很对。刚才你们骂得很畅快嘛，现在干吗不作声了？"

他站起身来，缓缓走到大堂中央，火光之下，只见一张脸苍白狰狞，手掌更是呈深黑色。众人噤若寒蝉，只能在心头暗暗叫苦，后悔得恨不能把舌头割下来。

"刚才谁对我圣教不敬的，自己乖乖把舌头割下来，我就饶他不死。"他轻描淡写地说。

2

北谅山的夜路比想象中还要难走，从三陇村急行军回到北水镇，已经摔死了两个人。但上司谢谦的命令无可违抗，江大雷只能硬着头皮催促部下继续加快速度。

他始终想不明白，一个普普通通的山村小木匠有什么特殊之处，值得如此兴师动众地去抓捕。他所带领的兵丁进入北谅山已经好几天，谢谦一开始只是按照征兵条例，强征所有十六岁以上青年人。这本来是江大雷早就干习惯了的差事，令人郁闷的是，这次的行动有一点小变化：每遇到有抗命逃跑的，谢谦就会要求将其捕拿归案，再费劲也得揪出来。

这可与以往的习惯不同。通常遇到壮丁逃逸，江大雷从来懒得管，以此为借口向村子里讹一笔钱却是必然。眼下收到如此死命令，既增添了麻烦又断了他的财路，心头的怨怼自然少不了。不过一直到了三陇村，他才发现此事并没有那么简单。

在对村民们进行了一番审讯与拷问后，谢谦突然下令，放弃接下来的所有任务，全力抓捕该村逃跑的小木匠，这让江大雷意识到，抓丁只是冠冕的借口，这个小木匠才是这位新调来的谢将军的真正目标。但搜索了一整夜，小木匠还是踪影不见。谢谦当即下令，江大雷带人迅速下山，在北水镇设卡堵截。

接近北水镇时，一阵夜风扑面而来，江大雷在其中闻出了淡淡的血腥味。他心头一凛，下令停止前进，派人上前探查。

不久之后探子回报，前方有人斗殴，疑似江湖中人，江大雷的眉毛不禁拧在了一起。这一向是官府最头疼的事情，管了怕惹火烧身，不管怕助长那群草寇的嚣张气焰。所以他只能按老办法行事，放缓行进速度，令手下在距离北水镇还有半里路时就开始扯开喉咙吆喝。一般情况下，知趣点的就会自行散去，卖官府一个面子，而官府也会默契地不去追赶。

这一次似乎也不例外，踏上北水镇的青石路面时，已经听不到什么喊杀声了。但江大雷走近了才明白，并不是有谁卖官府的面子，而是该杀的人已经全杀完了。他看见镇上唯一的客栈大门敞开，门里门外遍地死尸，大概得有二三十具，幸存者们都缩在角落里不敢有异动。

所以那个站在街心看上去很悠闲的家伙无疑就是凶手了，此人一身土里土气的山民打扮，黑暗中看不清面目，见到官兵也毫不躲闪。江大雷知道遇上了棘手的货色，也只能硬着头皮上前盘问，不料他话还没出口，对方已经先发问了。

"这位大人请了。"山民准确判断出江大雷是领队者，而且说话得礼，让他心里微微一松。没想到接下来的一句话差点把他惊得从马上摔下来："您带着诸位官爷，一定已经去过北谅山，要找的那个小孩，找到了没？"

他一时不知该如何回应，但此时也绝不能示弱，只能咳嗽一声："胡言乱语！这是哪儿来的疯子？我们抓紧赶路，不必理会。"

士兵们也都猜到此人不好惹。他们平素欺软怕恶惯了，听到上司下令赶忙开溜，然而该恶人似乎打定主意和他们为难到底，也不知怎么的身形一晃，挡在了江大雷马前。他伸手在马头上轻轻一抚，这匹身材高大的战马居然就立即口吐白沫，软软地倒在了地上，把江大雷摔了下来。

江大雷反应倒也不慢，屁股一着地马上弹起来，拔出腰刀，呼喝着士兵们围住敌人。对面的疯子微微摇头："这位大人，你上阵杀敌时，手也像这样抖个不停吗？"

江大雷更加狼狈，听到疯子接着说："我不喜欢废话，现在给你两个选择，要么老老实实告诉我那个小孩的行踪，要么我们动手。我数三声，你自己决定吧。"

说完，他居然真的开始计数，江大雷脑子一转，已经迅速判断清眼前形势，对方刚数到二他就赶忙开口："我们……我们没找到他，他逃了，我正奉命下山来北水镇堵截。"

对方满意地笑了，挥手示意他滚蛋。等到官兵们忙慌慌地逃窜而去，他皱着眉头思索了一阵，忽然转身回到了客栈的大堂中。刚才他施展辣手将那些对登云会不敬的武人杀了个干净，但对于没有开口辱骂的人，他却并未下手。只是见他如此凶悍，多数人都忙不迭地逃远了，客栈大堂里只剩下了四个人，包括一个中年男子、一个十五六岁的少年、一个瞎眼老妇及其女儿。

虽然那母女俩没有逃走也让他感到奇怪，但他无暇理睬，双目死死盯着那个少年。少年本来已经被刚才的杀戮吓得魂不附体，被他目光一扫，更是赶忙躲到了同行的中年人背后。

这个少年就是刚刚被丁风半哄半用强带下山来的小木匠安弃。本来以丁风的轻功，天黑前就应该远离了北谅山，但小木匠被他带着颠簸一阵就喊头晕呕吐，所以沿路不断停下休息，半夜才到北水镇，恰好目睹了一场屠杀，又听到了杀人者和官兵的对话。那也是安弃、易离离与登云会第一次相遇。在此后的若干年里，他们的命运紧紧交织在一起，就像是交互缠绕的荆棘，只有把对方扯断了，才能分开。

安弃原本对丁风说的话始终半信半疑，那段对话却让他不得不信。他回想着这十六年中村人的冷眼、父亲的漠视，回想着偶尔能在村长眼中见到的恐惧目光，回想着那个不断缠绕着自己的离奇梦境，心里一片迷茫。而刚才那个登云会的教徒与官兵寥寥数语的对话，已经说明了他的处境之危险。教徒的目光刚转过来，他就如惊弓之鸟，躲到了丁风身后。

"好眼力！"丁风夸赞说，"这么快就能猜到这小子的身份。"

教徒皱眉打量了丁风一番："我再好的眼力也没可能见到一个年龄相仿的小孩就认出来。阁下带着他在一旁大模大样看我杀人，唯恐我认不出你们，是何企图？"

"也许是因为我也有些问题想要问你，和你随便找个借口滥杀无辜、逼我现身一样。"丁风微笑着说。他慢慢走到对方跟前，两人对面而立，脸上都带着笑，身上却已蓄势待发。双方都知道对方是劲敌，这一出手就一定是场恶战。

教徒抢先出手，他右掌一提，径向丁风的面门劈下。丁风侧身闪过，那教徒双掌翻飞，招式迅猛如狂风，招招抢攻、步步紧逼。丁风却只是不断闪避，偶尔还手，也只是用袖子挥出，决不和对手手掌相碰，那是因为对方掌上蕴有剧毒的缘故。教徒得理不饶人，出招更快。双方在客栈大堂中你来我往，桌椅板凳一阵乱飞，好在客栈老板早就躲得远远的，否则必然要大大心疼。

安弃在旁看得惊心动魄，心想：这二位爷拼得你死我活，我何不趁机偷偷开溜？他生性油滑，对初次相识的丁风也没什么同伴之谊，一转过这个念头，脚下就开始一点点向着后厨方向挪动。他倒也机灵，知道从大门口走太醒目，打算先溜进厨房，再找后门或者索性跳窗。但刚刚走了不到五步，丁风忽然大袖一挥，一股劲风拂过，刮得他几乎喘不过气来，不由自主地退回几步。他叹了口气，知道跑不掉，索性扶起一张椅子坐了下来。

心里存了听天由命的念头，安弃反而镇定下来，这才注意到身边还有两个人没有逃命，那是先前一直坐在他旁边的那对母女。少年人在漂亮的同龄女子面前总是好点面子，即便对方是个陌生人也不例外。他想到自己刚才试图逃跑的举动，脸上微微一红，但侧头一瞥，这位少女却好似完全没注意到她的存在，只是在苦劝自己的母亲。

"妈，这里太危险了！快走吧！"她摇晃着母亲的手臂，急得眼泪都快下来了。但那个老妇人却不理睬她，一双盲目只是死死对着传来打斗声的方向，就好像那双眼睛还能看得见一样。

"妈，我们留在这里到底要干什么？"少女带着哭腔问。

"登云会啊！那个人是登云会的，一会儿得问问他，是不是知道你爹的事情。"老妇的声音虽然不大，却着实把安弃吓了一跳。他禁不住说："别开玩笑了！你们还敢和他说话？"

老妇不再说话。少女微微摇摇头，反而向前走出了两步，似乎是为了护住母亲，避免她受误伤。安弃心想：疯子，这帮人都是疯子。

此时两个正缠斗在一起的疯子已经战到酣处，丁风的两条袖子挥得如同戏台上耍水袖的戏子一般，但其中蕴含着巨大的力量，每次和敌人的毒掌相交，都发出"砰"的一声响。但是衣袖毕竟脆弱，战不多时，登云会教徒忽然变掌为抓，"哧啦"一声，把他的左边袖子抓下半幅。

安弃虽然对武学一窍不通，也能看出方才这两个疯子打架，丁风一直靠着袖子抵挡对方的肉掌，多半那手掌上有点什么古怪。此时左边袖子被撕下来，那就不怎么妙了。正在焦急，场中突生变故，那登云会教徒惨叫一声，向后跃出数尺，右掌心赫然多了一个血淋淋的大洞，已经被什么东西戳穿。再看看丁风的左手，不知何时握住了一根怪形怪状的兵刃，有点像铁棍，前端却尖利带锋刃；有点像剑，却又比剑更短、更细。安弃对于兵器的了解仅限于此，除了棍和剑，也想不到别的了。

"青蜂刺！"教徒用痛楚的声音叫道，"你是十多年前失踪的笑面蜂丁风！"

"好眼力！"丁风微笑依旧，"十多年了，没想到还有人记得我。"

教徒喘着粗气，在一张未被掀翻的桌子旁靠住。他的毒掌被破，毒气倒流入血液，已经无法再战，心里知道今日无幸，这一战输定了。他也明白，丁风一开始故意不亮兵刃，是为了让他放松警惕，以便用青蜂刺偷袭。但在临死前弄明白了丁风的身份之后，他却看起来并不在意自己的生死，反而有些兴奋。

"我明白这孩子为什么在你手里了，"他说，"十六年前，陵威镖局就莫名其妙地在北谅山全军覆没，而你，笑面蜂丁风，是当时天下闻名的独行大盗。你原本是跟踪着陵威镖局的车队而去，想要在他们身上发笔财，却没想到在那里捡到了这个孩子。对吗？"

安弃听到此人的说法也和丁风一样，心头又是一跳。那真的是在说我吗？他想，我这副德行，"神赐之子"？这可真是名副其实的天大的笑话。但是，这两个打得你死我活的对手，不大可能商量好了来骗自己——也没那个必要。这么说起来，至少那团从天而降的火球是真的了？

丁风淡淡一笑："我早在那里掘好了陷阱等着他们，遗憾的是，除了这个孩子，我一无所获。"

"遗憾吗？"教徒说，"恐怕不遗憾吧，比起这个孩子，几车红货算什么？"说完这句话，他身子一软，已经坐在了地上。丁风看着他："鬼阴掌虽毒，一旦毒掌被破，毒质就会反噬。你的命已经不长了，而且死时毒液流遍全身，苦不堪言。"

对方喘着气回答："所以我请求你照着我的心口再来一刺，能让我做个痛快鬼，免受那么多煎熬。"他的嘴角慢慢流出了黑血，的确是命不久矣。

"这个要求我可以答应，但本着公平交易的原则，似乎应该你先回答我的问题，"丁风说，"这个孩子的存在，本来是个秘密，三陇村村民被我吓唬之后，也绝不会主动将此事泄露出去。可为什么登云会会发现了他，并且连官府也知道了他的存在？"

教徒摇摇头："老实说，我也不知道。我只是奉命行事，来寻找这个小孩，仅此而已。官府为什么会知道、为什么也要抓他，我就更不清楚了。"

此时他毒气攻心，连说话都有气无力，听语气也并不像撒谎，而他的肤色也开始起了变化，一阵淡淡的黑气浮于体表。丁风失望地叹口气，不再多问，抬起青蜂刺刺向他的心口。

"噗"的一声，青蜂刺准确地扎进了登云会教徒的心脏。他的脸上浮现出宽慰的笑容，闭上双目，似乎在等待着死亡的来临。但在那一瞬间，丁风却敏锐地察觉到，那笑容中包含着一丝诡异的得意。

他意识到了不对，但还没等反应过来，对方的伤口已经猛然间裂开，从伤口中喷出一股血水，如利箭一般，向着丁风的面门激射而去，而且迅速散开呈扇面。丁风敏锐的眼神在那一刹那注意到，血水是黑色的，而且带有扑鼻的腥臭气息。这不是刚刚中毒就能达到的效果，而是已经早就令毒质流遍了全身。

这也是登云会的一种极其邪门、极其邪恶和狠毒的招数秘法，直接挑选活人杀死，再用外人不知道的手段使他们复活，并把剧毒注入他们体内。复活的教徒会功力大增，而且混入了剧毒的人浑身毒血，无欲无痛，根本无药可解，就是行尸走肉，他们只是带着这必死的身躯去完成重大任务。由于他们本来就相当于是死人，所以不会有半点怕死的念头，会比寻常的教徒更加凶悍，而那一身的毒质也是最好的武器。他们的称谓，叫作尸鬼。

在如此近的距离，丁风已经没有办法再做出其他选择，尽管竭力闪身，身上仍然中了数滴毒血。但在这一刻，他甚至顾不上思考自己的安危，当那血箭从他耳畔掠过时，他想道：糟糕了！

我竟然完全错误地估计了他们的目的，丁风想着，并没有愤怒，而是感到了一种强烈的不安。他们究竟想要干什么？

3

直到中了尸鬼的毒血箭，丁风才恍然大悟：这一下并不只是为了攻击他，更重要的在于，毒血直接奔向了远处的安弃。而在这一刹那他也明白过来自己错得有多厉害：登云会根本就不想抓住安弃，从头到尾都没有想过。这一点从他们不惜派出尸鬼就可以看出来。

他们只想杀死安弃，彻底地毁掉他，而刚才尸鬼摆出束手就擒的模样，甚至求自己给他一个痛快，正是在麻痹自己，以便找到机会用自身的毒质偷袭安弃。由于没能想到这一点，自己的托大很可能就在此刻造成致命的后果。

血箭已经射到了安弃跟前，正当丁风追悔莫及时，安弃却给了他意外的惊喜。这个从没练过一天武功的小木匠，面对着扑面而来的毒血居然有着本能的神速反应。他原本坐在椅子上，眼见毒血射过来，立马身子一仰，连人带椅子倒了下去，躲过了那一击。当然了，毕竟他的身手有限，想要躲过血箭击中背后的梁柱后反弹开的血珠，却是没办法了。

然而这一下已经足够丁风救他的性命了。他左脚卷起方才被扯掉的那片衣袖，踢了出去，原本轻薄无分量的布片竟然变得像利刃一般直飞出去，挡在了安弃的头顶，正好将毒血挡住。这一挡之后，他已经全速蹿出，把安弃拖到了安全地点。

他不会再给尸鬼第二次机会，一个箭步上前，手起刺落，已经用青蜂刺扎穿了尸鬼的心脏，把对方死死钉在了地上。尸鬼拼命扭动着身躯，仍然无法摆脱，而心脏被刺穿后，血液无法流转全身，也就意味着死亡的真正来临。他狞笑一声，直直地瞪着丁风："你不过能杀掉我一个，还有许多的尸鬼进入了北谅山，还有遍布天下的我教教徒在追捕你们。你们根本无路可逃……无路可逃……"

他说完最后一个"逃"字，眼神逐渐黯淡下去，头一歪，终于断了气。

丁风看那个登云会的教徒已经断气了，赶忙扑上前，在敌人怀里寻找解药，但正如他所猜到的，尸鬼本来就性命不长，根本没有携带任何解药。丁风中了剧毒，恐怕是活不了太久了。他叹息一声，仍然坐了下来，盘膝运气，把自己的独门解毒药吃了两粒，虽然不能对症，却也能暂缓毒气攻心，让自己多活一两天。

依旧躺在地上的安弃兀自不知发生了何事，一边费力地爬起来，嘴里还在嘟嘟囔囔地抱怨着："那么使劲干什么，脚踝都要被你抓断了。"

丁风从鼻子里哼出一声，安弃立即收声。丁风运气几遍，知道毒性暂时被压制，这才顾得上发问："你小子刚才动作怎么会那么快？你不是从来没学过武吗？"

安弃很纳闷："那还需要学武？都是我在村里练出来的。"

"村里？"

"是啊。村里的小孩老被我收拾，又打不过我，只好玩些扔石子、下绊子、泼污水的没品招数。这么些年我早练出来了，想要泼中我可不容易……"

"也不知道是谁没品！"丁风被气乐了。他正想用毒血吓唬这小屁孩一下，还没开口，身前忽然传来一声惊叫。他这才惊觉，刚才只顾到了救小木匠，竟然忽略了小木匠身旁还有人。

那是一直没有离开的那对母女。女儿倒是满怀孝心，一直挡在母亲的身前，可谁也没想到，最后的伤害来自背后反弹的毒血。结果反而是母亲的后背承受了剧毒，女儿却安然无恙。

"你们要是早听话走掉就没事了。"小木匠惋惜地一摊手。丁风近前查看，看见老妇人嘴唇都已呈乌黑色："已经没救了。"

那个小姑娘怔怔地跪在母亲尸身前，居然一滴眼泪都没有掉，连小木匠都看得老大不忍心。他很快想到，这个老妇人是因为丁风出手救自己才被误伤中毒的，万一被她女儿揪住讹一笔，那可糟糕了。此人向来小气而贪婪，一想到可能要赔钱就惴惴不安，连自身的处境都顾不上想了。

不过他并没有太多时间替钱包伤心，因为丁风接下来的话足以吓得他两腿发软："我估计错了。我本来以为他们是来抓你的，没想到他们根本不想抓你，只想杀了你。"

"别问问题，现在来不及，"他挥手止住了安弃的发问，"离开这里之后，我把事情原原本本告诉你。但在此之前，还有一个问题要解决。"

他转向了那个小姑娘："很抱歉，她的死与我的疏忽有关，我会尽量补偿你。"

这个傻子！安弃气得要吐血。赖账还来不及呢，竟然会去主动送钱。小姑娘凄然一笑，微微摇头："人都死了，什么也补不回来，更何况这件事原本就怪我母亲。如果不是她执意不肯走，非要留下来打听登云会的事情，也不会死。"

丁风一愣，但想登云会为非作歹多年，仇家何止成百上千，其中细节大同小异，也不必多问。这个昔日的大盗虽然出于自身的骄傲，对于由自己引发的误伤而感到愧疚——同时大概还有一点明知道自己也会死去的同病相怜，但也绝不会婆婆妈妈、假仁假义。他苦笑一下，还是从身上摸出一张银票塞到她手里，然后一把拉过在一旁两眼放光的安弃，出门而去。

丁风不敢再稍作停留，也不管安弃受不受得了，一夜间狂奔了近百里，来到一处大市镇，才找了个偏僻小店歇息。小木匠一辈子最远也就到过北水镇，这本来是前所未有的新突破，可惜此时头晕眼花，只剩下趴在床上挺尸的份儿，压根顾不上什么新鲜感了。

但丁风不容他喘息，一把把他揪了起来。安弃虽然眩晕得要死，却也不敢和他冲突，只能强撑着靠在被子上。

"打不过我就不得不受我的气，这种滋味挺难受的吧？"回过身坐到门边的丁风淡淡地说。安弃讪讪一笑："你倒挺能猜别人的心思……现在我们是不是暂时安全了？你可以告诉我事情的真相了吧。我被你抓了一天两夜，稀里糊涂地净在逃命，可是连为什么逃都不知道。有人要杀我，有人要救我，可我从头看到脚，也没看出我有哪点值钱。"

丁风的回答把他气得吐血："其实我也不怎么知道。"

这不是存心玩老子吗？安弃想。好在小木匠素有隐忍之能，知道眼前这个十多年前的大盗绝非自己所能惹得起，所以把冲到嘴边的骂词又吞了回去。

丁风似乎也并不在意他的反应，始终仰头看着窗外的天空。安弃不由得想起两人第一次在山中碰头时的情景，当自己在树枝上试图安睡时，这厮也是这样出神地望着夜空，好像那上面飘着金子。

"我小时候其实并不想做一个大盗的——谁也不会生下来就乐意去做贼，"丁风一开口似乎就和主题无关，但此人笑面之下隐藏的蛮横却让安弃不敢打断他，"当然到最后我还是做了贼。所以一直活到三十岁，我从来不相信有什么神佛存在，倘若有神，怎么可能世间还有那么多的罪恶与不幸？"

见鬼了，这老梆子不会要痛说家史吧？安弃想。好在丁风很快回到了正题上："强盗也分很多种，占山为王的、打家劫舍的、江海称雄的，而我专以劫镖为生。十六年前，我打探到临州的陵威镖局保了一批价值不菲的红货——那是道上的黑话，意思就是珠宝——而这家陵威镖局实力相当一般，至少绝不是我的对手。所以我制订好了计划，埋伏在他们的必经之路北谅山上，准备吃掉这批货。"

"我的外号'笑面蜂'，并不只是从相貌和武器上来，也是因为我善于布置各种机关，就像蜂类筑巢一样。那一夜我在山中挖好了机关陷阱，自己躲在另一处坑里通过小孔向外窥视，等着他们到来。到了午夜时分，如我所料，陵威镖局为了赶紧翻过北谅山，选择了走夜路，正落入我的圈套。"

"我屏住呼吸，等待着他们引发机关，但就在这时，那团血红色的奇怪火球出现了。镖师们停下了脚步，看着这难得的奇景，我也禁不住看呆了。"

"后来发生了什么，前一夜我已经向你讲过了，但有一点我没有告诉你，那就是村民们所没有见到的一幕场景。当时他们都着急地逃命，根本无暇顾及天空中的变故，而那一幕又发生得太快，连我都差点把它当成错觉。"

丁风深深吸了一口气，虽然事隔十六年，当时的奇景仍然令他难以忘怀："在那团火球悬停在三陇村上空之前，在极短的一刹那，它起了一点不可思议的变化。"

"就在火球即将落到三陇村地界前的一瞬间，它突然间停止下坠，那些燃烧的血红色火焰仿佛是在突然间散尽，从其中显现出了深绿色的带着翅膀的人形！不过那人形只维持了短短的一刹那，随即加快速度，向着地表猛撞下来。这一幕极其短暂，几乎就是一眨眼的工夫，忙于逃命的村里人都没有留意到，只有我和镖师们看到了。"

安弃瞠目结舌，但看丁风的神情，并不像是在编造。"可是镖师们都死了，"他说，"所以知道那个变化的，只剩你一个人了。"

丁风长叹一声："所以这番话我根本没法向旁人说，任何人听了都会当我是个疯子。但那绝对不是错觉，因为镖师们也都发出了同样的惊叹。不过我的反应比他们快，当火球改变方向时，我已经凭直觉感到危险逼近，并且立即缩回地坑，把身体蜷缩在角落里。刚刚藏好，就感到地面一阵剧烈震动，落下来的灼热的泥土差点把我活埋了。"

他伸出右手，卷起袖子，安弃看到上臂处有一大片皮肤颜色暗红，显然是陈旧的烫伤，不由得身上一寒。

"后来呢？"他已经完全抛掉了先前的怀疑，"后来你是怎么捡到……捡到我的？"

丁风脸上再次现出那种迷惘的神色："这件事就只有我一个人经历了，但很多时候，连我自己都难以相信。可是……可是你存在，你活生生地存在，又证明那并不是一个梦，也并不是我发疯的狂想。"

"我试探着走了出去。爆炸已经止息，暂时没有新的危险发生。但是我算计好了想要打劫的镖队也被彻彻底底地毁掉了，所有的红货都烧成了灰烬，没有半点值钱的东西留下来。我的眼里只见到遍地的焦尸——那可不怎么好看。但就在我失望莫名时，我看到了不远处的地面上有一道炫目的绿光。我一下子想到了，镖局的货物虽然没有了，但那从天而降的孛星里，难道还隐藏着什么了不起的宝贝？"

"我一下子想起了刚才看到的绿色人形，心里想着，甭管值钱不值钱，不过去看上一眼的话，今后大概一辈子都会后悔。于是我走上前去，就见到了你。当时的你还是个小小的婴儿，身上的绿光还没有散去。"

昔日的大盗带着一脸近乎恍惚的神情，再次陷入了旁若无人的回忆中。那些记忆将他缠绕了十六年，非但没有渐渐模糊，反而越来越清晰，像是一个反反复复不断重现的噩梦。这样的噩梦，也许只有倾吐出来，才能稍微纾解一下心头的积郁。

安弃紧皱着眉头，"扑通"一声倒在床上，拉过被子蒙住了头。他生性奸猾多疑，原本很难被人打动，但丁风刚才说话的神情语气，任何人听了都不能不信他的诚实。当然另有一种可能性，那就是丁风虽然没有刻意骗人，但他的所见所闻，都只是发疯后的幻想。

可是还有官府的追兵和登云会的凶徒，不可能他们都发疯了吧？想到这一点，安弃觉得自己的脑袋都要炸开了。他真希望自己不过是做了一场怪诞的梦，梦醒之后，自己还躺在虎头崖，肚子饿得咕噜直叫，准备回家去吃饭。

这不是梦。他掀开被子，忧郁地想着，在他的眼前，丁风已经恢复了惯常的神态，只是那笑容中似乎包含着一些掩饰不去的悲哀。安弃定了定神："你看到了那个婴儿，然后呢？"

"然后突然间绿光高炽，我被晃得睁不开眼睛，"丁风淡淡地说，"等到能视物时，绿光已经完全消散，你的浑身上下也没有其他异状了。我身边只剩下遍地的死尸和空气中弥漫的焦臭气息，还有手中抱着的婴儿，那就是你了。"

"但你为什么要把我交给那些村民？"安弃问。

丁风摸摸他的脑袋："老子这辈子抢过人、杀过人，唯独没有养过人。何况那时候我已经魂不守舍，脑子里一片混乱，把一个初生婴儿带在身边，只怕过不了两天你就得没命了。我正在为难，碰巧三陇村的村民过来瞧热闹，我灵机一动，把你交给了他们。"

"你倒真是好心，"安弃哼了一声，"还编出什么'神赐之子'的鬼话去蒙他们……"说到这里，他忽然住口，想起了一个问题。整段故事丁风讲得倒是一气呵成、不露破绽，但有一个关键的因素他没有解释：他为什么要把自己抱走交给村民们抚养？十六年后又为什么要救自己？他不过是个偶然碰上这桩事的路人，本身还是个不那么善良的江湖大盗，对自己完全不必负任何责任。

丁风摇摇头："别问我。我也说不清楚。那时候脑子里'嗡'的一声，似乎有一种神秘的力量在驱使着我，命令我让你活下去。"

安弃注意看着丁风的表情。他在说这段话时表情很不自然，以安弃说谎话如喝水的丰富经验，完全可以判断出丁风隐瞒了什么没说。但他也不能强逼着对方说，何况方才丁风所说的已经足够令自己震惊了。他终于第一次认真思考起自己的身世。小木匠安弃，现年十六岁，三陇村人见人恨的公害，不学无术、贪财奸猾、偷鸡摸狗、欺软怕硬，村中人见之皆绕道而行，连老爹老木匠都对自己冷冰冰的不爱搭理。此人在山村中长了十六年，从来没有什么超乎常人的特殊之能，肩不能扛、手不能提，木匠技艺倒是不错，但从来没有专心干过活儿，打架专揍比自己年纪小的，读书学两个字倒能忘掉三个。

"你不会认错人了吧？"他终于忍不住说，"兴许村里人抱走了那个孩子后，偷偷调包了。"

丁风摇摇头，将他肩头的衣服拉下，伸手一指："这个印记，你总见到过吧。"

安弃知道，丁风指的是他肩头那个奇怪的黑色胎记，看上去很像是一片云彩。所谓胎记，是人生下来就带在皮肤上的颜色沉淀，没办法用后天的文身、烙印之类的方法来作伪。安弃下意识地摸摸肩头："这么说你没有认错人了，那真的是我。"

"不只是胎记那么简单，"丁风又从怀里掏出一样东西，"这枚指环，是登云会的标志，上面刻有他们的徽记，你看看。"

安弃颤抖着接过指环，那上面的云纹徽记是如此醒目，让他的手像被烙铁烫了一下，"啪嗒"一声，指环落在了地上。这绝不会是巧合，他想，那个图案的确和自己肩上的胎记一模一样。可这究竟能说明什么？

他心里一团乱麻，想着那些稀奇古怪的事情：如孛星般从天而降的火球、灾难现场的绿光、肩膀上的胎记、登云会的徽记、官府的追捕和魔教的追杀，还有……那个不断缠绕自己的怪梦。

这一切到底说明了什么？

他心里有无数的问题，但同时也清楚，很多问题丁风也无法解答——这不过是个偶然出现却被莫名卷入的倒霉蛋而已。丁风的心里，也许比自己更渴望知道真相。说到底，自己和丁风，不过是一个小糊涂蛋和一个大糊涂蛋的区别。

正在想着，丁风突然咳嗽起来。安弃惊慌地发现丁风的脸上略微闪过一丝黑气。丁风捂住嘴，慢慢止住了咳嗽，指缝间一点点渗出了紫黑色的血液。

4

安弃在这一夜失去了刚刚得到的庇护者，而易离离，失去了她一直庇护着的母亲。埋葬母亲时，易离离惊奇地发现自己竟然没有太多的悲伤，或许是她觉得母亲的生命本来就是一种痛苦的折磨，而死亡是不错的解脱。现在易离离身边没有了母亲，只剩下一点简单的行李，还有手里的一张银票。银票数额已经在初升的朝阳下翻来覆去看了二十多遍，没错，是二百两，而她和母亲平时每个月也花不到一两银子。也就是说，她有钱了。假如拿着这二百两银子回家乡的话，足够开间铺子养活自己，在许多年内都过着舒服的日子。但如果拿着这笔钱上路，大概就能踏足很多很多地方了。

她蹲在母亲的坟前发了会儿呆，把银票往怀里一揣，向着北谅山方向走去。翻过北谅山继续往北，可以进入相对富庶的北方平原地带，继续打探父亲的下落，那是母亲早就制订好的雄心勃勃的计划。易离离本来一路上都在发愁，因为以母亲的身体，即便双目明亮，也绝无可能翻过这座山，现在只剩她一个，倒是好办了。

她性子坚韧，多年来四处漂泊，什么苦头都吃得下，虽然北水镇上根本没有钱庄给她换开银票，也不以为意，用母女俩剩下的散碎银子买了干粮，就开始攀爬北谅山。沿路苦楚不必多说，有两次险些摔下悬崖，还差点遇上狼群，但总算吉星高照，小命始终没丢。

一个月后，她已经来到了丰冶城，却没办法再往北走。丰冶城是宁国边防重镇，从此再往北就将越过国境进入雒国地界。她对诸侯间的争斗毫不关心，到这时候才知道雒国与宁国交恶，双方正在剑拔弩张准备打仗，边境自然是严加把守，普通百姓一律禁止出入。

易离离也无所谓，虽然身上带有巨款，还是去找了个最便宜的小旅店住下，打算在这座城里打听两天，然后转头向西或是向东走都行。做出这个决定后她才反应过来，自己似乎在寻找之前就已经下定的结论，在这里是问不出答案的。她再一次想到，也许能不能打听到父亲的下落已经不重要了，重要的只是寻找的过程，就像父亲拜神也未见得就一定是为了得到神明的庇佑恩赐，拜神本身大概就是对生命的宽慰。

不去找父亲，我又有什么事可做呢？易离离似乎大彻大悟地想着。

然而两天后的一个梦击碎了她平静的保护壳。梦里她回到了北水镇。在那间拥挤不堪的客栈中，她发现地上的每具尸体都是母亲。母亲呈现种种不同的姿态横尸于地，而那个魔教妖人正坐在一旁，很开心地给尸体计数。那个妖人的脸模糊不清，但有那么一刻，看起来很像是多年不见的父亲。

自从母亲去世后，易离离第一次哭。她从梦中醒来，哭得上气不接下气，泪水把枕巾都湿透了。只有在这时，她才明白，在自己的内心深处，完全没有那个连面都没见过的男人的任何位置，但对于母亲的死却永远也不能释怀。不是为了父亲的下落，而是为了让母亲不至于白死，她一定要找那个该死的登云会的晦气。

她只是一个普普通通、无父无母的小女孩，没学过武功，没学过法术，身上除了一张二百两的银票外一无所有，随便一个有点功夫的人就能伸手捏死他。但她居然就不自量力地下定了决心，非得去找不可一世的登云会的晦气不可。

在这样明确的目标指引下，她当真把父亲抛到一边，倒是每回听到登云会的名字耳朵就要竖起来。令她十分困惑的是，如今的登云会和父亲那时候已经迥然不同了。

"读书人？小姑娘你别开玩笑了！"被问到的人总这么回答，"登云会哪和读书人扯得上干系？要说他们把读书人都杀光，那倒还有可能。"

"那他们到底拜的是什么神？"易离离又问。

对方唉声叹气："神这种东西，都让人给弄明白了，还怎么糊弄人？总之是大智大慧、无所不能的呗！他们只说是九天之上有神界，天神们都在神界中居住，一旦时机成熟，就会挑选忠心于他们的凡人进入神界，羽化登仙。至于天神长什么样，是不是三个脑袋、六条胳膊，那就谁也不知道了。"

这倒是和父亲当年的说辞差不多。由于父亲总是藏着掩着语焉不详，所以告诉过母亲的，也就是那么点内容："天神们都在神界中居住，一旦时机成熟，就会挑选忠心于他们的凡人进入神界，羽化登仙。"但那时候登云会毫无名气、行事神秘甚至躲躲藏藏，现在却飞扬跋扈、让人谈之色变；那时候会里只是一帮勤读圣贤书的书生，现在却是嗜血好杀的武林凶徒。短短数年，绵羊变成了恶狼，如此的变化还真是匪夷所思。

而且还有一点大不相同的：父亲等人总还承认，那是一个凡人们聚集在一起追求信仰的组织；但现在的登云会教主，直接自称自己是天神降世，化为人形来普度众生。一直到后来对魔教有了深入了解之后，她才明白，教主的话并不是纯粹的胡言乱语。

离开丰冶后，易离离沿路西行。这回重点不同，她只是关心着种种江湖传闻，一路上不断听到登云会与其他帮会门派的纠葛，那并不是什么愉快的经历，但她总是强迫自己去关注。

结果来到大陆西北部的某座无名小镇时，她遇上了一件改变她终身命运的事。其时她适逢其会，居然有幸在一个集市上目睹了一场登云会教徒与他人的争斗。被登云会追杀的是一老一少两个男子，追杀者则共有三人，而且那老者分明不会武功，所以少年不得不以一敌三。

易离离虽然对武术之道一窍不通，也看得出少年落于下风。集市上的人早作鸟兽散，也没人敢去干涉登云会的事情。易离离摇摇头，正打算离开，老者的一句喊话让她心头一震："本是同根生啊，登云会早已是你们的囊中之物，何苦还要对我们这些老家伙赶尽杀绝？"

听老者那文绉绉的用词，再看看他的打扮，应该是个读过不少书的人，而他这句话中所隐含的意义，更是让易离离恍然大悟：登云会之所以有如今的巨变，原来是新人赶走了老人，恶徒打跑了书生。这么说起来，父亲很可能就是被新的登云会"赶尽杀绝"了，而这位老人，应该是当年和父亲同归一派的。

这一下不免生起同仇敌忾之心，可惜她什么忙也帮不上，只能缩在一个猪肉摊油腻的桌案后面，在心里暗暗打气。她如果略懂武功，就能看出那个手持长剑的少年招数朴实沉厚，虽然处于守势，却临危不乱，法度谨严；而登云会的教徒虽然攻势猛烈，但狠辣凌厉的招式难免露出破绽。果然没过多久，少年看准机会，长剑递出，把一名敌人的喉咙刺穿。

此后以一敌二，他就渐渐占了上风，一名教徒见形势不妙，虚晃一招后，突然向那老者发起突袭。少年不顾一切地相救，在敌人的刀刃即将砍到老者之前，把剑刺入他的后心，自己却把后背亮给了第三名敌人。那敌人是一名术士，见此良机，口中念咒，扬手虚虚一推，少年的腰间立即出现了一个血红的掌印，而他的人也跟着扑在地上。易离离远远看着那个掌印由红转紫，由紫转黑，一时间心惊肉跳。

少年在地上痛苦地抽搐了一阵子，终于不动了。术士毫不理会同伴的尸体，径直走向了老者。易离离心中焦急，却也没有能力上前相助。

老者看着少年的尸体，神色木然，敌人来到跟前也没有转头看他一眼，只是发出一声沉重的叹息："杀死我之前，能不能先告诉我，教主全力追杀我们这些老家伙，究竟图的是什么？他既然自称是神了，为什么要对我们这些没用的凡人赶尽杀绝？"

"抱歉，我只管执行命令，"对方回答，"你死之后，会有足够的时间去慢慢想。"

这句话说完，他猛然感到背后一阵寒意，刚刚回头，胸口就挨了重重一剑。少年抛下剑，摇摇晃晃地倒在地上，这次是真的死了。

但少年毕竟伤重之后力道不足，这一剑未能致命。登云会教徒左手捂着伤口，不顾从指缝间泉涌而出的鲜血，向着老者举起了右手。他受伤也极沉重，勉强凝聚了几次真气，都没能催动法力。好在眼前这老者风烛残年、手无缚鸡之力，也没法反抗。

就在这时候，一个令他意想不到的变故发生了。不知从哪儿蹿出来一个瘦瘦小小的小女孩，二话不说，上前扶起那老者，几乎是半扶半拖地拽着他走开。登云会办事，向来无人敢阻碍，像这样胆大包天的小女孩还真是罕见。他又惊又怒，刚刚凝聚的一点点真气又涣散了，一跤跌坐在地上，只能眼睁睁看着到手的猎物逃走。

从那一刻起，和正在大陆上不知所措地游荡的安弃一样，易离离也踏上了真正属于她的命运之路。

第三章
神 惘

1

一场战争就好比夫妻打架，假如双方都憋足了气要打，却偏偏始终没能找到由头打起来，就可能产生两种后果：第一种，这口气憋得太长了，以至于双方要开打时忽然觉得索然无味，就像腌黄瓜腌过了头，干脆就不打了，于是一场危机慢慢淡化，两口子带着别扭继续过日子；第二种，这口气憋得太长了，以至于终于发泄出来时就如同洪水决堤，一发不可收拾，两口子砸光了家里的锅碗瓢盆还不够解气，恨不能上房揭瓦、下地挖基。

宁国和雒国就很像这样的一对夫妻。这两个名义上臣服皇室的实力最雄厚的诸侯国有时憋气，有时厮打，有时和谈，有时撕毁合约再翻脸，实在比夫妻过日子还要精彩得多。以最近这一仗为例，从双方嚷嚷着要打仗开始算，已经剑拔弩张了三年，等到终于打将起来，大家反而没了情绪，始终处于小打小闹的状态，一个月来并没有发生什么重大战役。

当然了，只要是打仗，无论多小，对百姓的生活总有着极大的影响，例如位于宁、雒两国边境的土塘村。该村运气不佳，正好处在边境线附近，两国每次交兵，都会给村民们带来不少困扰。

比如这天早上，当负责望风的小癞子发现远处尘烟大作时，立马回头扯着嗓子高呼："来了来了！又来了！"

村民们立即抛下手里的活，冲回家里，很熟练地把值钱物品在地窖里藏好。老村长哼哼唧唧，拖着两面破破烂烂的旗帜走了出来，一面是宁国的，一面是雒国的，按照惯例，谁来了就挂谁的。

"今天该挂谁的了？"老村长仰起头嚷嚷着。

小癞子却没有立即回答。他仔仔细细看了好一会儿，绝望地惨叫一声："他姥姥的！两家的都来了！"

老村长傻了："那我们该挂谁的？"

前方出现了一个村子。虽然在长时间的奔逃中已经有点摸不清方向，但边境线附近的村落就这么一两个，方仲仍然能判断出，这是土塘村。

身边的亲兵死的死、伤的伤，还剩下不到四十人，雒国的敌兵却有近百骑，双方兵力悬殊。方仲看着从坐骑嘴角流出的白沫，知道今天多半没活路了，既然如此，何苦再造成百姓的无谓伤亡。他一勒马头，打算从村外绕过，然后找个地方和敌人决一死战。亲兵们却并没有跟上，而是齐齐勒马，回头摆好阵势，打算以自己的性命拖住敌兵，帮助主将逃跑。

方仲心里一痛，但知道自己唯有顺利脱逃，才能对得起身后的死士们，于是狠抽一鞭，打马狂奔。没料到刚刚绕过土塘村，进入一片稀稀拉拉长着青草的坡地，没跑几步，坐骑的前蹄突然踏空，"轰"的一声，他已经连人带马摔进了一个陷坑。他的第一反应是完了，敌人竟能在这样偏僻的路线上设伏，难道是猜到了自己心地仁善不愿惊扰百姓？真有大智慧也。

但紧接着他又发现不对，该陷坑既不深也不宽，也没有埋藏尖刺木桩，不像是战阵所为，倒似乡村顽童的胡闹。他毕竟身具军人的素质，停止空想，看看坐骑在脱力奔跑后又经此一摔已经昏厥过去，他无可奈何，决定先爬出陷坑再作打算。然而刚刚站起来，陷坑的上方就冒出了一个人头，惊得他赶紧手握腰刀，准备御敌。

定睛一看，才发现出现在眼前的并不是敌兵，只是一个十八九岁的乡村青年。该青年脸生得还算清秀，就是一双眼睛颇含狡黠之意，正在半是好奇半是纳闷地望着自己。

"居然还是个当兵的？"他嘴里嘀咕着，"怎么比乡下人还笨，愣往我的坑里钻？"

原来此坑就是这个青年挖的。方仲苦笑一声，正想回答，远处的马蹄声已经传了过来。青年脸色一变，赶忙跳了下来，从马的躯体下方抽出一块已经被压成三截的木板。他往木板上撒满泥土，举起其中两块，见方仲无动于衷，把眼一瞪："喂！你以为我有三只手吗？"

方仲恍悟，忙把剩下那块举起，和青年一起托着木板藏身于陷坑中，心里祈祷着那些飞奔过来的马蹄不要像自己那么不开眼，偏偏踏到这陷坑上。幸好他运气还算不错，马队从距离两人藏身地点数尺的地方掠过，没有踏中。

等到马蹄声远去，两人都松了口气。那青年粗声粗气地问："那帮人都是抓你的？"

方仲点点头，向他表示谢意，正想说明自己的身份，青年打断了他："我对你是谁没兴趣，与我无关。你要是想感谢我，拿点钱出来就行了。"

史上索要谢礼者，大约找不出几个比这青年更直白的。方仲愣了愣，老老实实回答："对不起，战阵之上，没有带钱。请问兄台如何称呼，等我回去之后……"

青年又一次打断了他："算啦！我还不知道你们这些当兵的？就这样吧。"他挥挥手，在陷坑的侧壁上掏摸了一阵，取出一个形状古怪的物体，看起来像一个长长的木盒，两端却分别弯折出去一块，与盒身垂直。青年把盒子的一端探出地面，自己的眼睛贴在另一端，似乎在往里面看："唉，被你们一闹腾，范二傻今天是不会来放羊了。还毁了我的盖板。"

方仲很是惊奇："用这个木盒子能在地底看到地面？"

青年随口回答："这不是木盒，这是我做的探地镜。范二傻放羊的时候，我就躲在这里面，看准机会抓一只，然后……"

方仲瞠目结舌，此人花费力气挖了这个隐蔽的坑，又制作出如此神奇的探地镜，原来就是为了在羊倌放牧时偷羊。青年还在絮絮叨叨，忽然声调一变："妈的，他们又回来了，怎么没完没了啦？"

方仲紧握着腰刀："雒国本来就铁了心要捉我，以便用我去威胁我父亲，动摇我军军心。"

青年收回探地镜，打量了他一下："嗯，你穿的是宁国的军服。你到底是什么人？那么多黑狗抓你一个？你爹又是谁？"

土塘村人深受兵患之害，向来将服色尚黑的雒国军队称之为黑狗，尚灰的宁国便是灰狼了。方仲也不懂他说些什么，仍然是老老实实地说："在下姓方名仲，在军中领偏将职，是宁国镇南侯、平南将军方惟远的独子，因遭到叛徒出卖，被诱入埋伏圈，所以突围至此。"

青年大张着嘴，看样子塞进一整只羊腿不成问题，直到方仲提醒他"这位兄台，我们是不是再把木板托起来？"他才反应过来。两人重新举起盖板，青年小声抱怨："你怎么不早说！要知道是那么大的事，我就先逃命去了。"

"是你不让我说的，说什么'我对你是谁没兴趣，与我无关'，然后只顾找我要钱……"

青年又张了张嘴，这次没说出话来，等到方仲再请教"兄台如何称呼"时，他闷闷不乐地回答："我叫安弃。"想了想又补充了一句，"土塘村的木匠。"

安弃这一年十九岁，已经在土塘村住了快三年。三年前，丁风把他从北谅山带了下来，自己却也身受魔教教徒的剧毒，不久之后就毒发身亡。安弃此前十六年来从来没有离开过北谅山半步，现在有家不能回，又担心着那莫名其妙的追杀，带着丁风剩下的财物东躲西藏，其间还被强盗劫走了金银，最后流落到了土塘村，看着这地方偏僻少有生人，于是暂居下来。在这个地处两国边境、刀兵不断的小村落，安弃老老实实做着木匠，三年来倒还的确无人骚扰。虽然此人本性难移，但年岁渐长，不再在明面上和人作对，只在暗地里玩些诸如挖坑偷羊一类的花招，在村里口碑居然还算不错。

不过人要是死了，那就什么口碑都没了。他刚才一时兴起窝藏了这个被追杀者，万没料到此人身份竟然如此重要。回头他要是被搜出来，多半要连累自己。想到这里，小木匠的脸又白了。两人对面而坐，心里都七上八下，方仲想的是宁死不可被擒，打定了主意，一旦盖板被掀开，就立即横刀自刎；安弃却在盘算，看来只能出卖对方以图自保了。

两人耳听得马蹄声四散在这块坡地上，敌人们纷纷下了马，四处搜索着，要找到这处藏身之所只是时间问题。安弃一发狠，右手悄悄移到背后，摸到了那里的一块大石头。如果能偷袭此灰狼，然后把他送给雒国的黑狗们，不但能保命，说不定还能邀功请赏。该灰狼乃是大将军的儿子，想必价值不菲。

正想到得意处，冷不防方仲伸出左手，一把抓住了他的右腕；再伸右手，赫然握着一把出鞘的腰刀。小木匠魂不附体，扔下石头，以为阴谋败露，正欲开口讨饶，忽然手里碰到什么硬物，低头一看，方仲已经把刀塞到了他手里。

"一会儿你用刀抵着我的脖子，把我押出去。"方仲说。

安弃懵懵懂懂，不明其意，方仲叹口气："既然我已经逃不掉了，何必要连累你？你藏了我一次，我已经很感激，不能让你陪我送命。这样做，你也许还能领到点赏金，就算是我刚才答应的谢礼吧。"

小木匠脸皮之厚原本已臻化境，听了这话竟然脸红了一下，实在是不容易。但那一点点良心发现也不过存在于刹那，相比而言，性命总是最重要的，于是还是慢慢举起刀。不料方仲当日在战阵上多有杀伤，刀刃上沾满了鲜血，他闻到一股浓烈的血腥气，心里发慌，不觉手上一抖，"哐当"一声，刀掉在了地上。

还没来得及低头去捡，双手已经被方仲握住，但见方仲脸上悲喜交集，目中隐隐有泪："安兄！你宁肯和我同死，也不拿我去邀功请赏，我方仲临死前交到你这样的朋友，此生不枉！"

安弃哭笑不得，没想到自己失手落刀会被他误会，真想大吼一声"哪个舅子肯和你同死"。但他已经没有机会了，眼前这个大糊涂蛋灰狼已经抛下盖板跳出坑去，作豪气干云状大喝一声："方仲在此！"

安弃哭丧着脸，只能不情愿地踩着昏厥的马身跟着爬出去。方仲这一声喊，已经把敌人都吸引过来，大约有三十来人。刚才方仲的卫兵们拼死力战，四十人拼掉了对方六十多人，却仍然剩下三十余名敌兵。

二比三十，瞎子都能看出形势对谁有利，况且己方两人只能算一个。安弃虽然听了丁风临终前的教诲，拿着丁风留下的拳谱学了些武功，但一来全凭自己琢磨，缺少一个谆谆教诲的明师；二来安弃轻浮浅薄的性格也难以下苦功练习，所以练来练去进境甚微。如今以他的拳脚，打倒几个普通村汉倒还没问题，和训练有素的士兵相搏，只怕没什么活路。

不过小木匠自幼在村中被人群殴早见惯了寡不敌众之势，逼到了这个份儿上反而镇静下来，观察周围形势，盘算着退路。

方仲在和对方对话，不外乎是些"你已经没有退路了""老子宁死不降"之类的老套路，安弃不禁想：扯淡，死了什么都没了，降一下又何妨？但眼下的状况是，方仲才是主菜，自己不过是配料，主菜不降，配料降了有屁用。

眼看敌人已经举起了兵刃，性命攸关，安弃再也顾不得别的，悄悄提起拳来，想要趁着方仲全神应敌时把他打晕，然后再凭着花言巧语骗取黑狗们饶他性命。虽然眼前这个将门虎子看起来憨厚朴实甚至略有呆气，和一般的黑狗、灰狼大不相同，但也不值得为此就送了自家性命。

"安兄！"方仲忽然低声招呼他，但并未回头。安弃一怔，收住拳头，方仲接着说："他们是冲我来的。等一下我往东跑，他们必然全力紧追，你可以向西逃命。今日若能不死，日后有缘再见。"

这番话说得颇为真诚，安弃不由得犹豫了一下，这一犹豫错过了动手的机会，敌人已经凶狠地逼了上来。小木匠一颗心扑通乱跳，忽然想起了一直藏在身上的一件救命法宝。那是丁风的遗物之一。此物甚为凶险，他虽然带在身上，却也从来没用过。但当此时，伸头是一刀，缩头也是一刀，实在顾不得那么多了。他咬咬牙，从怀中先摸出一个小药瓶，不管三七二十一先往嘴里倒了一些，接着再掏出一个黑乎乎的东西。那东西形若蜂巢，安弃拿在手里都战战兢兢，但眼见敌人已经围了上来，无从选择，只能大叫一声，把蜂巢往地上一摔。

"砰"的一声，那蜂巢炸裂开来，飞出无数细如牛毛的钢针，安弃只觉得身上一阵麻痒，随即眼前一黑，险些要失去知觉。幸好之前吃进去的解药还有点效果，令他没有当场昏过去。他架起方仲，一摇三晃地慢慢离开，身后留下一片中招倒地的敌人。

2

"安兄的江湖暗器真是好生管用！"方仲称赞说，"就是威力实在太大了，我中了几根之后，就立即失去知觉，人事不省。"

"中了蜂巢锥之毒后，只要一炷香时间内服下解药，就能保命。"安弃作行家状淡淡地回答，心里却后怕得不得了。事后宁国士兵回去检验，那三十多名雒兵全部完蛋，尸体都僵硬了。自己那会儿万一吃的解药分量不够，又或者情急之下吃错了药，岂不是已经一命呜呼了。

方仲继续赞曰："当机立断，不愧为英雄本色。要是换了我，也许都没有安兄那么果断。"

安弃嘴上打着哈哈，心里想着：果断个屁。老子要是真的果断，就直接把你卖给雒国的黑狗们，何必自己还挨上那么多针？事后回想，从坑里到坑外，即便以安弃那么糟糕的身手，也至少有四五次机会可以制住方仲，但一方面出于经验不足，一方面出于不够果敢，他一次都没动。方仲还在拿这一点去称赞他，当真是戳到了安弃的痛处。

两人此时已经跨越边境进入了宁国境内，留在了宁国南部重镇合安，住在平南将军府上。安弃那一天救了方仲后，知道土塘村必被雒国血洗，肯定待不下去了。此人行事素来干脆利落，而且善于见风使舵，想着方仲身份不低，如果能躲到他那里，必然能被照顾周到，所以给方仲也解了毒，由他指路，两人安全回到了宁国军中。

小木匠原本对军国之事漠不关心，到这时候才知道方仲的父亲有多么神气。宁国镇南侯、平南将军方惟远，多年来镇守南方与雒国死磕，乃是国主一直倚仗的重臣。其子方仲比安弃不过大四岁，却已经是一名偏将。最值得夸耀的是，他是全凭自己的军功一点点升上去的，半分没靠自己位高权重的老子。方惟远每回说到自己的儿子，往往板起脸只肯说坏不愿说好，但看他满面红光的样子，总是好似喝了三斤酒。

安弃最初觉得不可思议，虽然他这几天也听说了，方仲武艺出众，而且作战勇猛不惜性命，端的是一员猛将，但以这样老实而略带傻气的人，怎么能混得如此之好？还是府里一个新结识的碎嘴朋友见多识广，解释道："他的父亲的确没有照顾他，但还是照顾到了他。"

"什么意思？"安弃不明白。

"军中升职向来按军功累积，但那只是一个理论，"朋友悠悠地说，"通常情况下，不会溜须拍马、不会塞银子的人都得不到那种机会，更有惹上司讨厌的会被直接一次次扔到最危险的战役中，送命了事。小方将军却不同，有他老子在，谁敢在他身上玩这手？所以他虽然完全遵循着条例升迁，但没有他老子，这些条例压根就不会被遵循。"

小木匠醍醐灌顶，再想想自己的身世，难免悲从中来。除了当年的丁风那个笑里藏刀的老梆子之外，可没有任何人会因为自己的身份而照顾自己，相反倒是有无数人在等着要自己性命。

好在现在他已经交上了一个朋友，那就是方仲。这个尚不知人心险恶的年轻军官，半点也没猜到安弃那一天心中的种种猥琐念头，却把他当作了真正的生死之交。安弃乐得顺竿往上爬，几天之后，整个合安城的人都知道了这位重义轻生、在危难中力救小方将军的大英雄、大豪杰，于是，不少人送钱送物给他。这当中固然有感佩方家父子而真心崇敬他的，自然也少不了试图通过讨好他来间接谄媚方惟远的，小木匠来者不拒，照单全收。于他而言，谁对他真心谁对他虚伪都不重要，只要能给他实实在在的好处就行，反正他本人满肚子只有虚情假意。

十来天后，方仲的伤势好得差不多了。他试着上马，发现没什么大碍，立即重归军营，将安弃一个人扔在了将军府。安弃怎耐得住寂寞？他从小到大困居山村，这时候终于来到了城市，实在是心痒难搔，把丁风临终前叮嘱他的"尽量隐匿行踪，老老实实留在安全的地方"抛到了九霄云外，单拣起"遇事随机应变"这六字，心想：反正事隔三年，应该谁也不知道我的身份了吧，老子进城随机应变去。

于是安弃穿着方惟远所赠的华贵衣饰——这样的衣物方仲从来不愿意穿，觉得不符军人的气质——风风光光进了城。合安是军事要隘，城高墙厚、气魄不凡，由于驻军数量大，为军队所服务的民众也不少，但论到市集繁华，并不能和真正的大城市相比。好在小木匠土包子进城头一遭，原本也不知道大城市是什么样，看到合安就已经觉得大开眼界。

身上装的钱也足够。方惟远所馈赠的金钱，对于他那个阶层的人而言不算大数目，但小木匠辛勤十年也挣不到——况且他也从来不辛勤。此时意气风发地走在合安宽阔的大街上，安弃难免有点"过去十八年白活了"的感慨。

然而有钱如何花却是个难题。如前所述，合安城基本就是一座军城，行伍中的军人断不会购买珠宝字画一类的奢侈品放在身边，城中做生意的人所卖大都是一些日常的吃喝用度或者简单玩物。安弃逛得久了，眼里所见不过是些包子铺、卤味店，难免有点索然无味。

当终于见到一家藏在角落里的古董铺子时，他禁不住有些兴奋，作为一个穷光蛋，带足了银子附庸风雅地逛古玩店一直是他的人生理想之一。只是无论三陇村还是土塘村，都没人有钱到能收藏古董，所以安弃在这方面是彻底的外行，看不出门道只能看热闹。但小木匠向来口舌伶俐，在与金钱相关的问题上更是能舌灿莲花，当下无知者无畏，心里想着：这些破盆烂瓦，凭啥值那么多钱？老子偏要瞧瞧看。

如果他稍微有点江湖经验，就能发现这间铺子的不对劲：在一座随时准备打仗的城市里开古董铺，如果不是白痴，就是别有所图。如果他稍微有点古玩的鉴别常识，就能看出这铺子里的古董大半都是赝品，寥寥数件真货也都并不值钱。可惜以上两点小木匠均不具备，所以他大模大样地闯了进去，而铺子里的人都以惊诧的目光看着他。

这间古董铺子，乃是被称为魔教的登云会在此处的小据点，等级还在分舵之下。登云会在江湖中崛起已有十多年，势力日益庞大，分坛分舵遍布各地。设在合安城的这一处，尤其具备特殊意义：此城内军人众多，如果能拉动军人尤其是军官入教，就能帮助魔教渗透到军伍中。

之所以选择古董铺子这样一个在合安显得甚为突兀的行当，也是颇有深意。朝廷对登云会一向防范甚严，却始终不愿意撕破脸，以免惹来多余的麻烦，而登云会也很识趣，同样尽量避免与官府冲突。放一个不可能赚钱的古董铺在合安，其实就是明里把自己的行动告诉了朝廷，并传达如下信息：我们不和你暗中捣乱，你也别来和我过不去，大家各忙各的。他们很清楚，宁国忙于和雏国交战，无心再开辟一处战场，彼此心照不宣地守住底线就好。

因此当眼前这个一脸无赖相的青年人进门后，几名分作掌柜伙计打扮的教众都有几分莫名其妙，要知道该铺子完全不对合安城中任何人的胃口，平时从来不会有主顾上门。此人衣着上佳，既不像军人也不像官差，那他究竟是来干什么的？

扮演伙计的教徒不动声色，摆出生意人的笑脸上前相迎，几句对话后，心里更生疑虑。这家伙分明对古董一窍不通，却偏偏张嘴就硬充内行，指东点西，胡乱砍价。如果是在平时也就罢了，今天这个分会恰恰有要事要与来自总坛的人接头，此人无巧不巧选在此刻来捣乱，多半不怀好意。

想到这里，他愈发警惕，一面以介绍货品为名引着这位顾客在店里来回走动，一面观察其身法。很快他得出结论，此人虽然脚步虚浮、双目无神，但仍然是练过武的，有一些浅浅的功力，如果不细细观察还真留意不到。这就更加让人不安了。

几名登云会教徒相互打了打眼色，忽然间心头雪亮：这必然是江湖中正派人士打探到了他们今日的行动，特意来寻晦气的。眼前这青年人固然武艺低微，完全可以只是一个前哨乃至诱饵，背后多半跟着一些高手。想到这里，几名教徒冷汗直冒。

"这位少侠存心消遣我们，恕在下眼拙，不知道是哪一派的高人呢？"掌柜的不紧不慢地说，手上给众人连打手势，要他们封住所有退路，不能放这个人离开。

"少侠"很是吃惊："不会吧？我就这么几手三脚猫的把式，你们也看出来了？"

　　他居然就这么承认了，简直是有恃无恐到令人发指！教徒们心里更加紧张，慢慢堵住了所有可能的逃路。掌柜的又说："看来这位少侠自信满满，背后的靠山一定很硬了。"

　　少侠皱着眉头想了想说："我背后的靠山？嗯，要说硬的话，确实是足够硬。"

　　这句话摆明了就是公然挑衅！掌柜的心中杀机升腾。他知道，当此时，绝不能有丝毫犹豫，否则就会遗祸无穷。想到这里，他迅猛地出手，用半成力道对付眼前这位镇静自若的少侠，剩下九成半提防着他的"靠山"。然而出乎意料的，并没有第二个敌人出现，他只用了半成功力的那一掌——只是个虚招，原本还接了几招厉害的后招——毫无阻碍地打在了年轻人脸上。这位少侠都来不及叫一声，就被打得两眼翻白晕了过去。

　　几名教徒动作麻利，把这个身份未知的青年人拖到后堂，用绳子捆了起来。没过多久，总坛来使就到了。为首的是一个美貌的年轻女子，但众人都知道，能在登云会里混到高位的，没有一个不是厉害角色，只怕越是漂亮就越是歹毒。果然她一露面就说："我是季幽然。"

　　"季幽然"这三个字，听到登云会教徒耳朵里，足以让人牙根发颤。此人乃是教中刑堂堂主季无咎的女儿，同时也是刑堂副堂主。她虽然年纪轻轻，但由于父亲长年患病，近年来已经实实在在地掌握了大权。这个年轻美丽的女子表面上面容温婉，和蔼可亲，实际上却心狠手辣至极，对犯事者绝不容情，除了教主，其余教徒无不谈之色变。

　　几个人原本只知道有总坛来使，并不清楚具体事项，见到她来，立即心中了然：自己这帮人当中有人出了问题，她是来施加处罚的。众人心头惴惴，不知道倒霉的会是谁，只好在心里求神保佑千万别是自己。

　　季幽然人如其名，悠悠然坐下来，眼睛往谁身上幽幽一扫，谁就禁不住发抖。比起身边几个面无表情、眼神凶悍的执刑使，反倒是她那双澄若秋水的美目更令人胆寒。当她的目光最终定下来，被她所注视着的正是这家古董铺的掌柜。

"上个月的初五，你在合安城西北的柳树庄收了几件瓷器，是吗？"季幽然温和地问，"瓷器中所藏的凝和门掌门人鸿叶真人，也就是你在凝和门的师父的密信，可以交给我看看吗？"

凝和门是当前与登云会作对的正派中实力最雄厚的门派之一，季幽然这番话一说，自然是明指这位掌柜实乃正派潜伏在教中的奸细。掌柜的面色大变，突然拔出长剑，向着季幽然当胸刺去。这一剑去势极快，隐含风雷之声，正是凝和门的绝技凝霜剑。

季幽然神色如常，没有丝毫闪避，几名执刑使已经抢上前替她挡住。但这一剑只是虚招，当执刑使们专注于护卫堂主时，掌柜已经向后一跃，全力向着门口奔去。看他的身法，已经是凝和门内一流高手的境界，只两步就已经抢到了门口，执刑使们未必追得上。

但季幽然并不着急。眼瞅着掌柜的已经夺门而出，她缓缓抬起手臂，口中轻轻念了一句什么，正在奔跑的掌柜脚步忽然停滞下来。他的动作越来越慢，皮肤慢慢变蓝，并冒出森森白气，一股浓浓的严霜覆盖在身上。再跑了两步，他的身体关节发出"咔啦、咔啦"的响声，突然之间，手足一起断裂，整个人应声倒地，断裂处却并没有血液流出。可以看到，他伤口处的血液已经结成了冰。

其余教徒们都是第一次见到这位刑堂堂主的功夫。江湖上无论武师还是术士，能使出阴寒功力的原本不少，但像季幽然这样挥手杀人于无形的，对他们而言还是闻所未闻。更为可怖的是，季幽然的力量控制得恰到好处，掌柜已经浑身冻伤、手足断裂，却没有伤及性命，而且由于伤口被封冻，血液也不至于流出，一时间不会死去。尽管如此，他的五脏六腑全部遭到严重冻伤，肯定是活不下去了。

"带他下去审讯，"季幽然向执刑使们下令，然后对掌柜说，"现在你全身冰冻，暂时无法感受痛苦，所以我建议你越早招供越好，我保证给你个痛快的。否则的话，中了我的冰灵诀，临死前全身肌肉骨骼一点点化冻、一点点坏死剥落，保证比你所能想象到的任何酷刑还要痛苦。"

掌柜的面色灰败，一言不发地被拖了下去。其余人等噤若寒蝉，一面对这位堂主年纪轻轻就有如此高明的功夫而感到佩服，一面唯恐自己也遭此下场，幸好季幽然并没有再对付下一个人的打算，只是勉励中带点威胁地向众人交代了几句，大致意思是诸位都是我教的忠诚之士，当以此叛徒为诫，只要尽忠办事，便能如何如何云云。话说到这儿，才有人想起刚才抓住的那个奇怪的年轻人，连忙汇报出来。

季幽然摆摆手："这些事情我不管，你们自然懂得怎么处理。"走出两步后想了想："去看看也无妨。"

很快她就站到了那个年轻人面前。此人背脊朝上地趴在一张木桌上，仍然处在昏厥或者说昏睡中，因为他居然在好整以暇地磨着牙，还有一点梦涎流到桌面上。从呼吸声中就可以判断出，这只是个江湖中的末流角色，完全不足虑，倒是他背后的指使者究竟是谁颇为可疑。季幽然把手按在他的背心上，想要从他粗浅的内功中判断一下他的门派，这时他突然蹦出了一句梦话："别……别碰我的翅膀！"

季幽然一怔，只听他嘴里又嘟囔着："真好……飞得真高……好高啊……"她忽然间浑身一震，低低地自言自语："不可能，怎么会有那么好的运气？"

她颤抖着伸出手，轻轻把这年轻人背上的衣衫往下拉了一点，肩头上那个形状奇特、有若云纹的胎记就这么映入她的眼帘。

季幽然闭上眼，深深地吸了一口气，睁开眼时，神态已经完全恢复了平静。她招了招手，命令那个诚惶诚恐近前听令的教徒："把所有人都召进来。"

3

睡眠总是一件令人身心愉悦的事，如果睡眠时总能做美梦，这种愉悦就会加倍。然而，从美梦里猝然醒来可就不那么令人愉悦了。所以小木匠并不喜欢睡觉，因为虽然睡着之后，他经常都会做那个飞翔的梦，但梦总有醒来的时候。

那种充满霸气的飞翔的快感，那种不断涌上心头的征服般的满足感，总会在梦醒的刹那戛然而止，只留给他沉重迟钝的身躯和乏味的生活。安弃有时候甚至想，他小时候在三陇村里无恶不作，是否并不仅仅为了反抗旁人对他的漠视与歧视，也含有自己对这个美梦所带来的巨大失落的发泄呢？

这一觉又到了醒来的时候。安弃恶狠狠地闭紧眼睛，希望继续留在梦境里，但脸颊上一阵火辣辣的疼痛让他迅速清醒过来。他摇晃着脑袋，慢慢想起刚才发生了什么：自己溜出将军府到合安城内闲逛，进入了一家古董铺子，铺子里的掌柜和自己说了几句奇奇怪怪的话，然后自己脸上一痛，突然就晕过去了。回过头仔细想想，似乎是那个掌柜的给了自己一巴掌，但他身法太快，自己完全没看清……

回忆到这里，安弃猛地睁开眼睛。自己已经不在古董铺里，而是躺在一棵梧桐树背后。他慢慢站起来，一边抚摩着还在发烧的脸颊，一边看清了周围。

他已经被扔到了另一个街区，离那间古董铺子还有些距离，而天色也已经转暗，说明自己昏迷了不少时间。他拍拍脑袋，仍然不明白之前究竟发生了什么，决定回到古董铺去看看。

这一次学乖了，他不敢贸然靠近，而是打算先在远处观望一下。出乎他意料，古董铺已经被官兵围了起来，而正在外面指挥的将官他碰巧认识，此人曾在方惟远为自己设的酒宴上出席，还向自己敬过酒，可惜当时人多，忘了他的姓名。

这难不倒奸猾的小木匠，他大摇大摆地走上前，高声招呼："……副将，好久不见了。"故意把姓氏念得很模糊。

那位副将见到方大帅身前的红人，自然是满脸堆笑迎上来，别说没听清楚安弃喊的是什么，就算真喊错了也不会在乎。他约略把情况介绍了一下，原来是这家古董铺里发生了老大一起凶杀案，从掌柜到伙计似乎是和另外一伙人火并，全都送了命。

安弃若无其事地道谢离开，转过街角就一屁股坐在地上。真是好险，他想，老子要是还待在那里面，岂不也得变成挺尸。他强行冷静头脑，仔细回想日间发生的事情，慢慢有了点头绪。想必是那另一拨人准备好了要对当铺中人下手，却事先被对方知悉，自己呆头呆脑闯了进去，自然被当铺的人当成了敌人。幸好他们手下留情，不然自己焉有命在？

越想越是后怕，回到将军府也少了几分往日的扬扬得意、小人得志。吃过晚饭，和几个相熟的下人在一起吹了几句牛，便打算回房休息。刚刚推开门，虽然还没点灯，却猛然间凭着本能感受到一点不对。黑暗中似乎隐隐潜伏着什么危机，就像是乘着夜色捕杀猎物的凶兽。他心知不妙，想要退出去，却有一股无形的大力扯住他的身体，把他拉了进去，背后的门也重重关上了。

借着外面透进来的微弱光亮，他勉强分辨出，自己的床上坐着一个人，从空气中的一点淡淡馨香来判断，这是个女人。完了，完了，安弃想，在所有的传奇故事里，女杀手都比男人更狠毒，这回怕是要没命了。

"我们开门见山吧，"黑暗中的女子开口说，声音倒是蛮好听的，"你知道今天那个古董铺里死的是什么人吗？"

安弃一愣："古董铺？都是卖古董的呗。对了，还有一伙找他们麻烦的。"

"你错了，"对方说，"他们是一伙的，原本是在那里接头，没想到你自己送上了门。相比之下，如果能抓住了你，他们原本的任务根本不算什么。"

安弃脑子转得倒也快，一下子想到点什么："难道他们……竟然是……"

女子的回答让他冷汗直冒："不错，他们都是登云会的，找你已经找了三年了。还好他们没能认出你来，不然你有一百条命也丢掉了。"

登云会！安弃几乎都快把这档子事给忘了。在三年前那个阴森而血腥的夜晚之后，他再也没遇到过试图抓他或者杀他的人，一直在山村里过着平静的日子。这时候这个神秘女子向他提起，他才恍然发觉，原来自己仍然处在危机中。

"那么……是你替我杀了他们？"他低声问，"你是谁？为什么要帮助我？"

这句话问出口，他才想起来，同样的问题他也问过丁风。丁风倒是回答了他，但答案中包含了太多无法解释的谜团，以至于他觉得越解释越难以理解。那么眼前这个女子呢？会给出如何的回答？

女子并没有正面回答他："你自己小心些，这件事迟早兜不住。你记住，某些人需要你活着，某些人需要你死去。是死是活，看你怎么走了。"

这真是一句彻头彻尾的废话，安弃想。

对方沉默了，然后安弃感到耳畔似乎有一阵风拂过，仔细一看，那女子已经不知所踪。他一背的冷汗，往床上一靠，突然有一种极度紧张后的松弛感，浑身说不出的疲惫倦怠，衣服也不脱，迷迷瞪瞪地睡着了。

这一次没有做那个飞翔的梦，却老是梦到自己以不同的方式死去，一会儿被人砍掉脑袋，一会儿被人拦腰斩为两截，一会儿被绳子勒断脖颈，一会儿被火烤成焦炭。到了半夜，这些梦折磨得他实在难以入睡，他索性披上衣服，到院子里去闲坐。

春夜的风只带有一点微寒，吹在身上并不难受，却能让头脑略微清醒。小木匠仰躺在一张石椅上，满眼见到的都是璀璨的群星。那些星光温柔却遥不可及，带有一种神秘的吸引力。安弃忍不住想，我不会真是从那些星星上下来的吧？

再一想：我这样的货色，即便真是如此，也是被当成废物扔下来的吧？从头捋一下自己的一生，假如将之交给一个说书先生来发挥，绝对能得到一个惊心动魄、荡气回肠的精彩故事：一个姥姥不疼、舅舅不爱的小木匠，自幼饱受村人欺凌（其实究竟谁欺凌谁还难讲得很），十六岁这一年突然遭遇大变，得知自己乃是神赐之子！于是该小木匠在神使——丁风马虎可算吧——的教导之下，痛改前非、发愤图强，体内蕴藏之神力逐渐爆发，终成一代绝世豪侠。然后该神子少不得要通晓天机，领悟神意，带领着对其顶礼膜拜的天下群英，干下几桩惊天动地、气壮山河的丰功伟业，完成自己身上的使命——虽然该使命究竟是什么目前也还无人知晓……

如果一切都按照这样的剧本来上演该有多好！安弃恨得牙痒痒的。可惜的是，现实终究是无比残酷的，到现在为止，他仍然是一个一塌糊涂的小木匠，没有看出自己身上有一星半点的神迹，大盗丁风也绝不像是个合格的神使，刚刚救出安弃自己就丢了性命，倒是官府对抓住他很有兴趣，江湖上最大的邪教对杀死他很上心。这一切都在一片混沌中进行，像是一个没有开头就直接跳到高潮的故事，说书先生越是讲得口沫四溅，听众就越是一头雾水。

他想起了自己三年前和临终前的丁风的一段对话，那时候他刚刚经历巨变，对于自己的身世还存着许多活跃的猜测，并不像之后的三年内慢慢陷入得过且过的境地。他是木匠出身，虽然手艺一塌糊涂，基本原理总是知道的，任何一件复杂的木器，都得分各个部件制好，最后或粘或钉，完成整体。眼前已有无穷疑团，却和做木器的道理相仿，必须一点一点细究，等到所有小问题都有了答案，或许真相也就水落石出了。还是从最简单的问题问起吧，小木匠想。

"登云会想杀我，说明我的身世和他们关系很大，"他说，"趁着你还没死，再给我讲讲登云会吧。" 他之前不过一鳞半爪地听到了一点登云会的事迹，要说知道登云会到底是干什么的，实在勉强。而丁风虽然救了他性命，但由于这当中牵扯的事情太多，他也并没有什么太多感激的，所以说起话来也并不客气。

"登云会这些年成了江湖中人人畏惧的魔教，但在十多年之前，他们还只是一个平和而不太引人注目的小教派，"离死不远的丁风用微弱的声音说，"朝廷一直在怀疑他们别有所图，认为他们以拜神为幌子行叛乱之实。但是朝廷错了……至少那时候的登云会，真的就是单纯地信奉心目中的神灵而已。"

安弃冷笑："一大群人蠢到一块儿去了，真不容易。"

"但是登云会的人非但不蠢，还聪明绝顶，"丁风摇摇手指，"据说这个教会的创始者就是一位博学的大儒，其后的教众也大都是有身份、有学识的人，这样的人，绝对不会轻易就被几句花言巧语哄上贼船。所以这件事只有两种可能性。第一，他们在作伪，暗中有其他的目的，然而这一点已经被否定；第二嘛……"

他故意停住不说，眼望着安弃。安弃知道这厮是想考考自己的智慧，嘿嘿一笑："我平时在村子里做木工活儿，最喜欢偷工减料，别人送来一段上好的新木头，我总会想办法调换成旧木头。每到他们发现不对来找我理论，我总是用两个字回应。"

他咳嗽一声："证据。你说天上有神明，我却说天上只有狗屎，除非你能拿出证据来。"

丁风的神情很难得地显得严肃："你猜得不错。我早就听到过一种传言，那帮人之所以对自己的信仰坚信不疑，就是因为他们手里握有……证据，而且是确凿无疑的证据。可惜这证据是什么原本就没有外人知晓，这几年登云会自己教内自相残杀，当年的那些读书人早就被杀得差不多了。如今的登云会，只是单纯地依靠武力和金钱来收束人心，而那些所谓的证据，大概都已经化为尘土了吧。"

证据……小木匠在心里默默地咀嚼着这两个字。登云会的老教徒们笃信天神的存在，因为他们手里有证据；自己想要证明自己的身世，需要的仍然是证据。他忽然一激灵：这两种证据之间，会不会有什么联系？或者说……干脆就是一回事？

他下意识地回手摸了摸肩上的胎记，这胎记他一侧头就能看到，小时候对此并不在意，后来才知道，这个图案竟然和登云会的徽记一模一样。这绝不会是单纯的巧合。登云会追杀自己，也一定与此有关。

他意识到，要把自己身世的谜团解开，唯一的办法就是先从登云会入手。如果能掌握传言中登云会证明天神存在的证据，也许就找到了自己身世的关键。

要不要离开这里，自己出去打探一下？这个念头一冒出来，安弃自己都吓了一跳。他很明白，自己其实是那种很害怕动荡的人。幼时在三陇村遭人白眼，他也从没想过要离开，因为离开这个自幼住惯了的村庄可能会让自己不知所措；其后在土塘村住了三年，虽然那是个兵祸不断的地方，他仍然是习惯了就不想动弹了。现在的环境可好多了，这将军府里的生活和城市里的有钱财主相比也应该毫不逊色了吧？

别瞎想了，他拍拍脑袋，混一天算一天得了，再说将军府里也相对安全些，可以离魔教妖人更远。这个理由让他心安理得地叹了口气，晃晃悠悠回屋睡觉去了。

这一觉睡得很沉，一夜无梦，醒来已是正午。府里吵吵嚷嚷，一片喜气，竟然是个好消息：雒国退兵，宁、雒两国的本次例行约会到此结束。

方仲自然是平安无事。他已经来看过安弃两次，见到小木匠吹着鼻涕泡正睡得欢，也没有叫醒他，到此刻两人才算碰上头。虽然安弃心知肚明，方仲对自己颇多善意的误会，但两人相处几天，他还是蛮喜欢这个将门虎子的真诚朴实，知道他无恙归来，也从心里感到高兴。

"黑……雒国怎么会退兵了？"他本来想说"黑狗"，但一想雒国是黑狗，方仲难免就是灰狼了，所以连忙改口。

方仲面带忧色："也许我们宁国也会遇到同样的状况——他们的国君遇刺，虽然没有受伤，但却受惊不小。国君已经下令暂时撤兵，在国内全力清查刺客。"

"不过是一个刺客，哪需要撤回整支军队啊？这国君是个天生胆小鬼？"安弃不解。

"不是胆小，而是国君已经有了怀疑对象，"方仲说，"如果查实无误，恐怕真的要动用军队，才能清剿干净。"

小木匠皱皱眉头，忽然明白了："难道是登云会的人干的？"

方仲点点头："嗯，你也听说过登云会。他们的势力如今越来越大，我担心迟早有一天，他们会不满足于仅仅在山野江湖中称雄，我们宁国也可能遭遇同样的危机。"

他对这个山村小木匠听说过登云会的大名倒是并不吃惊，不过显然并不了解实情。安弃发了会儿愣，又想起前一天的遭遇，有些意兴阑珊，听到方仲说"昨天城里的登云会据点不知被谁端掉了，我估计他们会来找麻烦"也没留意。

到了下午，才忽然又想起了这句话，越琢磨越不是味道，总觉得心里隐隐有些不安，却又找不到不安的根源。等到反应过来的时候，已经来不及了。

如他所料，方仲不打仗也不肯闲着，真的便装跑去调查登云会了；同样如他所料，登云会也不肯让自己的人白死，事隔仅仅一天，也派了四个人来调查。一个是浑身正气、死脑筋的年轻军人，一边是杀人如草芥的魔教妖人，想要他们不打起来都难。

所以他们真的打起来了。根据目击者的描述，方仲虽然不是武林中人，但家传的刀法颇具威力，加上多年战阵上的实战锻炼，经验也极丰富，因此动手时并不落下风。双方战不多时，已经有两名魔教妖人受伤。但对方剩下两人中有一个是术士，不知道用了什么邪术，使两名伤者突然间暴起，力量一下子增强了好几倍，终于打伤了方仲。不过他们也知道方仲身份不一般，没敢下杀手，只是在退去之前，问了方仲一个奇怪的问题。

"他们问的是：你有没有见过一个又矮又瘦、一脸贼兮兮肩膀上有个云纹标志的青年？"讲故事的人向安弃转述说。他接着转述了那个人对于该青年相貌的详细描述，说完之后有点奇怪地看着安弃："说起来，还真有点像你呢。"

安弃很随意地点点头："嗯，真是个很奇怪的问题……那当然了，我长了一张大众脸嘛。小方怎么回答的？"

"方将军当时愣了愣，犹豫了一会儿，大声说：'什么云纹莫名其妙的青年？老子没见过！'"讲故事的人说。

"愣了愣……犹豫了一会儿……"安弃轻叹一声，"这家伙连说谎都不会……不过你知不知道，他们为什么会这么问要找这么一个青年人呢？"

讲故事的人露出一丝神秘的微笑："这个嘛，很多外人就都不知道了，但是碰巧我了解一点内情。我的表哥是武林中的名门正派凝和门的弟子，小方将军和魔教妖人动手的时候，他也在旁观战……哦，那个，他身上负有其他使命，不能贸然出手，以防打草惊蛇……"

安弃很不耐烦："他出不出手关我屁事。你接着讲。"

"是，是。他告诉我，杀人现场其实还有一个人没死，是他们凝和门安插在魔教里的眼线，之前他已经受重伤，索性假装昏迷，反而逃过一劫。找到他时，他已经垂死，只勉强说出'青年、肩膀、云纹'这几个词形容了一个人的相貌，告诉他们马上去找到这个人，就断气了。"

"既然是凝和门的人，怎么最后又让魔教知道了？"安弃再问。

对方很尴尬："这个嘛，大概是凝和门内部也有魔教的眼线吧。"

小木匠潇洒地挥挥手，表示自己对凝和门与魔教之间乱七八糟的关系不感兴趣。他悠闲地踱回房间，刚一关上门，立即浑身如筛糠般抖了起来。他扶着桌子移到床边，坐了一会儿又弹将起来，开始收拾东西。

这回非逃不可了，他无奈地想，方仲那两句话所露出的破绽，已经足够惹人怀疑——早知道他代方惟远给自己送来新衣服时，就不当着他面换衣了。当然这也不能怪方仲，他就是这么一个老实人。自己要是落在登云会手里，十个脑袋也得被砍了，还是早早溜掉吧。

主意打定后，他也不再收拾其他的物品，只把方惟远馈赠的金银带在身边，等到夜深之时，鬼鬼祟祟溜出门去。他不敢走大门，准备就从围墙翻出去，但忽然想到方仲对他一片真诚，就这么走掉太不够意思，最好还是道个别。

这时候已过午夜子时，府里除了巡逻的卫兵与更夫，其他人早已入睡。偶有卫兵碰上安弃，知道他是方仲的好友，也不会阻拦。但到了方仲的房外，他才发现房内还有旁人在，正在与方仲交谈，悄悄走近一听，却是方惟远。

"我过去总以诚实无欺为傲，今天才知道，原来不会说谎话，也是会害死人的，"方仲的语声中充满了自责，"我话一说出口就知道，他们必然已经猜到安弃的下落。"

"你打算怎么做？"方惟远问，"亲自保护他吗？魔教的手段之毒辣，你虽然不是江湖中人，也应该知道得很清楚。从皇上到各国诸侯，想要铲除魔教的何止一个两个？但谁都自忖没办法防住他们无孔不入的暗杀，所以没有人敢轻举妄动。帝王尚且如此，凭你就能行？"

"我的确不行。何况我是个军人，要以国家大事为重。"方仲毫不犹豫地回答。安弃暗中叹气，心想：原来这朋友也不过如此。正准备走开，方仲又说话了："但我可以把身边的亲兵全部调到他身边，昼夜保护，魔教想要硬闯将军府，却也不容易。"

方惟远很意外："你的亲兵队都是我精挑细选的精锐武士，都放到他身边……岂不是……"

他没有说出来，安弃已经在心里很有自知之明地替他补上了：大材小用、浪费资源。但与此同时，一阵从未体会过的感动在心里涌起，和丁风相比，方仲对自己的友情才是完全不掺假的。

房内父子俩还在争辩，方惟远的言辞渐渐严厉，眼看两人就要吵起来。放在往常，小木匠巴不得看到这样的热闹，但在此刻，他心里却只有一个念头：方仲是我的朋友。他脑子一热，推开门走了进去。

方氏父子立即住了口，神情都有些尴尬。安弃向方惟远施礼后，径直走到方仲跟前，拍拍他的肩膀："有一件事情我一直没有告诉过你。那一天你被追击时，其实我好几次动了念头想要出卖你，只是没抓住机会而已。"

方仲愕然，不知该如何应对，安弃又说："那一次算我对不起你，但不会再有第二次了。我是个一辈子稀里糊涂的小木匠，活到十九岁连自己究竟是谁都不清楚。但这十九年并不是一点收获没有，我好歹交到了你这个朋友，也就不亏了。"

方仲浑身一震，眼圈微微有些红了，正想说话，安弃却已经抢着说："我这个人胆子很小，听说有魔教要人要来抓我，吓得一夜睡不好觉。刚才我想了，住在这里树大招风，太不安全，还是赶紧逃命，躲到他们找不到的地方为好。"

方氏父子心知肚明，这番话如果放在从前，说不定真是小木匠的肺腑之言；但在刚刚听了方仲的决定后仍然要走，却是摆明了不愿给自己的朋友带来麻烦。方仲看着安弃的神情，知道没办法劝他改变主意，沉默了片刻，从怀里摸出一把匕首。这把匕首的刀鞘上刻着古朴的花纹，抽出来后更是寒光四射，锋芒毕露。

"这是我出生时，先王送给我的，"他说，"留下做个纪念吧。有空的时候，回来看看我。"

安弃接过匕首，咬咬牙，转身跑了出去。他并不知道，自己离开了方仲，却马上会遇到另外一个老熟人。如果提前或者拖后半顿饭的工夫，他就会永远和她擦肩而过，但事实证明，人生的际遇果然奇妙。

4

易离离没有想到，三年之后，她居然又见到了北水镇上的那个少年。只不过当时的少年眼下已经变成了青年，但那双贼溜溜的眼睛却没有变。那时候该少年还是一身山民打扮，此刻却穿着一身价值不菲的绸衫，手里还附庸风雅地抓着一把纸扇。他点起菜来也是一副暴发户嘴脸，一个人要的东西足够八个人吃。

易离离本来已经打算结账走人，看到这个人走进来，立马改变了主意，决定再坐一会儿，找机会接近他。她相信，这个人会帮助她解开一些疑团。

虽然时隔三年，她依然对那个血腥而充满离别痛苦的夜晚记忆犹新。因为一场完全与己无关的仇杀，母亲被误伤而亡，自己也成了孤零零一个人。幸好此后由于机缘巧合，她遇上了被追杀到穷途末路的登云会老教徒文怀谦，又趁着敌人力竭时冒险救了他，结果给自己的生活带来了重大的变化。

从文怀谦嘴里她才得知，登云会实质上已经分裂成新老两派，而老派从开始的被排挤倾轧到现在被清洗杀害，已经所剩无几。文怀谦并不认识易离离的父亲，但一听说他也是老派中人，嗟叹一声，说："你就算找到他，多半也是死人了。"

此后易离离就跟在文怀谦身边，名义上是他的徒弟，其实两人情若祖孙。在这个慈和的老人身上，她隐隐找回一些缺失的父爱。更重要的是，她终于明白了当年父亲为何会加入登云会，又为何会对他心目中的天神笃信无疑。现在再加上文怀谦，她的生命已经牢牢和登云会拴在了一起。可惜过了不到半年，文怀谦病逝，她又开始一个人四处漂泊，却不再像当年那样只是漫无目的地奔走，而是有意识地寻找着她所想要的东西。

"那些都是证据，"文怀谦临死前那微弱的声音始终在她耳边盘旋，"你一定要把证据都找出来。过去我们错了，把一切都掩藏起来，以至于被人清洗时，连帮忙的人都没有。你若是能找到，就把它们公之于众吧。"

眼前的这个青年，很可能就是活证据。这三年来，她每次回想起那个夜晚，都会一次次猜想那个少年的身份。那些仍然保留于脑海中的对话，更是说明了他的重要性。

然而单从外表来看，实在是不大像。此时他正在对着一个鸡头煞费苦心，试图弄出里面的脑髓，弄得满手油腻。易离离倒是各色人等都见识过不少，耐心在一旁看着，直到那个青年扭过头来大喝一声："有什么好看的？我脸上有金子吗？"

他看清了易离离的脸，有点发愣："我好像在哪儿见过你。"想了想，又补充说，"大概是很久以前了吧。"

"是很久以前。"易离离微笑着回答。

青年瞪着她看了一会儿，忽然从嘴里蹦出两个字："再见。"

自从离开了合安城，安弃就觉得自己成了惊弓之鸟，见到任何人都像是来抓他的。这种心态不大好，但合安城那些血淋淋的尸体和那个能轻松潜入将军府摸入他房间的女子，让他不敢有丝毫的侥幸。他冲动之下离开了合安，一路上却难免患得患失，不断后悔，总觉得为了保住他人性命而将自己性命置于危险之中，无论如何称不上划算。

眼前这个姑娘长相清秀，也的确很面熟，但他一时想不起在何处遇到过。根据"陌生人基本都是奸党"的原则，他放弃了试图搭讪的念头，匆匆结账溜掉。

但这小姐却并不打算就此放过他，一直在后面紧跟着他。而小木匠别的不行，自知之明向来是大大的有，知道自己虽然长得不难看，要说能吸引如此一个美女对自己发痴，除非是白痴才会相信。她跟得越紧，安弃心里就越是不安。

只是眼前这个市镇实在太小，街上人也不多，想要借助人群甩掉她也不可能。不过仔细想想，她至少不应该是想杀了自己，不然刚才在那个路边小酒家就能动手了。如果她只是想生擒自己，说不定浑赖一下还有生机。想到这里，他停下了脚步，转过身来："我既无财也无色，小姐你想劫的究竟是什么呢？"

"你错了，我不会武功也不会法术，劫不动你的，"易离离回答，"我只是想告诉你一件事。"

"什么事？"

"你肩膀上的那片云彩，究竟是什么意思。"

安弃僵住了，立即换出一张诚实可靠的笑脸："能和你这样美丽的小姐相处，实在是我求之不得的。"

但他的心里却忍不住暗自嘀咕：是不是全世界都知道老子肩膀上有个云纹了？

"你在想什么？"易离离发现他神情有异。

"我在想，是不是全世界都知道老子肩膀上有个云纹了。"安弃没好气地回答。

"全世界倒不见得，"易离离认真地摇摇头，"目前为止，仅限于宁国军方和登云会知道。"

"有点幽默感行不？"安弃暗叹一声，"而且你不也知道嘛。你一定能告诉我它究竟是什么了？"

他声音微微有些颤抖，做好了充分准备眼前这个女子会像丁风那样一问三不知，又或者像那个神秘女子一样三缄其口。不料易离离毫不犹豫地张口回答："这个云纹和登云会的徽记一样，都来源于镌刻在登云之柱上的花纹。"

"登云之柱？什么玩意儿，登云会膜拜的一根柱子吗？"小木匠随口问，但易离离的答案却让他如受雷击，一时间脑子里乱纷纷的不知身处何方。

"登云之柱是连接天与地的一个通道，通过登云之柱，天神可以降临人间，而凡人也可以登临神界、羽化升仙。"易离离严肃地回答。

第四章

云　踪

1

易离离领着安弃，七拐八拐地钻进了一个戏院，看她的警惕的神态和迅捷的脚步，似乎对于摆脱追踪很有经验。

"你好像经常逃命？"安弃问。

"过去的几年里，我一直在不停地逃，从来没有哪一天可以松口气，"易离离回答，"登云会的手段可不是开玩笑的，最长的一次追了我三天三夜，最后我冒险把自己藏在沼泽的泥潭里，差点憋死，才算避过了他们。现在这样在一个人很多的城镇里面躲藏，已经算是稀松平常的事情了。"

"那可真不容易。"安弃真心实意地说。

"也没什么不容易的，习惯了就好了，人总得想办法活命不是？"易离离若无其事地回答，"我们接着说正事吧。"

"登云会的创始者，是几十年前名动天下的鸿儒韩渭垠。这个人曾被拜为帝师，一身学问，震古烁今。"易离离说。安弃心不在焉地听着，对他这样不学无术的小混混而言，这些学问家的名字根本就是毫无意义的符号。他只是无聊地看着尚未开演的空空如也的戏台，想着一会儿能听到一出什么戏。易离离挑选的这个地方别出心裁，混在听戏的人群中，倒也是一种掩饰行踪的方法。

"你别不耐烦，"易离离看出了他的心思，"登云之柱的秘密，正是由他发掘出来的。那时候皇帝想请他做帝师，被他毫不犹豫地谢绝，但皇帝知道此人爱书如命，于是开出条件，允许他随意阅览皇家藏书。

韩渭垠立即上钩，改口答应了。"

"他一定是在皇家藏书里找到了什么。"安弃若有所悟。

易离离赞许地点点头："的确如此。这个人博览群书，在皇帝的书库之中，专拣他没见过的珍稀古本阅读，那其中有很多读书人梦寐以求的失传经典，也有很多他们都未曾听说过的不知名的书籍。韩渭垠性子执拗，从来不肯相信任何怪力乱神的东西，每次见到那些稀奇古怪的志怪小说、异域奇谈都会随手扔开，绝不会去读。"

"大约在他做帝师的第四年，一位榜眼出身的户部尚书由于谋反而被满门抄斩。他具体是真的谋反还是被人陷害已不可考，也不重要，但这位同样好书的高官却留下了他所收藏的大批绝版书籍，都被收入宫中，韩渭垠自然不会客气。不久之后，他就在其中找到了一本很奇怪的书。书的封面是寻常的前朝笔记小说《无心斋随录》，但韩渭垠这样的大家一眼就看出这本书太薄了，绝不是正常《无心斋随录》的厚度，于是随手翻开，结果里面的内容让他大吃一惊。你听说过杜琛这个人吗？"

这个名字居然连安弃都听说过："我知道，那个走遍天下、降妖除魔、长得还挺帅到哪儿都有漂亮姑娘追着跑的大旅行家嘛。说书先生经常讲他的故事：斩恶龙英雄扬威，见君子淑女有意……不过他的故事没太大意思。"

在他所听过的故事里，这位杜琛虽然风流倜傥、英风侠义，有着勾搭不完的美女，却总是安贫若素，兜里从来没几个钱，以至于每到一处，都得靠打短工积攒路费，再去下一个所在。小木匠每每长夜无聊时，便会依据自己听过的评书段子进行自我代入，幻想自己就是那些纵横江湖的盖世豪侠，过着那鲜衣怒马的快意生活。杜琛这样的穷光蛋，身边再多美女，也实在是"没太大意思"。

易离离一笑："你所听到的故事，都是出自杜琛自己撰写的种种传记，人一旦想要自我标榜、愚弄民众，总是会不择手段的。真正的杜琛容貌丑陋，但也并非没有女人青睐，因为他靠刊行游记以及攀附那些附庸风雅的权贵，为自己赚到了许多钱。此人踏遍天下是真，要说他寄情山河、清高风雅，那就是谎话了。"

说到"踏遍天下"，她忽然想到自己过去和母亲一起时的生活，心里微微一酸，也不顾安弃索然无味地抱怨"原来老子上了这么多年的当"，忙接上正题，"那本书的内容，是和杜琛同时代的另一位探险家宋不归的一篇笔记，从来没有公开刊行。这个人你想必没有听说过，因为他远不如杜琛有名气，虽然执着于各种各样的冒险，却很少有兴趣去吹嘘，更不会借此敛财。这篇笔记讲述了他生平所遇到过的最怪诞的一件事，和杜琛有极大关系，而就在这件事之后，他宣布从此绝足闭户，不再出行。韩渭垠仔细分辨，确认那是宋不归的亲笔。"

她从随身的包袱里摸出一叠纸："这是后来韩渭垠拓印的那本日记，你自己看看吧。"

安弃咧嘴一笑，硬着头皮接过来，发现这位宋不归遣词造句还算浅显易懂，也没用什么太难的字，以自己的水平居然能马马虎虎看懂，不至于在漂亮姑娘跟前丢了面子。

2

我已经快要死了。但我既不愿把这个秘密也一起带进坟墓里，又不能将它公之于世，最后只能用这种掩耳盗铃的方式，把它写出来再隐藏起来，希望后世的人们看到它时，已经有足够的心理准备去面对。

大德帝十一年，那是一次彻底改变了我的命运的出行游历，当然出门之前我并没有预料到这一点。当时我的身份很奇怪，是另一位旅行家杜琛的门下仆从，这事说来话长，解释起来倒也不奇怪：我得罪了权贵，需要找个地方避祸，而以我的专长栖身于旅行家门中是最好不过。我并没有什么名气，只在许多年前的一个令人厌恶的聚宴场合见过杜琛一次，而他当时忙着巴结有钱有势的人，根本没有注意到我，我相信事隔多年后，他不会再对我的脸有印象。事实上，我投到他门下一年有余，他也没认出我。杜琛这个人的确具备许多优秀旅行家的素质，但同时也很热衷于各地的珍稀异宝，有传言说他还精擅盗墓之道。这样的人与我原本不同道，然而他的名气能保障我的安全。

这一年冬雪初化时，杜琛宅门口出现了一个奇怪的人。这个人两条腿都齐膝而断，靠一个安有滑轮的木板行走，满面的污垢和一身破烂衣衫说明他的贫困潦倒。当他来到看门人面前、说出自己要求见杜琛时，看门人自然不屑一顾，并且开始动手驱赶他。然而只听"砰、啪"几声，看门人竟然被他一拳打飞，撞在门板上昏了过去。

杜琛名气很大，自然要防备可能的危险，他所挑选的看门人也好，杂役也罢，都得身怀功夫，但那看门人居然被一拳就打晕了，可见这位怪客虽然断了腿，身手却绝非一般。杜琛很快被惊动出来，见到这怪客的形貌，也是一愣。

"我有一样东西要卖给你，"怪客哑着嗓子说，把自己随身挎着的污秽不堪的包袱解开，示意杜琛近前去看。

杜琛毕竟是见过大场面的人，也不怕被突袭，很镇静地走上前，往包袱里看了一眼。当时我跟在他身后，无法看到他的表情，但他刚刚俯身下去，身子就猛地一震，随即连退数步，显然是极度惊骇。他很快又踏上前去，接过那个包袱，不顾肮脏，将它抱在怀里仔仔细细看了好半天，才递了回去。

"这不可能是真的！"他的声音都变了，"是你作假！"

"你不相信就算了，"对方摇摇头，"我原以为你是识货的买家。"

杜琛背着手站在那里，似乎是在考虑，但我看到他的两手在微微颤抖。这可不寻常，杜琛一向是个十分冷静理智、善于隐藏内心的人，那个怪客带来的究竟是怎样一件与众不同的物事，能令杜琛如此失态呢？

"你要多少？"杜琛恢复了平静的语气。

对方踟蹰了片刻，低声说："二百两……二百两金子。"

他说出二百两时，四周已经是一片哗然，等到"金子"二字出口，人们面面相觑，反而说不出话了。这一定是个疯子，我想。

但出乎所有人意料，杜琛毫不犹豫："成交，我要了。"他随即回过身，吩咐惊骇异常的仆人们："摆酒宴客！"

我忽然有一种模模糊糊的不祥的预感。当一头恶狼变得和蔼可亲时，必然藏着什么奸谋。

这一天的夜宴不必详述。我在席边服侍，满脑子都在想着那件价值二百两金子的宝贝，而那位怪客喝得烂醉，终于表露了身份，原来他是一名残废的退伍军人，刚刚参加了朝廷对西疆沙漠游牧民的围剿。

听到西疆沙漠，我忍不住心里一动。那是我三十年来始终没能踏足过的神秘之地，我只到过沙漠边缘，由于没钱购置装备，只能饮恨作罢。西疆沙漠在当地人的语言里叫作"克鲁戈"，意思是"可怕的大沙漠"，他们对于其他地方的沙漠都叫沙漠，唯有对于西疆这一块，要使用专有名词克鲁戈，来体现它的与众不同。居住在克鲁戈深处自称"狼族"的沙漠游牧民更是让人谈虎色变，他们的凶悍与对外人的仇恨，经常被沙漠边缘的当地人用来吓唬小孩。

克鲁戈一望无垠，至今无人探明它的具体大小，更不必提地图了。当我隐约向当地人提起我有绘制地图的宏愿时，他们甚至没有人劝阻我，只是脸上显露出一种淡漠的嘲笑，似乎料定我最后必然会打消这个念头。

怪客大着舌头讲述了最近的那场战争。起因很简单：沙漠中的游牧民又和征税的官兵起了冲突，杀死了二十多个当兵的。朝廷动了火气，要剿灭那帮无法无天的化外野蛮人。最后的结局是：朝廷在沙漠里一共折损了近万人，但杀死的沙漠游民还不足两百。也许正如这群自称为狼族的游民们所说，克鲁戈就是他们的保护神，在这个酷热险恶的活地狱里，只有狼才能得到庇护，外人根本没有生存的可能性。这位退伍军人的双腿，就是被狼族的弯刀生生砍断的。

当夜宾主二人言谈甚欢，但到了第二天，杜琛淡淡地告诉我们，那位军人饮酒过度，暴毙而亡。这样一个身份卑微的异乡客，死了也就死了，不会有别的麻烦。我能猜到发生了什么，但很快就进一步想到：以杜琛的身家，还犯不着为了节省区区二百两金子而杀人。他一定是从被灌醉的退伍军人口中打探出了更大的秘密，为了灭口才杀死他。

我猜得没错。仅仅过了两天，杜琛就突然宣布，他要去西疆沙漠游历，并需要挑选几名有沙漠生存经验的仆人跟随。这正撞到了我的枪口上，我虽未去过克鲁戈，却也有着丰富的沙漠生存经验，给他做一个随从不成问题。而他要在自己身边挑人的原因也很简单：西疆当地人敬畏克鲁戈，大多不愿意替外人带路，要临时雇人恐怕人手不够。

事情很顺利，我只是给他演示了几下驱赶骆驼、从驼背上装卸货、看风向扎营、搭帐篷的技术，他就几乎是如获至宝似的带上了我。我们昼夜兼程，赶到了大漠边缘的卫原县城。

杜琛这个人无利不起早，选在战争刚结束的这种紧张而危险的时刻来到卫原，必然有重大图谋。我苦思了许久，理清了脉络：都是那场刚刚结束的战争惹的祸。那个断腿的退伍军人一定是一名曾经深入沙漠腹地的朝廷溃兵，他在里面见到了什么惊人的东西，然后被杜琛套了出来，那东西就像磁石一样，把他迅速地吸引过来。杜琛在卫原雇用了几名和我类似的杂役，以及唯一一名识途的当地向导，我于是跟在他勉强拼凑起来的驼队中，进入了克鲁戈。

尽管已经做好了充分的心理准备，克鲁戈的严酷还是出乎我的意料。每个白昼，我们都把自己深深藏在沙里，只有到了凉爽的夜间才敢行走，因为白昼的沙面烫得足以把鸡蛋烤熟。但是克鲁戈的沙漠夜风却又是极其恐怖的，时常会转化成吞噬一切的沙暴。幸好我们的向导对沙漠气象十分熟悉，每到沙暴之前都会提醒我们预先防范，这才安然无恙。

尽管如此，那种白天仿佛要在地下被焖熟、夜晚则顶着如刀的风沙前行的难受滋味，非亲历者不能体会，更不必提一路上惜水如金，咽喉中始终火烧火燎，每次吞咽，都像食道要被胶粘住一般。即便是我这样经历过种种磨难艰险的人，都忍不住会偶尔冒出打退堂鼓的念头。

杜琛却没有半点抱怨。这个人成名后贪图享乐，体质并不如年轻时健壮，第一天进入沙漠，脚底就被烫起了水泡，腿上的皮肉也因为不习惯骑乘骆驼而被磨破。但他始终咬牙坚持，反而不断催促向导加快行进速度。

这让我再次意识到，杜琛想要找的东西一定非同小可。但他一路上不与任何人交谈闲话，摆明了守口如瓶，我也没办法打听。不过从向导那里我得知，我们此行的目的地居然是凶险莫测的风暴海，这不能不让人心生忧虑。

沙漠里的湖泊通常被称为"海子"，但风暴海不是海，而是一片峰峦起伏的沙山。一般而言，沙漠中的小沙丘一夜之间就能堆起或者被夷平，成型的大沙山却历经百年也不会发生明显的外形变动，但风暴海却是一片非常古怪的地方，那里既没有地震也没有过分频繁的沙暴，却似乎有一只看不见的魔鬼手掌，总在一夜间改变着沙丘的形状，令其好像海水中的浪花那样无法固定，风暴海因而得名。

沙漠之外的人从来没有人知道风暴海的成因，自称狼族的沙漠游牧民也许知道，但他们不会告诉我们。在他们心目中，克鲁戈是只属于他们的秘密。外间总是传言游牧民们如何凶悍嗜血，对闯入克鲁戈的人如何下手不容情，但越是深入其中，我就越禁不住想，何须他们出手？克鲁戈就足以杀死一切。

然而我的判断还是错误了。进入沙漠的第二十一天，也就是在距离风暴海大约两天路程的地点，我们遭遇了游牧民的袭击。其实那也算不上正式的袭击，充其量只是个小小的警告，在某一个酷热的白昼过去、我们准备趁着夜色赶路时，一名杂役忽然尖叫起来。

顺着他的目光望去，我们见到在拴骆驼的木桩上，赫然放着一个血淋淋的人头。那是为我们带路的当地向导，也是整个驼队里唯一一个认路的人，但现在他死了，被人砍了脑袋，谁也不知道此事是在何时发生的。我们也由于他的死而陷入了进退两难的困境：向前走，虽然所剩路程无多，但我们对前方的情况毫不了解，对于会遇到什么样的危险也一无所知；向后退，二十多天的路程，走的又都是夜路，不迷路的可能微乎其微。

更可怕的在于隐藏在暗处的沙漠游牧民。这颗人头是一个明确的警告，显然如果我们继续前进，也许全队的人头都会被割下来。

杜琛反而兴奋起来，坚持要继续前进，不过其他人似乎并不如他那样乐观，但如前所述，往回退也很难找到路，这时候只能够走一步算一步了。我能理解他为何兴奋：狼族的袭击说明我们接近了目的地，不然他们不会来吓唬我们。

究竟是什么东西能让杜琛如此亡命？我的好奇心越来越浓，也决定跟着他走到底，探个究竟。那些沙漠中的野蛮人只杀了本地向导，说明他们因为将此人当作叛徒而毫不留情，但未必会杀我们这些外来人。

又走了一天，在即将抵达风暴海边缘时，我们遭遇了一次恐怖的大沙暴。那一夜狂风怒号、漫卷的黄沙遮蔽了大半的天空，我们用骆驼在身边围成一圈，任由沙子从天空倾泻而下。我用布紧紧捂住口鼻，感觉自己正在被活埋，几乎无法呼吸。但我依据自己过去在沙漠中学到的经验，死死拽住两匹骆驼的缰绳不放手，不许它们在慌乱中忍不住起身奔走。

这是个救命的经验。骆驼终究是一种胆小的生物，在这种沙暴的侵袭之下无法保持镇静，终于有几匹忍不住开始起身逃命，这一逃犹如百里堤坝上溃决了一个小口，带动了其他同类一齐狂奔。本来躲在骆驼身后的人们猝不及防，失去了屏障，不少人当即被风卷走。

我也快要撑不住了，但仍然咬紧牙关，用尽全身之力制住那两匹骆驼，不许它们跟着发狂。终于在我即将晕过去之前，风暴停止了。我抖掉浑身的沙子，手脚发软地慢慢站起来，一看周围，其他人都已不知所踪，只有杜琛还在。他居然也牢牢抓紧了我制伏的那两匹骆驼，因此得而幸免。

"我就知道，跟着经常出没于各地沙漠的一流探险家，一定能活命。"杜琛喘着气说。

"原来你早就认出我来了。"我喃喃自语，看着他用一把锋利的匕首对着我。他居然隐忍不发，让我在他手下待了一年，这份耐力倒是让我不由得心生佩服。

"你别想从我身上分到一杯羹，"杜琛怒吼着，"那些东西是我的！全都是我的！"

我耸耸肩："那就都是你的好了。反正我们只剩下这两匹骆驼，上面的给养充其量支撑我们活几天。我们都会死在这里。"

我并不害怕。追求一切险境的极致是我的生命意义所在，每到一处危险之地，我都会做好送命的准备。杜琛的身体抖了一下，我看出他在害怕，但他忽然狞笑起来，从身上摸出一张纸。我心头一震，知道那必然是标注着他真正目的地的地图。我之前的猜测是正确的，那个伤残军人在克鲁戈深处无意中发现了一个地方，并绘制了草图，然后他被杜琛谋害，草图也被夺走。他所带来的开价二百两的东西固然珍贵，杜琛的目的，却在于霸占全部，为此他甚至不惜自己的性命。

"我告诉你方向，你在前面走，"他用匕首示意我，不要轻举妄动，"那些东西是属于我的。"

我根本没有向他解释我完全不知道他想要找的是什么，因为我知道解释也没用——何况我本来就是为了弄明白他的目的才跟随他来此的。所以我只是在他的胁迫下，一点点地替他探路、躲避流沙，带着他进入了风暴海。在表面的平静之下，沙层里必然是暗流涌动，充满危机，但杜琛毫不畏惧，反倒越来越显得癫狂。

在风暴海里走了四五天，我们这两匹骆驼身上带的食水全部告罄。不过我发现了一处小小的水源。但我没有告诉杜琛，我想，可以想办法先干掉他，我再独占那个水源。在那种境况下，没必要留存任何的仁慈之心。

然而我没想到杜琛下手比我还快。那一天夜里，当我惊醒过来时，发现自己已经被杜琛捆绑起来。"我要喝你的血，吃你的肉。"他红着眼睛说。

我很不解："为什么不喝骆驼血？"

"骆驼不能死，绝不能死！"他咆哮着，"没有骆驼，谁帮我把那些东西弄出去！"

我叹了口气，只能闭目待死。但就在匕首插进我心脏前的一瞬间，杜琛的动作突然停住了。我心中一凛，顺着他的目光转头望去，看见十来个身着黑袍的人影正向我们走来。

那一定是沙漠游牧民！虽然我知道他们多半也不怀好意，但死在他们手里，总比被杜琛吃掉让人舒心点。

他们并没有理睬我，径直走向了杜琛。杜琛脸上的肌肉抽搐着，正想说话，一个游民对着他劈面一拳，将他打晕。我的后脑也挨了重重一击，眼前一黑，昏了过去。

醒来时，我发现自己被绑在一间没有窗户的石屋里，想必是在他们的居住地，杜琛却并不在身边。在最初的惶恐后，我冷静下来分析着一切。在传说中，沙漠游牧民对于外来者从来不留情，刚刚结束的那场惨烈的战争就是明证。但我并没有被杀，说明他们暂时不想让我死。为什么？

只有一个可能：我和杜琛的行为超越了常规，令他们感觉到我们也许知道了一些不该知道的秘密。所以他们要审讯我们，弄清楚这两个明显怀有特殊目的的外来者究竟了解多少，又泄露了多少。我强烈地意识到，这是我活下来的机会，因为类似的抓捕我在北海中的冰雪蛮荒之岛上也曾遇到过。如果我能装作我知道了一切，语焉不详地糊弄他们，甚至于威胁他们，就能有一线生机。

屋里很黑，无法判断时日，但我并没有被关多久，就有人来审讯我了。那是几个上了年纪的老人，而给他们担任通译的中年男子，看相貌应该是一个中原人。在此之前，他们居然先给了我一些食水，而我毫不客气地享用了。

通译看了我一眼，摇摇头："你们真是不要命了。从来没有外人敢进入风暴海，别以为可以用探险游历之类的幌子来打发掉狼族。"

我很想告诉他，其实探险游历原本就是我的目的，但我只是淡淡地应了一声："某些东西本来就值得舍弃生命去争取。"

他的眼睛眯了起来，把这句话翻译给身后的狼族老人。老人脸上立即爆发出无比凶戾的神情，我很难想象这种能活活把人撕碎的目光会出现在中原人的眼中，也许那真是狼的目光。老人开口说话，声音刺耳难听，但狼族语言倒是颇富韵律感，让我想起西南大山中的祭祀鼓乐。

"你们人类的贪欲永远是那么愚蠢可笑。"他说。

这话让我愣了愣，但随即明白过来，这帮人自称狼族，大概是把自己当作了狼的化身，而不以人类自居。他继续说："为了贪图那些可笑的蝇头小利，却为此失去整个世界，这样的代价放在眼前，你们也会毫不犹豫地选择前者。"

我意识到，他所说的"失去整个世界"，绝非一般意义上的夸张，这让我十分困惑，但我必须硬着头皮撑下去。脑子里念头一转，我决定用一句毫无意义但听上去模棱两可的废话来搪塞："失去吗？那不是什么了不起的大事，天地万物都会走向自己的终结，也没什么了不起的。"

我没有想到这句话带来的后果会如此严重。几名狼族老人霍然站起，其中一人立刻向我扑来，动作惊人地迅速。我还没来得及看清，就已经被他恶狠狠地掐住了脖子，那双手有如铁箍，让我无法呼吸。幸好在我快断气前，另一只手拉开了他。几名老人激烈地争辩着什么，但我听不懂。

"你惹祸了，"通译低声对我说，"他们正在争吵是否要杀死你。"

我苦笑一声，知道自己押错了，但此时也不能改口了，否则被他们得知我在说谎相骗，只怕死得更惨。

"不过按规矩，临死之前，你可以看到那样东西，以便让你死也瞑目。"通译又说。

这算哪门子规矩，听得我一头雾水。不过以我的性子，如果能在临死之前见到一些真正令人震撼的事物，也算死而无憾了。

但他拿给我的玩意儿看上去却平淡无奇。那只是一个灰黑色的大圆球，形状并非规则的浑圆，看上去应该是石质的，上面有一个略微凸起的圆环，以我的知识，并不能判断这是什么，只能猜测，它或许是某种大型石雕的一部分。

但是什么样的石雕会有这样的圆形部分呢？我思考着。这是某种供崇拜的图腾？某种大型机械上面的零件？或者是用夸张的方式表示某些珍珠一类的珠宝？那也不对，上品的珍珠都应当是浑圆的，能雕出椭圆形珍珠的石匠一定眼睛不好使……

我突然一激灵。眼睛！这个圆球是一只石雕的眼睛。仔细看看，果然如此，那上面凸起的地方就该是代表着黑色的眼球了。但紧接着，一个极度可怕的想法从我的心底钻出来。我努力想把这怪异绝伦的想法压下去，但它还是固执地蹦了出来，让我立即浑身僵硬、头皮发麻。

——如果这不是一只石雕呢？如果这就是一只眼睛呢？杜琛又不是傻子，不会花大价钱去买一件石雕的工艺品，除非那是真的眼睛。可是，怎么样庞大的生物，才能长出这么大的眼睛来？

尤其是从形状来判断，这绝对是一只人的眼睛。

想明白了这一点，我一时间说不出话来，只是像捧着一块烧红的火炭一般，赶紧扔下那个圆球。我万万没料到，一小会儿工夫之后，我会见到令我惊骇十倍的景象。

"我们走吧。"看到我放下"眼睛"后，通译说。他打开了门，我跟在他身后走了出去。我明白，他们既然已经决意杀我灭口，那么我无论看到什么，都没关系了。

死亡的阴霾之下，我心里还是有些激动，毕竟深入克鲁戈腹地，亲眼见识狼族的居住地是我的夙愿。跨出门我才知道，此时正值清晨，太阳刚刚露头，白昼的酷热尚未到来。放眼望去，眼前是一个朴素的村落，唯一一条贯穿村子的道路两旁都是用厚重石块建造的石屋，想来是这种石屋可以隔热，所以我关在石屋里时，并没有感到明显的昼夜温度变化。

沿路所见的狼族人正在趁着清晨放羊、放骆驼，似乎和其他地方的沙漠牧民没太大两样，但他们看着我的目光中分明带着极大的仇恨与警惕。将死之人也无须在意这些，我叹了口气，想象着自己的死法，但愿他们能给个痛快的，不要让我受尽折磨再死。

狼族虽然凶名在外，其实人数很少，但部落看起来却并不小，等我被押到村子的中心地带时才明白原因所在。那里有很大一片平坦的空地，铺上了石板，上面足以站满一支军队，村里所有的建筑都围绕着这片空地而建，难怪乍一看规模颇大。

"这是用来干什么的？狼族出征前的集合地？"我喃喃自语。

"我第一次见到的时候，也是这么想的，"那个来自中原的通译苦笑着说，"看到地上那条刻在石板上的线了吗？你往前走，跨过那条线，运气好的话，也许你能通过审判。"

我一点也不明白所谓"通过审判"是什么意思，但这条线的含义我能猜到，那里必然存在着某种障眼法术，只有越过线，才能够看到被法术隐藏起来的事物，于是向着那条线走去。正在这时，杜琛也被押了过来，他看起来状况比我糟糕多了，嘴唇干裂、形销骨立，一夜工夫，原本花白的头发已经全白了，想来是一面面对着死亡的恐惧，一面又心痛自己的贪欲不能实现，内心饱受着煎熬。

他看着那道线，脸上现出极度畏惧的神色，不敢再往前走出哪怕半步。他看到我嘲讽的眼光，哼了一声："你有种，你就走上去。"

我轻蔑地看了他一眼，一步跨了过去。然后我仿佛是被冰冻了一样，整个人完全无法动弹，根本不敢相信自己眼前所看到的景象。

当时朝阳刚刚从我的对面升起。就在越过那条线的一瞬间，我突然觉得眼前一暗，一片浓重的阴影扑面而来，将我遮蔽于其中。我悚然抬头，就看了障眼法术中所隐藏的那样令我毕生难忘的事物。

那是一根柱子，庞大的灰色石柱，高高耸立于狼族部落的中心地带。可那又是怎样的一根石柱啊，完全就是一座圆柱形的山峰，从平地上挺立而起，刺向苍穹，直入云端。我抬起头来，虽然已经很努力地仰视，仍然惊恐地发现那石柱竟然一眼望不到头，顶端已经深深的没入了云海中。

那根石柱，即便是四五十个人张开双手，都没有办法合抱。它在阳光下没有反射出一点光芒，只是将令人恐惧的阴影浓浓的投向大地。站在它的面前，任何人都会觉得，天地都变得渺小了。

那根石柱的外表粗糙而坚硬，上面有一道道规则的向上排列的凹槽，恍如一级一级的用于攀登的阶梯。这些阶梯一直延伸到了看不见的天空之中，从云端俯瞰着大地。谁刻下了这些阶梯？阶梯的尽头，会是什么呢？

在目力可及的、大约距离地面百余丈的柱身处，镌刻着一个巨大的图案。那是一朵云彩，带着某种无法言说的邪意，就像是我刚刚见到过的那只石质眼睛一样，不怀好意地俯瞰着人间。在那种威势之下，我竟然不由自主地跪在了地上，仿佛是面对着一个无法抗拒的主宰者。

站在圈外的通译无疑也曾经受过和我同样的震撼。虽然此刻他并不能见到它，却仍然用充满崇敬与敬畏的语气念着："登云之柱……登云之柱啊……"

杜琛的嗅觉很敏感。见到我和通译那样的神情，只怕也忍不住了。他终于也慢慢挪动着步子，走进了法术屏障的范围，接着立即倒吸一口凉气，发出了惊叹声。

我侧头看他，他显然并不像我这样只是单纯地为了一个奇观而着迷，多半还想到了别的一些与金钱、名望、野心有关的念头，所以他的脸上混合着种种复杂的情绪，令那张脸显得更加丑陋。沙漠牧民们自称狼族，但此刻的杜琛更像一头恶狼。

背后的一个狼族人喊了几句什么，通译说："你们走到登云之柱前，把手放上去，能否活命，看运气了。"

这个通译显然是个好心人，后半句无疑是他自己加上提醒我们的，但这样的提醒实际上半点用也没有。我并不知道会发生什么，即便知道，也无可防范。

杜琛虽然贪婪，但想要让他走在我前面是不可能的，我深吸一口气，慢慢走了上去。当来到登云之柱前时，其实我已经紧张得腿都直哆嗦，想到背后的杜琛，绝不能在他面前示弱，于是硬着头皮伸出手，触摸了一下那根石柱。

我等待着一切可能的结果，但偏偏什么都没发生。没有一团火焰冒出来把我烧成焦炭，没有雷电把我劈成两半，一切如常。我困惑地退回去，看到狼族人都是一脸惊异的神情。杜琛别无选择，也只能走上去。

骇人的一幕发生了。他的手刚刚接触到石柱，就仿佛有一股无形的巨力把他紧紧压在了柱子上，并且还在不断地碾压。他的胸腔骤然被压，连叫都叫不出来，只能听到从咽喉处传来一阵令人毛骨悚然的咯咯声。他的骨骼慢慢断裂，鲜血从破裂的关节处不断涌出，到最后终于整个人都被完全地压扁，化为一摊肉泥。这样骇人的情景，连我都不敢多看，只能转过身去，同时心里又是后怕又是纳闷：为什么我没事呢？

3

借着戏棚里明亮的灯火，安弃慢慢翻阅着这个并不太长的故事，偶尔遇到一些不认识的词，也不好意思请教，就连猜带蒙地跳过去，好在不影响大意。看到登云之柱出现时，他的一颗心已经跳得有如打鼓一般，下意识地摸了摸肩膀。

这之后宋不归又继续讲述了他如何被认为"获得神的宽恕"，所以只被喂服了一颗可以令他失去记忆的药丸。他又如何利用自己的咽喉黏住了那颗药丸，伪装昏迷后被送了出去。从此之后他对游历天下失去了兴趣，因为"世界的一切奥秘，仿佛都被隐藏在那根如山的登云之柱中"。他虽然宣布就此不再游历，但仍然禁不住偷偷去了三次克鲁戈，每次都九死一生，但由于当地再也找不到愿意带路的向导，却连风暴海的边缘也摸不到了。

"可是他最后也没弄明白，为什么他摸了登云之柱就没事而他的老板却死了。"安弃合上书说。易离离饶有兴味地看着他："据说当年在登云会里，所有知道了这个故事的人，都冥思苦想着登云之柱究竟代表着什么，只有你先关注这个无关紧要的细节。"

"因为你刚才已经告诉过我了，我何必多此一问？"安弃咧嘴一笑，"何况我总喜欢和说书先生们作对，在他们的故事里挑些漏洞，然后嘲笑他们。"

易离离说："后来韩渭垠也真的调查过宋不归为何能活命，并且有了一点推论，你那么聪明，能猜一猜吗？"

安弃挠挠头："反正谁都没法证明，只好瞎猜了呗。首先宋不归是个穷光蛋，身上没有任何特殊的东西，说明他和杜琛之间的生死区别，一定发生在他们被劫持到狼族的营地之后。"

他又重新翻看了一遍宋不归的记述，皱着眉头说："这些文化人写的东西真讨厌，'嘴唇干裂、形销骨立'，形销骨立是什么意思？"

易离离解释了，安弃想了想："也就是说他看上去像个饿死鬼，而嘴唇干裂说明他也没有喝水……我明白了。其实问题出现在食物上。宋不归吃了他们的东西，于是没有死；杜琛一肚子坏水，害怕被毒死，结果反而中了招。"

他的口气很轻松，易离离却大大地吓了一跳："你怎么会那么快猜出来的？"

安弃耸耸肩："那些沙漠游牧民摆明了就是在吓唬他们俩。谁心里有鬼，就不敢吃他们的东西，却想不到救命的关键就在那些食物里——就那么简单。你也别佩服我了，接着说，那个韩什么的老头儿后来又得出了什么结论。"

易离离说："事实上韩渭垠非常重视这个细节，他认为这其中可能隐含着揭破登云之柱秘密的关键。因为既然狼族懂得如何接触登云之柱，就说明他们并非全然盲目崇拜，而是对这根柱子有相当的了解，甚至于完全知晓它的来龙去脉。"

安弃摇摇头："那又有什么用。揭破？他老人家连这根柱子上的灰尘都沾不到，还谈什么揭破。"

易离离点点头："的确如此，但也不能说全无成就。探险家知道有怪事发生，就会想要亲身去探查，学者却会先从文字里寻找答案。韩渭垠在读了这段笔记后，立即开始疯狂地钻研那些他过去不屑一顾的野史传说、逸闻怪谈。尤其是杜琛所找到的那个石头眼睛，在一些年代十分久远的古老书籍中，偶尔还有记载。"

"那眼睛究竟是什么？为什么杜琛见到那眼睛就不要命了？"安弃问。在整个故事里，那只眼睛是一个最让他感到不舒服的存在。他一想到一个几乎和半个人的身体差不多大小的眼睛，就有一种汗毛倒竖的感觉。眼睛是一种很容易腐坏的东西，但那只眼睛竟然能变成石头——安弃隐隐有点感觉，眼睛的主人，绝对极不寻常。

"那是一个很久远、很偏门的传说了，中土几乎无人知晓，"易离离说，"韩渭垠也是在那些方外怪谈中找到的。你知道南疆的蛮人吗？"

安弃点头。在南疆大沼泽中，散布着一些蛮人部落，这一点他也听说过。但那些蛮人和克鲁戈里的狼族大不相同，凡事逆来顺受，在经历了几百年前一场一败涂地的战争后，更是常年乖乖地听任朝廷欺压。

易离离接着说："如今的蛮族部落，大多已被中原文化所同化，但韩渭垠研读了书成于这种融合之前的《南行异闻录》，那里面记载了一个当地的古老传说，说是在成千上万年之前，人类与天神之间，仍然保持着亲密的关系，神使时常下凡而来，教导人类。直到后来，人间的种种恶行激怒了上苍，于是收回神使，从此不再现身，以示惩戒。"

安弃嗤了一声，表示不屑。这几年间，为了增长见识对付登云会，他偶尔也会向旁人打听一点人情世故、各地见闻，他也由此知道，越是蛮荒不开窍的民族，越是喜欢编造神话。这种"人神曾经共存"的鬼扯，绝对不止南疆的蛮人们才有。

"这种类似的神话，的确不少，"易离离看出了他的心思，"但是韩渭垠敏锐地发现了它的与众不同之处，于是亲赴南疆，在当地县城的县志中找到了一段几乎无人注意的记录：曾有官兵在南疆沼泽中发现未被征服的蛮人部落的秘密仪式，蛮人们跪在不可思议的巨大人形骸骨前顶礼膜拜，其状神秘阴森，充满邪气。双方发生战斗，蛮人被全歼，那副骨骼却被蛮人抛入无底沼泽，无法打捞。虽然无人知晓那究竟是什么，但那种骨骼比常人大出数倍，绝对与众不同，是一望可知的。"

"韩渭垠受到触动，又查阅了大量书籍，找到了若干关于这种类似的巨大骨骼的记载，比如《文苑家书》中就有记录，某地开采山石，挖出腿骨一根，'其径数倍于常人'，'以为妖物不祥，举火焚之'。他确认了它们的存在，但由于数量稀少又不易保存，想找到实物，那却是很难。"

安弃张口结舌："照你这么说，那颗眼珠子……"

他猛然间明白了事情的原委。杜琛这个顶着探险家名头四处寻宝的奸商，一定曾见识过所谓的天神遗骨，或者阅读过相关记载。当那名伤残军人取出那颗眼珠时，他一下子想到了，克鲁戈沙漠里也许还能找到更多，所以将伤残军人灭口，迫不及待地动身而去。

他咽了一口唾沫："书上说的真的可信？有没有见到真货？"

"这也是韩渭垠一直所追寻的，"易离离回答，"但年代久远，要见到实物可真不容易。韩渭垠足足花了十一年的时间，才找到一颗头骨。从第一眼见到那颗头骨时开始，他就完全相信了宋不归的笔记，也从中理出了自己的见解，于是他辞去帝师之职，开始信奉神灵，并创建了登云会。"

安弃思考了一阵子："我大致能猜到他的思路。把南疆的传说、巨大的遗骨和宋不归的笔记三者结合在一起，那个叫韩什么的老头儿认定，天神的传说是真的，那些遗骨的确就是天神留下来的，而宋不归笔记里的眼球，无疑是天神遗骨的一种，于是这颗眼球又把天神的传说和登云之柱紧紧联系在了一起。"

易离离回答："事实上，光他整理出来的资料就厚达数尺，全都是与之相关的记录，再加上宋不归这个人在真正的学者们心中的分量，的确不由得人不信。那颗头骨更是铁证。韩渭垠还是很谨慎，只是将此事在学者圈中小心地传播，因为那些资料太过有冲击力，无知愚民得知了，难保不会出什么乱子。"

这话听得安弃很不以为然，身为乡村小木匠，他自然而然也属于"无知愚民"之列。不过该无知愚民相当与众不同，到最后竟然和这个看似无稽的传说联系最深——可见那些有知识的人也没法把握命运的走向。这么一想，小木匠心里略微好过一点。

"学者有什么了不起，"小木匠哼哼着，"到最后还不是变成了杀人不眨眼的魔教。"

易离离摇摇头："这你可冤枉他们了。登云会创立之初，的确只是一个很和平的教派，韩渭垠的主要目的也只是为了把所有有才华有见识的人都聚集起来，共同研究天神与登云之柱的真相。后来变成了那样，完全是因为一个惊人的变故……你在干什么？"

安弃挥挥手里的东西："一个小习惯，闲来无事的时候雕点东西玩，优秀的木匠总是抓住一切机会练手……"

"好像是一只木鸟，"易离离瞥了一眼，"而且你手法很熟，似乎雕过很多次。"

安弃脸色微变，停住吹嘘，随手把木雕塞到怀里。就在这时，一阵喧天的锣鼓声敲了起来，身边的人群也开始鼓掌，看来大戏就要开演了。一旦开演，在那些咿咿呀呀的唱词中，两人也很难再说话了。

安弃趁机转移话题："我们走吧，换个地方。"正准备起身，易离离忽然扯扯他的衣袖："等等！"安弃一怔，顺着她的目光，看到几个衣着寻常、相貌普通的人正在走进戏棚。

"低下头，"易离离说，"来抓我的。但如果他们看到了你，肯定先对付你。"

安弃知道这话绝非恫吓，慌忙埋下头去，嘴里嘟囔着："被你连累了……你们不都是登云会的吗，怎么就莫名其妙杀起来了？"

两个人好似被事主捉拿的小贼，借助着人群掩护，躲开了追兵的视线。这两位虽然武功低微，但一个自幼与村人争斗，逃命功夫实乃多年练就；另一位最近三年来被登云会追杀，总过着生死一线的日子，所以论到逃避追击，都还算经验丰富。因此片刻之后，当追兵发现他们要找的人踪影不在时，并没有感到太过吃惊。

"这两个人为什么居然会凑到一起了？算老子运气不错，一次抓到两个教内通缉的要犯。"领头的黄黄瘦瘦的男人自言自语着。自从得到报告这两人进入了戏棚，这位分舵主立即派人将戏棚监视起来，并且调兵遣将，尽出分舵精英，决意要把这两个登云会的重要通缉犯一举擒获，立下大功。眼下虽然两人暂时失踪，他却能够肯定：他们必然还藏在戏棚里，没有跑远。

通常大戏开场之前，会有垫场，此时正有几名孩童在戏台上表演一些只凭小孩的柔韧性才能做到的杂耍，而自己要追的是成人。他皱着眉想了想，忽然眼前一亮，向着后台走去。

后台正在进行出演前最后的准备，整理衣服的、画脸谱的、亮嗓子的忙作一团。舵主走进去时，还有保镖想上前阻止，被他略施惩戒后，其余人都不敢有异动。不过眼前一大群脸上涂得花花绿绿的戏子，还真是令人烦心——光是把那些油彩刮下来就得费老大劲。但这个戏班规模不小，也有些名望，登云会固然天不怕地不怕，却也不愿莫名其妙地得罪人。正在踌躇，他忽然感到身旁有异动，扭头一看，发现一口装衣服的箱子正在微微颤抖。

舵主大喜，一掌劈开箱子，往里一看，不觉一愣：只见两个戏子被牢牢绑成粽子，口里塞着布条，发不出声，只能拼命扭动身体撞击着箱壁。两人的戏服都被扒掉，只穿着单薄的衣衫，但由于既紧张又在不断用力，衣服反而被汗水湿透了。

他立即反应过来，扫视了一眼戏子们，权衡利弊后果断下令："把这些戏子全部带回去，一个不留。"

"这两个呢？"手下指了指箱子里还在挣扎的两人。

"不必了，"舵主挥挥手，"这两个是真货。"

"您真是明察秋毫，料事如神！"手下恭维说。

明察秋毫、料事如神的舵主走后不久，两个被绑在一起的真货也不知捣鼓了点什么，突然间就从绳子里挣脱出来。两人贼溜溜地四下窥视一番，发现敌情已过，赶忙换好衣物，逃之夭夭。

"你还真聪明，想出这个招。"易离离夸奖说。

"我小时候在村里和别人斗智斗勇，什么样的花招没玩过？"小木匠顺竿爬，"这年头要骗人，就非得学会反其道而行之。最高明的骗术不是让敌人猜不到，而是让敌人自以为猜对了。"

这次两人学乖了，先略调了点油彩改变了肤色，又往衣服里垫点棉花改变了体态，这才溜出去，倒是一路无事。他们连店都不敢投，找了个香火稀少的小庙躲进去，其状之狼狈，易离离倒是司空见惯，小木匠难免怨言不少。

"没办法，把老家伙杀光之前，他们不会罢手的。"易离离说。

安弃狐疑地看她一眼："您老贵庚几何？"

"他们的弟子也算，"易离离简短地解释，"我的老师就是老家伙中的一个。"

安弃想了想："刚才那帮蠢材打断我们之前，你好像正说到登云会发生改变的事，你说发生了一件惊人的变故，那是什么？"

易离离不答，只是看着他，安弃被她看得浑身发毛，却也明白了她的意思。他无意识地踢着脚下的尘土，忽然间觉得无比烦躁："为什么所有的破事到最后都和那一夜有关？我到底是谁？"

易离离点点头："没错，就是那一夜。就在那次孛星坠落之后不久，在北方突然出现了一个奇怪的教派。这个教派也自称登云会，但招收的却全都是武林中人，其中大多数都是盗匪、山贼、大盗、杀手之辈。元老们开始还以为那不过是个巧合，要知道武林中人，最擅长的就是用异端邪说蛊惑人心，实际上行的却是杀人越货、打家劫舍的勾当。千百年来，打着这个教那个教旗号的派别也不知出现了多少，到最后都和信仰无关，全成了邪恶帮派。"

"然而一经调查却大吃一惊。这个莫名其妙的登云会，其教旨居然和本会没什么区别。只不过本会的宗旨也不过是抱着一种研究的态度，试图寻找天神与登云之柱的真相，他们却把一些似是而非的资料改头换面，然后骗人说，信教之人便可以获得天神的召唤、羽化登仙，而他们的教主就是天神转生，是人间众生的接引者。你知道，半真半假的东西，往往最能蒙蔽人。学者们还在半信半疑地探究，那些心怀邪念，或者未必怀有邪念的粗人们，却很快就被蛊惑。它原本不过是一棵小小的幼苗，却似乎在一夜之间便长成了参天大树，把原来的那棵树都遮蔽在了树荫之下。"

"但是我记得你说过，那些老家伙也不光是什么都不懂的读书人，有不少都是做大官的，想要压倒他们还不容易。"安弃说。

易离离轻叹一声："开始的时候，元老们也是那样想的，于是派人去和那个假登云会接触，对方却态度强横，连他们教主的面都没见到。元老们自然震怒，其中有一位已告老还乡的户部尚书，指示他一位握有兵权的学生，随便找了个借口，试图剿灭登云会。结局却让人万万料不到，那支军队全军覆没，只有将军活了下来。那位将军大病了数日，病愈后立即辞官归田，并且绝不许人问起他那一战的情景，只是声称遇到了山崩，以至于还没开战就尽损人马。"

"但这种说法显然有问题，因为当时那个登云会的总坛在丘陵地带，无论如何不可能出现山崩。这之后那位前户部尚书跑去实地勘探，发现那里的地面有些怪异，掘开之后，发现那一队士兵……全都被活埋在里面。"

安弃身子一抖："又不是一群猪，怎么会被活埋？"

易离离回答："所以他又去追问了那位将军，将军最后终于吐露了实言。原来双方对峙时，自称'神'的假登云会教主只是随意挥了挥手，大地竟然就在他的面前开裂，把所有的士兵都吞了进去，只有将军侥幸逃得性命，但也说不定是教主故意放他一马。据他说，那种令大地开裂的巨大力量，绝非人力布置的机关炸药所能办到。"

"这之后，教主就开始公然捕杀登云会的元老们，到现在已经过了将近二十年。过去的登云会消失了，现在只剩下顶着登云会名头的魔教肆虐江湖，令朝廷都紧张不已。在这当中，魔教和正派中人发生过好几次大冲突，那位教主都展现了匪夷所思的神通，一举而胜，不但让敌人胆寒，也吸引了更多人加入魔教。"

安弃眉头紧皱。放在过去，类似"挥挥手令大地开裂""天神降世"一类的怪谈肯定惹来他一通讥嘲，但这一次他居然没有笑，而是想到了点别的什么。那可怕的联想让他不止一次想要中断念头，但最后还是强迫自己推测下去。

"大地裂开也不算什么，在北谅山上，也曾有一大片山地在瞬间被夷平，"安弃觉得说话的声音都不像是自己的了，"按照丁风的说法，我……我被捡到的那一夜，天空中的那团火球，曾经现出过巨大的人形，而且丁风有些话藏着没跟我说明。我其实是怀疑……他见到了活着的……天神。但是万一在遇到丁风后它还没死呢？又会到哪儿去了？"

"是啊，又会到哪儿去了呢？"易离离低声说。两个人对视一眼，从对方眼里的深沉恐惧中，都明白了答案之所在。

"它为什么要化身为登云会教主？"安弃问。这话其实并非有心发问，只是无意识地自语，但易离离依然回答："谁也不知道'神'的世界是什么样的。也许在人世间成为主宰者，会比泯然众神更令他心动。"

4

与此同时，登云会的总坛中。自称为天神的教主站在自己的房间外，仰望着空中皎洁的月色，一言不发。月光照在他的面具上，反射出木头的光泽，那雕刻得毫无表情的五官显得分外可怖。从他现身那一天起，就从来没有离开过这副面具，以及面具下面宽大的白色长袍。十九年来，教主连自己的手指头都隐藏在手套中没有露出来过。这倒很符合一个所谓神的做派，天神的"神"字，同时也是神神秘秘的"神"字嘛。

在他的身后，侍从们都提心吊胆的静立着，教主不安寝，他们是断断不敢离开的。但事实上，教主的精力之旺盛远超常人，每天只需要休息两个时辰不到，就已足够。他们甚至怀疑，教主也许根本就不需要睡眠，每天那两个时辰其实是拿来蒙蔽他人的。当然这种话谁也不敢说出口，否则必然是杀身之祸，何况也不可能有机会去验证，因为教主居于独院，从不许任何人进入他的房间。十年前发生过一件事，教主也许是身体不适，也许是练功走火，在自己房中发出了压制不住的痛苦呻吟。一名忠心的仆人——也许未必是忠心，只是找机会谄媚——担心教主出事，竟然违背命令闯了进去。几乎是在一眨眼的工夫，他刚刚进去就飞了出来，却不是完整的飞出来，而是化为了无数的碎块。在这次马屁拍到马蹄子上的悲剧事件后，再也无人敢进入教主的房间了。

过了许久，教主突然挥挥手。侍从们如释重负，忙不迭地告退了。

教主转过身来，面对着他那宽阔别院的院门，沉声说："进来吧。"他的声音有如金属摩擦，刺耳难听，腔调也极怪。

门外如幽灵般闪进来一个人，正是刑堂副堂主季幽然。她向前走了几步，在距离教主数尺就停了下来。教主赞许地微微点头："事情经过已通过飞鸽传书送回来，我都看完了。这么说来，申荃有果然是凝和门的内奸。"

"是的，他一定是早得了风声，事先安排了人手，"季幽然说，"我虽然杀了他，却寡不敌众，只能舍车保帅。"

"但是我听说，我一直让你们找的那个小子，当时就在那个古董铺里绑着，后来因为这一场火并，让他给逃了，"教主淡淡地说，"这一点为什么你没有提到呢？"

季幽然神色从容："这一点我也不知晓。申荃有既然是叛徒，擒获了那小子，自然不会告诉我。"

教主点点头，挥手示意她可以离去了。季幽然躬身为礼，倒退着走出，正当她准备跨出门去时，教主忽然说："我事后派人去查看过。你的冰灵诀功力，又深厚了许多。"

季幽然默不作声，缓缓退了出去。直到远远地离开了教主的别院，她才开始大步行走，偶尔有经过的教众，在向她施礼时，都被她那苍白的面色吓呆了。

她穿过一条条幽暗深邃的长廊，回到自己的居所，先叩响了父亲的房门。推门进去，父亲季无咎衰老的面容就在烛火下摇曳不定。

"我已经听说了，你终于找到了那个孩子。"季无咎说。

"不是孩子啦，"季幽然一笑，"已经长成了一个十足的小流氓，而且什么本事也没有，就是个穷木匠。"

季无咎皱起眉头："这可有点奇怪了。你确定他身上也没有其他的力量存在？"

"半点也没有，"季幽然大摇其头，"我试探了他的内力，微弱至极，大概也就是我当年练武一个月左右的功力。"

季无咎想了想："你一个月的功力，大约也就是寻常武人练武一年吧。"他却不知道安弃这不成器的懒蛋整整练了三年有余。

"大概吧，"季幽然一摊手，"我曾怀疑他可能是冒牌货，但那个印记确实特殊，既非画上去的也不是文身，而是实实在在的胎记，那是做不了假的。"

两人陷入了沉默。过了一阵子，季幽然小心翼翼地说："其实我觉得，这个孩子……这个小流氓，说不定只是个幌子，也许他身上真的什么都没有呢？教主那么花力气地寻找他，也许找到的只是个废物呢？"

季无咎长叹一声："或许吧。他们的事情，我们怎么可能猜得透？但尽人事就行了。"

季幽然看了父亲一眼，没有搭腔。季无咎微微摇头："我知道你总是不完全相信我的话，但你想想教主的力量……一个尚不完全的都那么可怕，何况……"

"何况什么？就算那样，也会是很久以后的事情了吧，"季幽然轻声说，"我们那么担心干什么？"

季无咎不再说话，和方才教主一样，示意季幽然离开。季幽然像只受了委屈的狗，第二次灰溜溜地钻出门去，心里想着：这死老爹和教主其实也没太多分别。

其实死老爹年轻时对自己着实不错，季幽然想着。那时候虽然他执掌刑堂，对犯事者一向心狠手辣，令教众谈虎色变，但对女儿却是疼爱有加。但自从那场重病后，他的性子越来越古怪。他开始逼自己学武练功，并且把一个绝大的秘密告诉了自己。这个秘密把她的心里压得沉甸甸的，以至于她在执刑时比父亲当年更加绝情，权作发泄。

她叹口气，把这些乱七八糟的念头抛开，但很快又想起些别的。"我事后派人去查看过。你的冰灵诀功力，又深厚了许多。"这是刚才教主说的，又一次勾起了她的困惑，因为自己的武学进境实在太快，不但外人看了咋舌，连她自己也隐隐觉得不安。一个不到二十岁的年轻女子，却拥有常人苦练三十年都难以达到的功力，这恐怕很难说得上是正常。

但相比起来，最不正常的人无疑是教主。他的神力已经无法用常人的标准来衡量。登云会创立之初，无钱无势也无人，但教主凭借着自己天下无敌的武功硬生生抢夺归并了好几个颇有名望的大帮派，立住了脚跟。这之后和正派、邪派无数恶战，偶尔遇到登云会吃不住时，教主就会现身出手，当者披靡。幸好他出手并不多，似乎是因为他所练武功极耗心力，不能持续使用，否则只怕一个人就能屠灭各派。

季幽然曾亲眼见过一次教主出手。那是一次教中祭祀天神的祭奠，一向与登云会作对的名门正派痛下血本，安排了共计十一人的庞大暗杀团，试图一举杀死教主。这十一人个个都是各派精英，随便拎一个出来都能独当一面的角色。这次暗杀运作了很久，每个步骤都已谋划妥当，确保十一人可以在最适当的时机、最精确的位置共同出手。然而他们算计好了每个细节，唯独没有想到最重要的一点：是否存在这样可怕的角色，能同时应付十一名顶尖高手的刺杀。

他们错了，错得很厉害。当那十一人从不同的地点扑将上来，自以为已经封死了教主所有的闪避角度时，却发现教主压根就没有闪避的打算。他轻描淡写地一振衣袖，没有看清楚他究竟出了什么招，十一位高手竟然在瞬间被拦腰截断。十一个人，每个人都分成了两片，他们到死脸上还带着难以置信的惊愕神情，但这份惊惧也只能带到阴间去慢慢回味了。

正派中人，包括一直对登云会心怀警惕的朝廷，一定都很想知道教主的武功家世，然而别说他们，即便是登云会中位高权重的坛主长老们，也从来无人得知教主的真面目。这个人仿佛是一夜之间出现在世上，然后一夜之间成为绝世高手，又在一夜之间洞晓天机，以登云会教化世人。稍微有一些知识的人，都不会相信他的那些"我是天神"的鬼话，但是父亲却说过一句非常有意思的话。

"稍微有一些知识的人，自然不会相信，"父亲说，"但是知识很丰富的人，也许就能从另一个角度去思考问题了。"

季幽然回到房里，胡思乱想了很久才入睡，第二天天色微明就被一阵脚步声惊醒。脚步声停留在门外，一个声音说："教主传刑堂副堂主季幽然觐见。"

刚见过，怎么又召唤我？季幽然有种不祥的预感。她来到议事厅，看着教主那张藏在面具下不辨喜怒的脸，更觉得有些不安。

"我考虑了一下，以你现在的实力，再负责对内的刑罚事务实在是有些大材小用了，"教主开门见山，"既然已经有了那小子的下落，就由你去捉他吧。虽然生死都无所谓，但以你的手段，能抓活的最好。"

季幽然从容地点点头，很优雅地转身离去。不久之后，季幽然卸下刑堂副堂主一职的消息传开了，教众们如释重负，恨不能敲锣打鼓欢送这位女魔头离去。

第五章
神　魔

1

在安弃听过的所有评书故事、坊间小说里，似乎都不会缺少青年男女之间的浪漫故事。所以当他躺在自己冰冷的被窝里畅想着自己日后仗剑江湖、快意逍遥之际，总不会忘了在自己英俊潇洒、风流倜傥的身影旁再加上一个美丽的女子。该女子形象多变，有时候是古怪精灵、娇俏可喜，有时候是温柔腼腆、柔情似水，甚至于是热情如火、放浪大胆，让他一想起来就禁不住浑身燥热。唯独像易离离这样的女人，他从来没想过，也不愿意去想。但老天偏偏安排他和易离离同路，实在让他抓耳挠腮、苦不堪言。这就是艺术和生活的本质差异吧？对艺术一窍不通的小木匠想。

需要肯定的一点是，这个姑娘长得挺漂亮，走在路上总能引人注目。但除此之外，安弃再没在她身上发现一点符合"故事里的女主角"的特质。那些"故事里的女主角"，少不了冷若冰霜的冷美人，但一定都是伪装的，是讲故事的人安排的常见套路，当她们死心塌地地爱上男主角之后，其转变之迅速比冰化成水还快，前后反差之大好比小木匠这样的粗人突然从嘴里吟出一首好诗。

然而易离离绝不是这样的。她从来没有故意冷淡过安弃，也从来没有刻意去保持什么距离，她只是头脑里压根就没有男人和女人这样的概念而已。她并不沉默，和安弃说起话来滔滔不绝，然而所有的话都只围绕着一个中心：登云之柱。仿佛她生命的全部就剩下了发掘登云之柱的真相，而其他的一切都只是无关紧要的附属品。这要真是个故事，安弃觉得自己一定会把那个白痴作者活活掐死。

"咱们能找点别的话题说吗？"他终于忍不住抱怨说，"现在我看到一根鸡腿都觉得它长得像登云之柱。"

易离离有些发愣："别的话题？什么话题？"

"比如你喜欢吃什么，你小时候最喜欢捉弄哪个邻居，你怎么收拾你养的狗，你觉得什么样的男人你才愿意嫁，诸如此类。"安弃循循善诱，虽然他举出的例子一个比一个不像话，只能算作循循恶诱。

易离离继续发愣，愣完之后开口说："吃什么……吃什么是无所谓的，能填饱肚子就成。邻居……我从来没有邻居，从小就和我娘在路上走，找我失踪的父亲，从没安定下来；后来跟了师父也是东躲西藏，哪儿人少往哪儿去。狗……我没养过狗，养自己就很麻烦了，养狗干什么？"

真是个木头脑瓜子！安弃火透了。人言举一反三，这位看起来挺聪明的大姑娘却恨不能举三反一，自己想要撩她说话，实在是自讨苦吃。微一分神，易离离已经答到了最后一个问题："嫁人……我不想嫁人。"

这个答案早在安弃的意料之中，只是这四个字从寻常少女嘴里吐出，要么满怀羞涩、似嗔实喜，其实恨不得立马就跳上花轿；要么充满怨怼感伤，一听就知道受过感情伤害，似易离离这般仿佛叙述"我今天不想吃晚饭"一样的平淡口气，实在能让听到此话的任何男人心头火起。所以他只是没好气地哼一声："因为您老眼界太高看不上男人？"

"不是，因为我害怕。"易离离老老实实地回答说。

"害怕什么？男人还能吃了你不成？"安弃更是恼火。

易离离摇摇头："那倒不是。我只是怕嫁了个男人之后，他也像我父亲那样，丢下老婆孩子跑得无影无踪。与其那样，还不如不要嫁人。"

话题总算打开了，在安弃恰到好处的追问下，易离离简单讲述了一下自己的身世。安弃这才明白过来，易离离之所以如此殚精竭虑地研究登云之柱，不仅仅是为了她师父，更加是为了她的父亲母亲。这个坚强独立、不会受他人左右的少女，却也有着那样悲惨的过去。

"原来那天夜里，我在北水镇见到的就是你，"安弃说，"难怪一直觉得你面熟。不过你比那时候漂亮多了。"

易离离丝毫不理会他的恭维："那夜之后不久，我遇到了我的老师，并且帮助他躲开了登云会的追杀，以后就一直跟着他。"

"真巧啊！"

"不是巧，而是我先听到他和追杀者的对话，然后决定要帮他。只要是能和登云会作对的事情，我都会去做。"

安弃打了个寒战，心里想着：幸好老子没得罪过她。那样的执念太可怕了。

两人此时一路南行，已经离开纠缠不清的宁国与雒国，进入了皇室的属地，位于中原腹地的青州。皇室虽已逐渐衰微，但名义上仍然是天下的拥有者，是所有诸侯国的大老板，所以其在青州的这块辖地虽小，至少暂时没有刀兵之祸。但另一方面，正因为皇帝本人不具备什么势力，所以这块属地里的江湖中人不少——反正一般情况下惹祸也没人管，也不会有方仲那种战时杀敌、闲时捉贼的精力无限充沛者。

"你这个朋友好像挺不错，"易离离说，"我发现你总喜欢谈论他。"

安弃的第一反应是：易离离在挖苦他，或者变相抗议这个话题的无聊。但再一想，易离离这样的姑娘，想要学会挖苦人或者旁敲侧击地说话，大概是件挺不容易的事，所以他随口回答："大概是因为我这辈子也就只有这么一个朋友而已。"

转念又想，好不容易遇到这样不会挖苦人的听众，某些话在肚子里都快憋烂了，再不倾吐出来实在难受，于是又补充说："其实还因为……我对不起他。"

不等对方发问，他就把自己遇到方仲之后的种种事由说了一遍。小木匠平日里张嘴就是谎话，这一次居然没什么粉饰，一切照实叙述，实在不易。

"你也看得出来，我不是什么好人，"他最后郁闷地总结说，"但当我发觉我总是一肚子坏水对人，旁人却对我真诚相待时，还是难免觉得很别扭。也许是我这种人很难交到朋友，所以碰上一个，就好比穷人捡到了金子——但这个穷人却把金子当成黄铜，然后扔掉了。"

"你并没有扔掉，"易离离摇摇头，"至少到了最后，你向他说了真话，那就很不容易了。"

"是啊，很不容易。"安弃咕哝着，并且又觉得这话似乎是在暗讽他——凭什么老子说句真话就叫"很不容易"？这就是所谓的做贼心虚吧，他想。

现在两人即将进入青州著名的大城市覃丰城，路上时常路过各式各样的武人，这让做贼心虚的小木匠颇有些紧张，唯恐其中藏着登云会捉拿他的人。易离离倒是很想得开："有人的地方就一定有登云会，所以怕也没用。再说我的乔装技能还算不错，没那么容易被认出来。"

"那我们这样逃跑还有必要吗？"安弃喃喃地说，"反正到哪儿都是他们的人。"

"我们并没有在逃啊！"易离离奇怪地看他一眼。

"那我们是在干吗？"

"再往南走一段，就可以折向西行，去西疆沙漠。"

安弃停下了脚步，带着一丝侥幸问："去哪儿？我可能耳朵不大好使，没听清楚……"此时他正向一个路边卖炸糕的流动小车走去，闻着那诱人的香气，食指大动。但这句话却让他胃部一阵痉挛。

易离离慢慢地、清晰地重复了一遍："西疆沙漠，克鲁戈。我们要去克鲁戈探访登云之柱的踪迹。"

安弃失魂落魄地听着，从牙缝里挤出四个字："后会有期。"说完转身就走。易离离赶忙追在他身后："你干什么？为什么要走？"

小木匠一摊手："你愿意去西疆送命是你的自由，但我肯定不会去给你做垫背的。我一直以为我们只是在结伴逃命而已，闹了半天，你想把我带到死地里去。"

易离离一把扯住他："什么意思？死地又怎么了，你难道……一点也不想弄清楚你身世的秘密？"

"当然想，"安弃回答，"但那不应该以送命为代价。与其拿小命去开玩笑，不如糊里糊涂地活着。"

"那你每天不停地削木鸟，也是想糊里糊涂地活着吗？"易离离问，"我还以为那代表了你对自己身世的渴望呢。"

安弃的脸色变得比黄瓜还绿："想知道是一回事，怎么去知道是另一回事。西疆沙漠那种地方，十个进去，十一个死在里面，要我去不如现在就把我的脑袋砍了。"

易离离的眼神黯淡下来，似乎是完全没有料到小木匠会是这样一个胆小之辈。她辛苦数年，终于找到了这个关键人物，已经想当然地以为该关键人物会成为她生死与共的伙伴，共同在登云会的天罗地网中寻找生机，寻找能策动致命反击的利器。到了这时候她才终于明白过来：人与人终究是不一样的。

"我和你不一样啊，"安弃嗫嚅着说，"你死了娘，丢了爹，有着明确的目标要去找登云会的晦气。可我连自己从哪儿来，父母是谁都不知道。快二十年了，我身边没有任何亲近的人，好容易遇到一个愿意保护我的人，还早早地死掉了。所以对我来说，能活着就不错了，即便我跟着你发掘出了所谓的真相，甚至证明了我就是什么狗屁神赐之子，又能怎样？我没见过神，对他们没有感情，哪怕他们被登云会杀了，也没法激起我的仇恨。何况我身上从来没有半点特殊的能力……"

"我只是个混吃等死的普通人而已。"他总结说，然后摆出引颈就戮的姿态，等着易离离抨击他。但易离离只是忧郁地看了他一眼，淡淡地说："人各有志。祝你好运吧。"

这倒大大出乎安弃的意料："你……你不准备揍我一顿？就这么放过我？"

易离离摇摇头："我这一生都是这么过来的，早习惯了什么事都靠自己。我就是杀了你，也不能帮助我解决问题。"

安弃反倒生起了内疚之心，几乎就要冲口而出"那我跟你去"。但上次一时头脑发热离开了方仲的庇护，已经让他一路上后悔不已，克鲁戈那种玩命的地方，真要冒失答应了，只怕到时候肠子都要悔青了。所以这话在喉头滚了两转，终于还是吞回了肚里，他只是苦笑一声："我们一路同行，总算有点交情，吃顿告别饭吧。"

他咬咬牙，以壮士断腕的悲壮情怀补了一句："我请客。"

易离离无可无不可，痛快地点点头答应了，然后看着小木匠转身向着来路走去，忍不住问："我们要去哪儿？"

"你不会打算在覃丰城里吃饭吧？"小木匠诧异地说，"会贵死人的。我们不是刚刚路过一个市集吗？在那里请客可以挽救我的钱包……"

易离离无可无不可，于是跟在他身后，心里嘀咕着，要找出一个比小木匠更抠门、更厚脸皮的东道，大概比寻找登云之柱也容易不到哪儿去。

坐在这家兼营酒楼的市集客栈里时，气氛很怪异。易离离越是显得若无其事，安弃就越觉得如芒在背。他几次都要心软改变主意，但想想那炼狱一般的克鲁戈大沙漠可不是闹着玩的，终于没能鼓起勇气。想要把方家父子送他的钱转赠一点给易离离，聊作补偿——可他又实在舍不得。

"你真的打算，一个人去克鲁戈？"他问道，想要尽最后一点努力劝说易离离回头，"那些传说也许都是编来骗人的，不是真的……"

"你知道那些都是真的。"易离离淡淡地回答。

安弃颓然："是，虽然我没读过你读的那些书，但我相信，那些记载不会约好了一起来骗人。但是……但是……你找到他们又能有什么用？比如你真的赶在登云会之前发现了登云之柱，你能做些什么？登天变成神仙再回过来收拾他们？"

"我不能，"易离离平静地说，"我承认你说的有道理，即便我找到了登云之柱，击败登云会的机会也约等于零。但是如果我不去做，机会就肯定是零。"

安弃哀鸣一声，继续循循善诱："更何况，也许你找到了之后，局面反而会很糟。也许他们本来不知道那破柱子在哪儿，结果跟着你就找到了；又也许……"

其实他原本没有什么"又也许"了，只是抬杠的习惯促使他的脑子飞速运转，寻找着强词夺理的说辞。就在这时候，一个原本是胡搅蛮缠的想法忽然间跳了出来，让他立马冷汗直冒，说不出话来。他越是强迫自己把这个念头压下去，这个想法蹦得就越固执。

　　最后他只能把头转向窗外，装作从靠窗的二楼欣赏楼下风景的样子，虽然这个小小的市镇不可能有什么值得一赏的玩意儿。这不是适合略有点钱的人长期居住的城市，甚至也不是能吸引旅人驻足几天的风景名胜。这只是一个在大陆上一捡一大把的小地方，出现在安弃视野里的无非是些粗手大脚的娘儿们、愁眉苦脸的汉子、满手泥土的孩童，以及行色匆匆不肯稍作逗留的江湖客。除了最后这一点，其余的在三陇村与土塘村都并不少见。

　　"楼下有那么好看吗？"易离离问。

　　安弃愣了愣："也不是那么好看，只不过……只不过……你看，刚刚进镇来的那帮人派头好大，好像挺有钱的。"

　　这个刚刚到来的马队正好替他解了围。他本来不过是顺嘴一说，但话出口后，自己也发现了该马队的特异之处。马队共有三四十匹马，队形排成了几个圈子，最外面一层是二十余名全副披挂的骑士，腰悬刀剑等兵刃，手中都握着一根长长的套马索，杆头的套圈都由坚韧的牛皮制成。

　　这些骑士的中间，另有十人，各自骑着一匹毛色深紫、背上一溜黑的高头大马，也围成了一个圈。仔细看去，每匹马都被粗大的铁链拴住脖颈，而铁链的另一端则归拢到——一块黑布里。

　　这的确是个奇特的景象，在十匹马形成的圈子中央，十根从马颈延伸出的铁链不知道拴着什么物事，被一块黑布蒙住，跟随着马匹一同前进。从黑布的大小来看，里面遮住的东西块头并不大，但那十匹高大的骏马却仿佛要用很大力气才能拖动它，因为每匹马都在疲倦地喘气，走起道来歪歪斜斜，印在地上的蹄印也很深。所以整支马队虽然都是好马，前进却很缓慢，吸引了无数路人的目光。

易离离本来对一切与登云会无关的事物都不大关心，看到这幕场景，也不禁有些好奇。安弃再仔细瞧了瞧，大惊小怪地叫起来："都是紫乌金啊！这帮孙子真有钱！"

对于见不多识不广的小木匠而言，遇到一个卖弄见识的机会实在是千载难逢，自然不容错过。他摆出一副行家的嘴脸，絮絮叨叨地介绍说："你看这些马，都是不多见的紫色毛皮，背上还带有一溜黑毛，那就是罕见的名马紫乌金了。普天之下，只有紫乌金才有这样的毛色。据说这种马的祖先是早已灭绝的黑风野马的一支，毛色本来都是黑色，几百年前迁到北方紫云原上，因为长年吃的都是紫云原上深紫色的牧草，所以有这样的毛色。但在这其中，偶尔会有些马驹出生后，背上有一溜黑毛，据说那就是祖先的血脉复苏的标志，称为紫乌金。这种马体魄……哦，体魄……"

"体魄雄健，极擅长力，但由于数量稀少，可谓千金难求，"易离离替他补充说，"这些都是书面用词，你记不住也不奇怪。是谁教你的？"

诚然，类似"体魄雄健，极擅长力""可谓千金难求"之类的词句，从小木匠嘴里钻出来实在有点奇怪，难怪他记不住。他只能灰头土脸地叹息一声："原来你早认出来了，读书多就是有好处……我的朋友方仲的老爹有一匹紫乌金，是国主赐给他的，所以我听方仲讲过这种马。他们宁国大将王爷虽然不少，能得到国主赐马的，还真没几个。"

"可是这帮人……一下子就凑足了十匹，"易离离若有所思，"那不是比宁国国主还有钱？"

安弃点点头："而且这十匹马居然被拿来像骡子一样拉东西，真是暴……暴什么天物。"

他一直生活在穷困的山村，村里人买头骡子还得几家人凑钱，全村都找不出一匹马来，但听到故事里的大侠们鲜衣怒马、提缰驰骋，实在是羡慕得半死。此时一下子见到这么多好马，一阵眼馋，就想下去看看。

易离离扯住他衣袖："当心惹麻烦。"

这话提醒得正及时。楼下碰巧有一个镇民出于好奇，跑到马队旁边探头探脑，先盯着那十匹神骏的紫乌金看了一阵子，目光又顺着铁链挪到了那蒙着黑布的神秘物事上，不免多站了一小会儿工夫。一名骑士二话不说，上前兜头就是一马鞭，打得这位仁兄一声惨叫，滚倒在地，脸上留下一条又深又长的鞭痕。

旁人知道厉害，纷纷让出道来。安弃吐吐舌头："真狠，果然是惹不起的大麻烦，赶紧过去吧，不然还得有人挨打。"

"好像……过不去了。"易离离也朝下瞥了一眼。安弃往远处一看，原来是从小镇南面来了一个赶牛人，赶着十余头大黄牛，想要入镇，正好与准备出镇的马队迎面相逢。这小市集弹丸之地，街道能有多宽敞？几十匹马与十余头牛就这样堵在路口，你进不去，我也出不来。

安弃一脸坏笑，等着看赶牛人倒霉。果然刚才鞭打路人的那位骑士又策马上去，凶神恶煞地喝道："你瞎了眼了？没看到大爷们在赶路吗？还不赶紧让开，不然拿你的人头去喂狗。"

安弃摇摇头："真没创意。为什么所有反派张口闭口永远只有这一句词，也不知道他们究竟养了多少狗……"

易离离却没有理睬他的聒噪，只是紧盯着那个赶牛人。安弃这才注意到，此人并不像是寻常的农夫，他穿着一身扎眼的白袍，头上戴着宽大的斗笠，压得低低的完全看不见脸。骑士的问话响亮清晰，赶牛人却置若罔闻，一声也不吭。他一下子恍然大悟，这一定是个专门来找麻烦的，想到有热闹可看，幸灾乐祸之心更浓。

骑士也看出了不对，收回鞭子，手握在了腰刀上。但出乎所有人意料，赶牛人居然并没有发难，而是用很谦卑的语气说："挡了大爷们的路了，真是抱歉。"

然而他嘴上这么说，却没有任何行动让路。骑士不由得火起，正想说话，赶牛人已经抢先开口了："本来应该按照您说的，把我的人头送给您喂狗，可是我没有头，怎么给呢？"话音刚落，他伸出手，把自己的斗笠摘了下来。斗笠下面，赫然是一个无头的身体，脖子上面空空荡荡，什么也没有。

不等对方反应过来，这个无头人已经把手中的斗笠猛然往前一送，在那骑士的颈上看似轻轻地一抹，一道血光喷出，骑士的头颅竟然已经被生生割断。而他的身体还骑在马上，没有倒下去，两个无头人对面而立，其景十分诡异可怖。

骑士们惊怒交集，纷纷拔出兵器，却又不知对方底细，不敢轻易上前。安弃却已经忍不住开始骂："这帮笨蛋，这么简单的玩法都看不懂。"

易离离不解，安弃解释说："那是个矮子，把整个身子都藏在一件大衣服里，所以乍一看就是个没头的人。这点小把戏，我当年在三陇村吓唬人早用过无数遍……天，矮子要干什么？"

那个把头都藏进了衣服里的矮子扔下斗笠，缓缓伸出双手，并在一起轻轻一搓。也不知他玩弄了什么手法，随着这一搓，那十余头黄牛的尾巴上竟然全都亮起了火光，似乎是早就藏了烟花一类的易燃物。火一燃起，黄牛个个受惊，开始撒蹄狂奔，向着对面的马队猛冲了过去。

"好玩好玩！"安弃喜动颜色，差一点就要手舞足蹈起来。

"有什么好玩的……"易离离只觉眼前这缺心眼的小木匠不可理喻，"这么大声势闹起来，怕是这间客栈都要被拆掉。你喜欢被摔死？"

2

抛开是否会被摔死不谈，眼前的这幕好戏的确很难遇到。牛这种生物一向给人以温驯、忠厚的感觉，但所谓兔子急了还会咬人，牛急起来的声势，可就不是兔子所能比了。这十余头黄牛被火焰惊吓后冲将起来，当即将外围的二十余匹马全部冲散。骑士们虽然玩命地用鞭子抽打，也无法驾驭，反而有几人被从马背上生生顶了下去，好在身手还算敏捷，一落地便跳了起来，没有被黄牛踩伤。

不幸的小镇瞬间陷入了一片混乱之中，临街的商铺和民居本来早在那队骑士出现之时，便已经关门闭户，唯恐惹上麻烦。但现在奔牛和惊马一阵冲撞，周围的房舍都被撞得一塌糊涂。这还不算最糟糕的，令人揪心的在于被铁链拴在一处的紫乌金也受了惊扰，一阵乱挣乱扯之下，那块黑布掉了下去，藏在里面的东西露了出来。从骑士们惊慌失措的表情，可以猜到此物非同小可。

安弃很是好奇："能够让这帮人把紫乌金当成骡子使唤的东西，这一定是件很了不起的玩意儿吧。"

易离离皱起眉头："照我看……这东西似乎……就是一头骡子。"

安弃仔细一瞧，未免稍有郁闷——黑布下面露出来的，真的只是一头骡子，而且还是只病快快的瘦骡子，看来就像一只小毛驴，比周围的紫乌金矮了两个头都不止。

——能够动用那么多天下名马来拖拽运送的东西，竟然是这么一头小骡子？易离离感到不可思议。但此事原本与己无关，还是趁着这件陈旧的客栈被推平之前速速离开为妙。想到这里，她拽了拽安弃的衣袖，示意对方跟她走，不料安弃纹丝不动，反而用一种怪异的腔调说："这是个什么玩意儿啊……你快来看！"

易离离一回头，才发现安弃的眼睛正抵在一个长长的圆筒上，那是他自制的千里镜，与探地镜一样，都是用来观察羊群并伺机偷羊的看家工具。

"这不是普通的骡子，"安弃说，"你来看看，脑袋上顶了个什么？"

易离离接过千里镜，终于看清了那头骡子的模样。这骡子果然与众不同，头上还生了一根短而弯曲的角，藏在毛发里，在远处不容易看到。那只角虽短，却是鲜艳的赤红色，上面还带着若紫若蓝的斑纹，让人看了很不舒服。

易离离的神色骤然变得严峻起来："这是个大麻烦……比这群人可怕得多的大麻烦。虽然我第一次见到，但它和书上记载的一模一样。"

"这头骡子？"

"不，骡子本身没什么特殊，它不过是个被寄居的宿主，"易离离说，"它身上的赤纹龙蚁才是要命的。那根赤红色的角，正是赤纹龙蚁寄居后所形成的异征。"

赤纹龙蚁是让天下武人既梦寐以求又心惊胆战的至宝。这种异虫通体雪白，上有一圈一圈的红色纹路，背上有翅，形体极小，目力稍差的人都很难看到。据医书记载，此蚁内蕴神通，服食后可令人功力激增，犹胜苦练四十年。修为越深的人服用此蚁效果越佳。

但问题在于，能有机会服食赤纹龙蚁的人少之又少，因为它太小，飞得太快，反倒是不少生物会被它寄居——赤纹龙蚁自己不能筑巢，不会觅食，只能寄生。被其寄生的动物，行动不由自主，只能受此蚁的控制，但却力大无穷，极难捕捉。眼下这帮人不惜动用十匹紫乌金，绝非小题大做。

安弃听完，有点明白了："这么说，这帮人好容易找到了这个宿主，想要把它抓回去，从中捕捉出赤纹龙蚁来。而赶黄牛的矮子就是专门来和他们作对的。"

两人说话间，楼下已经变得更加热闹。骑士们在短暂的慌乱后迅速镇定下来，一半人手勒住马匹，以便稳住已经受到惊扰的赤纹龙蚁，剩下一半已经向着那无头人逼了上去，刀、剑、短戟、钢鞭……五花八门的武器一齐招呼过去。

无头人扯掉身上外袍，果然如安弃所料，是一个矮小侏儒。他的身法异常灵活，眼见前方敌人一枪刺来，右足微抬，已在那间不容发的一刹那踩到了枪尖上，借力一弹，身子飞得更高。他袖子一挥，数道寒芒从袖中激射而出，击向了连接紫乌金与赤纹龙蚁宿主的铁链。

只听得叮叮当当一阵响声，那些暗器碰撞到链子上，耀起无数火光，但链子却分毫不损，看来材质特殊。侏儒落到地上，眉头一皱："我只为赤纹龙蚁而来，并不想多杀伤，你们却偏不想让我如愿。"

骑士们听到他说出"赤纹龙蚁"的名字，知道这一场死斗无法避免，反而并不吃惊了。他刚刚现身挑衅时，马队的后方始终有三名骑士一动不动，即便是黄牛冲散马队时，也一副视若无睹的神态。此时三人却从马背上纵跃而起，好似三只大雕扑到侏儒面前，来势凶猛，看来武功远比其他骑士要高。

这三人都是老头子。按照安弃听故事总结出的经验，这样的老头儿多半是一门一派中压阵脚的角色，果然其中最胖的老头儿开口了："屠先生，我们白川门和你一向井水不犯河水，何苦为了赤纹龙蚁伤和气？"

屠先生大摇其头："邓胖子，既然你也知道我是为了赤纹龙蚁而来，还提什么和气？为了它，天王老子我也敢砍。更何况你们白川门经商起家，除了金钱之外一无所有，就你们少主那点微末功夫，拿了赤纹龙蚁去也是暴殄天物。"

安弃心想：原来那个字读"殄"。微一分神，下面三个老头儿已经围将上去，和侏儒屠先生噼里啪啦打作一团。打了一小会儿，即便安弃这样的废物也能看出来，三个老头儿合力一处，也不是屠先生的对手。屠先生一面和他们动手，一面屡屡抽空去对付那些铁链。但无论他换用什么手段，也无法切断，胖老头儿冷笑一声："这些链子都是用天外陨铁所铸，没那么容易弄断的。"

"那只好弄断点别的东西了。"屠先生淡淡地说。他抛开三老，展开身法，在人群与马丛中穿来穿去，出手狠辣至极，将其余骑士尽数杀伤，再度欺近了锁在一起的众马匹。

只见他出掌抹向一匹紫乌金的颈部，"咔嚓"一声，随即血光飞溅，这千金不换的名马的脖子如刀切豆腐一般断裂开来，而拴在上面的锁链也因此脱落，伴随着马匹轰然倒地的巨响，发出清脆的叮当声。要知道马的肌肉坚韧、骨骼强硬，寻常成年男子要用斧头砍断马头也颇为费力，这侏儒出手却如此轻松，带有一种令人畏惧的邪气。

安弃一把捂住嘴，免得自己惊呼出声，易离离也是面无血色。眼见这侏儒运掌如风，转瞬间已经连续砍断了九匹紫乌金的脖子，安弃一面恐惧，一面在心里不住地破口大骂："这么会儿工夫，至少上万两白花花的银子没啦！这王八蛋！"

王八蛋却不会去在意小木匠的惋惜。他正在对付最后一匹马。只需砍断它的脖子，所有的锁链就都可以取下来了。然而此马甚为机灵，眼见屠先生过来，就迅速躲到骡子的身后，以之作为挡箭牌。屠先生难免投鼠忌器，万一误伤了赤纹龙蚁的宿主，龙蚁就可能逃走，那可就前功尽弃了。

他略一定神，加快步伐，绕圈狂奔，几乎让人看不清他的身影。那马若是跟着他转圈，必然会把链子越绕越短，最终无法动弹。安弃忍不住喊起来："别跟着他跑！"

这一声喊完，他就知道坏事了。屠先生头也不抬，朝着他发声的方向飞出几枚暗器。好在他有多年躲避同龄孩童飞石袭击的经验，虽然屠先生的速度比乡村小儿快出不知多少倍，他仍然先知先觉，以笨拙的姿势躲开了这一击。只是这一躲之下，身体失去平衡，小木匠嘴里呜哇乱叫，已经从客栈的二楼摔了下去。

他手上一阵乱抓，感觉碰到了什么东西，不假思索地玩命扯住，那东西减缓了他下坠之势，虽然落地时屁股差点摔成四瓣，好歹还活着。晕晕乎乎地往手上一瞧，原来是凑巧抓住了店外立着的旗幡，勉强逃得一命。

屠先生一击不中，也无暇理会这等小虾米。只是那最后一匹紫乌金虽然肯定听不懂安弃喊了什么，脑瓜子似乎并不比安弃慢，转了一圈后，居然识破了屠先生的计谋，也不知那一瞬间怎么想的，竟猛然蹶起后蹄，狠狠踹在身后的骡子头上。这一踢力量十足，将骡子的半边面颊踢得粉碎。

骡子悲嗥一声，当即痛得蹦了起来，看上去似乎是要晕倒，身子却并不倒下。它的独角突然开始发出灼热的红光，原本黑色的双目也一下子变成了血红色，喉咙里发出一种奇怪的喘息声，仿佛是狮虎之类的猛兽战斗前发出的警告。

目睹此景，那些在旁掠阵的白川门门人都露出极度恐惧的表情。忽然之间，他们纷纷跳上马匹，迅速地逃掉了。那三名老者极力喝阻，却无人听令。

姓邓的胖老头儿转过头来，一双眼睛恨不能喷出火来。

"你这臭锉子！"他说话已经没有了半点风度，"你他妈的闯大祸了！"

赤纹龙蚁的宿主倏的仰起头来，被踢碎了半边的脸骤现狰狞之色。它侧过头，张口随意的一咬，那坚硬无比的锁链应声而断，似乎只是一根朽烂的绳子。转眼之间，所有锁链都被咬断，它已经完全自由。

三名老者面面相觑，最后做出了一致的选择——和他们的手下一道，逃之夭夭。显然，这些人在捕捉赤纹龙蚁的过程中吃尽了苦头，对它的威力相当了解。屠先生却并不甘心，从地上捡起一根断掉的锁链，向那宿主套将过去，正套在头上。

宿主脖子一甩，他便感到一股绝大的力量在扯动自己，完全没有任何反抗的余地，身子已经被横扯了出去，平平抛起。他知道此时放手必然会撞到街旁的民居中，头破血流、筋断骨折，因此咬着牙死命抓着套马索不放。但宿主的力量远远超出他的想象，只听"咔啦"一声脆响，他的右臂竟被生生拉到脱臼，口中鲜血狂喷，已经受了严重的内伤。

只听宿主再怒号一声，声音雄浑嘹亮，有若呼啸而过的狂风，令人听了有为之夺魄的惊悸感觉。它抬起一只前蹄，往地上一顿，登时在地面踏出一个小坑来。

安弃看得心惊胆战，勉强支撑起摔得七荤八素的身体就要逃命。但不动还好，这一动立即成为攻击目标。宿主抬起前蹄，就朝着他踏过来。

他在地上费力地滚了几滚，躲开这一踏，避免了变成一团肉酱的悲惨命运。宿主更加愤怒，改踏为踢，小木匠觉得自己好似一只皮球，一下子腾云驾雾飞了起来，恍惚间仿佛又回到了离开北谅山的那个多事之夜，丁风带着自己翻山越岭的时候。他感到自己撞上了很多东西，一时间也分辨不清究竟是些什么。晕过去之前，他在心里想着：我究竟是闭上眼睛等死、还是睁着眼睛等呢？转念一想，无论怎么样，被一头臭骡子踢死都是件太没面子的事。

正待长叹一声，渐渐模糊的双眼中却突然出现了一个人影，接着他感到一阵逼人的寒气扑面而来，骡子的动作仿佛一下子缓慢下来。

这是将死的幻觉吗？他想，接着就晕过去了。

3

安弃觉得自己一辈子都没有那么疼过。他知道说书先生讲故事时，总喜欢用"骨头都要散架了"来形容摔伤与撞伤，但他敢打赌没有哪个说书先生真的体会过什么叫作骨头散架。

现在他就快要散架了，全身上下每块骨头似乎都在震动跳跃，提醒着他赤纹龙蚁宿主的那一脚有多么沉重。自从苏醒过来之后，他就把全副精力用来和这种痛感做斗争。直到逐渐适应这种疼痛后，他才来得及去思考两个问题：第一，我为什么还没死？第二，我现在在哪儿？

这两个问题看来都不好回答。他勉强挪动脖子，发现自己正躺在一个还算精致的房间里，浑身包裹得像粽子，但易离离却并不在身边。

门被推开了，一个小个子男人走了进来，安弃立即大声呻吟起来。男人摇摇头："你不必装了。没人的时候，你可一直一声不吭。"

安弃讪讪地住口，看着男人走到自己身边，为自己检视伤情。他忍不住问："我的朋友呢？"

"她现在不在这里。"男人简短地回答。安弃略一琢磨，发现这话答了和不答没什么两样，显然对方并不打算告诉他什么。于是他咬牙忍着疼，任由这小个子男人替他换药、换绷带，最后歪着嘴说："多谢，你替我做这些可真不容易。"

男人停住了动作："什么意思？"

"人家不是总说男女有别嘛，"安弃懒洋洋地说，"你一个大姑娘能这么伺候我，当然不容易了。"

对方沉默了一阵，再开口说话时，已经是女人的嗓音："你怎么认出来的？"

"你身上有一股香气，"安弃回答，"虽然我知道有些男人身上也有香味，但碰巧，这股味道我闻到过。在合安城，平南将军府。"

"不错，是我。"对方没有否认。

这个女子，居然就是古董铺血案后的那天夜里来提醒他小心的人。算起来，这已经是她第二次来帮助自己了。

"你到底是谁？"安弃追问。

女子犹豫了许久，最后还是开了口："登云会刑堂前副堂主，季幽然。"

她一面说着，一面卸下了脸上的伪装。尽管光线幽暗，小木匠仍然看得两眼发直，过了好半天才反应过来："前副堂主？那你现在做什么？"

"我现在专管抓一个肩上带有云纹的人。"她回答。

"但是你显然并不想真正地抓他，"安弃哼唧着，"为什么？违抗教主的命令可不是好玩的。"

"慢慢你会知道。"回答依然是句废话。

此后的几天里，安弃慢慢养伤，季幽然定时过来给他换药，也并不回答他的任何问题。只有当问起易离离时，她简单地回答："走了。"

"这么说，她真的放弃我了。"安弃叹息一声。

"登云会的起源以及天神的传说，你都已经知道了，是吗？"季幽然看了他一眼，突然问。

安弃本想点点头，发现这样做实在太疼，于是回答："是。不但知道，而且知道得太多了——我听到了我师父的亲身经历，读过了几百年前的先人笔记，还不断听到登云会那些唬人的宣扬。各种版本都有了。"

"你那么聪明，想必已经总结出了一个你所相信的真相了？"季幽然语调里充满揶揄，这一点可和易离离大不相同，安弃不由得感到一阵亲切。

所以他这次居然很正经地回答："差不多。我想，那些什么个'天神'大概是真的存在的，不然从东到西、从南到北，而且是不同时期的人们都伪造些大骨头来玩？想想也不像。而登云之柱也是真的，也许连通天与地的，就是这么个玩意儿。"

季悠然有些奇怪："这么说，你相信了？"

"最关键的一点我没信，"安弃说，"这一点也是我不久前刚刚想明白的。当时我本来是想抬杠，可是抬着抬着，却发现把自己噎住了。"

他接着说："水里游的可能是鱼，也可能是王八；天上飞的可能是鸟，也可能是鸟毛。我确信天上有点什么东西，但那一定就是神吗？"

季幽然的面色忽然变得很难看。她深吸一口气，缓缓地说："如果不是神，那会是什么呢？"

安弃咧嘴一笑："我哪儿知道？我还巴不得那是神呢，因为据说我就是从天上掉下来的，还是什么神赐之子呢。但我真的不相信神赐之子会是这副德行。"

"不只因为你的德行那么简单吧？"季幽然说。

"不只，其实最根本的在于我不相信神的德行，"安弃说，"我就是个没本事的小木匠，什么也不懂，什么也不会，从小到大一个月都吃不上一顿肉，村里其他人也是那样。我们村本来曾经来过一个私塾先生，可是隔邻四五个村子的学生加起来也没几个，他到最后没有饭吃，半年后也只好走了。后来我离开山村，看见满世界都是拿着刀子你砍我、我杀你的，听说连皇帝都整天提心吊胆，害怕一不小心被谁给推翻了……如果真有什么神来主宰世界的话，不会这么离谱吧？"

季幽然叹口气："我头一次发现，你的头脑比我想象中还是要复杂一点点。"

安弃神色自若："谢谢夸奖。那么，你相信神的存在吗？"

季幽然想了想，似乎在犹豫着什么，最后她说："好好养伤吧。"

这次对话后，季幽然终于可以和他多说上几句话。他这才知道，自己被季幽然藏在了登云会的一处分舵里，真是羊在虎口里虎却偏偏不自知。而自己这条性命也是季幽然救回来的。自己被踹了这一脚后，浑身骨头折了好多处，如果不是季幽然及时相救，只怕小命已经不保。

"被赤纹龙蚁寄居的生物都会变得力大无穷，不能硬拼，"季幽然口气很平常，"好在我修习的是阴寒的内功，把它冻住就行了。剩下的白川门的那帮家伙就好打发了，提一句登云会的名头，他们窜得比兔子还快。"

"换了我蹿得更快……等等，那样的话，那个什么龙蚁会不会被冻死？"小木匠捡回一条命却仍然难改本性，"那东西要是抓住了，可比紫乌金还值钱。"

"赤纹龙蚁没那么容易死，"季幽然的语气有点吞吞吐吐，"宿主一死，它就……它就飞走了。"

"飞走了？"安弃皱皱眉，"但我听说，这破蚂蚁得有宿主才能活。上一个宿主死了，它是不是得马上去找下一个呢？"

季幽然叹口气："看来要糊弄你还真不是很容易，可为什么在古董铺子里你却偏偏会自己送上门？"

这是安弃生平一大丢脸之事，他赶忙打断："别提那些陈芝麻烂谷子了。你跟我说实话，易离离是不是被龙蚁……"

那一刹那他冷汗直冒，似乎找到了易离离不在自己身边的答案，脑子里冒出一大串恐怖的联想，季幽然欲言又止的神情更像是在印证他的猜测。

季幽然仔细看着安弃脸上的反应，忽然一笑："你居然也会关心同伴，看来还不算烂到家。事实上，我之所以会把你藏在这儿，又浪费那么时间照料你，和赤纹龙蚁确实有很大关系。"

"'浪费'这两个字用得真精确，"安弃闷闷地说，忽然吓了一跳，"喂，那蚂蚁不会钻到我身上了吧？"

"为什么不会？"季幽然耸耸肩，"龙蚁找宿主的时候可是饥不择食，逮着谁算谁。"

安弃已经顾不上斗口："难道……它还在我身上？"他举起恢复得不错的左手，拍拍自己的脑袋，没有感到什么异状。

"已经不在了，"季幽然说，"谁也不知道为什么，赤纹龙蚁钻入了你的体内，却很快地又钻出来离开了，这样的事情很少见，也许是你身体实在太不合赤纹龙蚁的胃口？后来它随便找了匹劣马钻进去了，那些白川门的人大概现在还在追呢。"

当日的对话到此为止。夜里小木匠又开始做梦，飞翔的快感渗入了每个毛孔，令他忘记了所有的疼痛与忧虑。他幸福地展开宽阔的双翼，追逐着风的脚步，飞得比任何一个同伴都要高。但突然之间，他感觉自己的头顶一阵剧痛，伸手摸了一下，似乎没什么东西，手放下来时，却看见掌缘上附着一只通体雪白，带有红色纹路的飞虫。

　　于是他吓醒了，想象着赤纹龙蚁钻进自己脑子里的滋味，一阵阵地起鸡皮疙瘩，再想着事实真相是这么厉害的异虫居然都不能把自己怎么样，简直汗毛都要竖起来了。在很长一段时间内，他都已经忘记了自己"可能"与常人有所不同——因为自始至终他都没什么不同的，但现在，这只怪虫子又把他的疑问勾了起来。

　　——我他妈的到底是谁？

　　正在毫无头绪之际，季幽然快步推门进来，二话不说，把他拎了起来。安弃虽然并不高大魁梧，好歹也是个成年男子，季幽然这一拎却如同老鹰捉小鸡，毫不费力。

　　"我得到消息，教主突然来到这一带巡查，"季幽然说，"我怀疑他是冲着你来的，得赶紧把你先送走。"

　　"教主为什么要抓我？你又为什么要背叛他？"安弃突然问。

　　季幽然说："以后再说，现在先走。"

　　安弃一咬牙，猛然从她手上挣脱，身子落到床上再滚到地上。他痛得龇牙咧嘴，却仍然强挺着说："要么你现在告诉我，要么就让他吃了我好了！我稀里糊涂地活了十六年，又莫名其妙地躲躲逃逃三年，受够了！哪怕做个明白鬼也好！"

　　季幽然忧郁地看着他，从他的眼神中看出，小木匠这次没有开玩笑。她长叹一声："我答应你，一到安全的地方，我就把知道的都告诉你，不然我担心你以后再也睡不着觉了。"

第六章
云 陨

1

安弃是否睡得着姑且不论，他的好朋友方仲可一直都睡得不怎么好，这当中一半是因为惦念着安弃，另一半则来源于家庭烦恼。

父子之间的争执总是很有意思，而且往往遵循着一些千年不变的陈旧套路。父亲总是忧心忡忡于儿子的前程，总是恨不能自己一手将所有事情都安排好，让儿子可以一步登天；儿子则总对父亲的多虑感到无可奈何，并越来越发现，自己想要的和父亲想要的其实是南辕北辙，完全没办法达成一致。

"我说了上百次了，"方仲很无奈，"我一点也不觉得这样不好。难道你喜欢每次打仗死很多人？"

方惟远哼了一声："孩子话！一将功成万骨枯，这本来就是再正常不过的事。你老子我当年要不是碰上几场大仗，怎么能有现在的地位？"

"可我不喜欢，"方仲无比固执，"和平是件好事，我喜欢和平，即便是一辈子不升职也没关系。军人的天职是保家卫国，如果国家不需要保卫就能得到安宁，那不是最好吗？"

平南将军长叹一声："朽木不可雕也！"

在上一次与雒国那场短暂的战争后，将近两年的时间里，再无其他战事。方仲每天仍然是一丝不苟的操练士兵，丝毫不嫌厌烦，方惟远却难免长吁短叹，惦念着儿子的前途，他自己已经位高权重，倒是不考虑太多了。

最令方惟远感到不快的是，他的同朝死敌谢谦趁着外事和平的间隙，通过对付江湖邪教慢慢爬了上来。谢谦年富力强，用兵也颇有手段，只是一直找不到大展身手的机会，结果登云会的崛起给了他这样的机会。在宁雒战争刚刚结束、方惟远正在遗憾儿子捞到的军功不够多时，谢谦突然出手，闪电般打破了魔教与朝廷之间多年来的平衡与克制，一举端掉了登云会的一个分舵。虽然该分舵当时的确是在和正派打得血肉横飞，大大违反了国家律法，但按照常理，国家应该是默许此类自己找死谁都不欠的民间斗殴，所以当谢谦的兵士们把现场包围起来时，登云会教徒们都还没回过神来，就已经被一网打尽。

"对付这帮人，普通的捕快是不够用的，"谢谦后来对国主汇报说，"必须动用军队才行。"

这次抓捕宣布了对抗的开始，至少在宁国境内，登云会的行为受到了严重阻碍。而登云会教主自然也不肯闲着，一抓住机会就在宁国搞点事情，让谢谦疲于奔命。

当然了，和实实在在的战争相比，这些交锋算不得声势浩大、伤亡惨重，也不会危及国之根本——但它又必不可少。没有任何老百姓愿意把脑袋提在手里过日子，随时提心吊胆着走在街头突然挨一刀。因此不管方惟远心里怎么酸溜溜，事实是：他的儿子在边境无所事事，谢谦却平步青云。

方仲无所谓。这是个没什么野心的年轻人，和其父大不相同。这两年来唯一让他总惦记着的事情，就是自己的朋友安弃。这个曾救过自己一命的小木匠，自从为了躲避登云会离开将军府后，就再也没有出现过。唯一值得欣慰的是，经过多方打听，他确认登云会对小木匠的追捕一直没有停止——这说明他始终没有被抓到。

即便是站在为安弃着想的角度，方仲也真心希望谢谦能迅速把登云会打压下去，不过形势并不如表面上那么乐观。在遭遇几次清剿后，宁国境内的登云会势力已经与时俱进地化整为零，绝少公开活动。教徒们的脑门上都不会贴着标签"我是魔教",所以大张旗鼓地捉拿也并不见效。简言之,魔教根基未被动摇,未来的争斗可想而知会更加激烈。

所以尽管雒国不来,方仲心里的弦还是绷得很紧,当这天午后,手下的斥候向他汇报出现特殊情况时,他立即弹了起来:"雒国又有动向了?"

"不是。"斥候回答。

"登云会的人?"

"也不是。"

"那到底是什么?"方仲有点生气。

"我也说不清楚,"斥候的表情很困惑,"您去看看就明白了。"

于是方仲去了。他带了几十名亲兵,随着斥候向边境牧区方向奔去。那里有一片富饶的草场,现在正是水草丰美的时节,许多牧民正在那里放牧。

到了事发地点才知道,果然没办法说清究竟是什么东西在捣乱,因为他满眼只见到无数的牲畜在四处乱窜。那些寻常的马啊牛啊原本没什么大不了的,发起疯来却也小看不得。边境牧民们向来讨厌当兵的,此时却像见到了救星,全都围了上来。

"了不得了,大人!"牧民们喊叫着,"快帮我们抓住那头畜生!"

"什么畜生?"方仲一头雾水。

牧民们七嘴八舌,方仲好容易听出点头绪。原来是当天清晨,当牧民们准备开始一天的工作时,牛群里不知怎么地混进了一头怪物,该怪物表面上看起来是一头漂亮的母牛,吸引了不少正处于发情期的公牛的关注,为此还引发了一些小小的争风吃醋。但等到胜利的公牛上前享受胜利果实时,悲剧却发生了。

"夹断了!"牧民大叫大嚷着,"一下子就夹断了!然后牛就疯了!但是其他的牛还不知道怎么回事,接二连三地上去……"

方仲叹了口气,这算是什么事?分明应该由当地捕快来打理,但那大惊小怪的斥候却把自己搬了过来。但是发狂的牛在草场里疯将起来,的确如同往平静的水潭里扔一块石头一样，足以破坏一切。这样的牛杀伤力未必小于一名全副武装的骑士，而被它撞伤戳伤的其他牲口也势必一起发疯。这样的麻烦事，以方仲的性子，既然已经到了现场，决不能袖手不理，只能亲自出马，以便在牛群中把那只伪装的母牛揪出来。

他骑在战马上，手里握着牧民平时用来驱赶牲畜的铁杆，硬着头皮冲进了牲畜群。那根长长的铁杆既不如长枪那么顺手，身边横冲直撞的牲畜们也不是可以任意刺杀的敌人，那真是一种束手束脚的感觉。

不过我们的方将军毕竟是个很有责任心的优秀军人。尽管任务艰巨，他还是竭尽所能，在疯牛疯马中穿来穿去，寻觅着那只怪物，并很快发现了它的芳踪。这头让不少公牛倒了大霉的假母牛此刻正在一步一步向着牲畜圈的外围离去，看皮毛倒是挺漂亮，就是步履僵硬，好不别扭。

小方将军躲避着牛角、马头、蹄子，尽量躲避着飞溅的泥土与遍地的便溺，紧随着假母牛。他一面跟踪一面想，这究竟是个什么东西？出现在此处有何重大奸谋？难道是破坏国家的畜牧业？那可是罪大恶极。

前方出现了一个小山坡，母牛开始费力地往上爬。然而刚刚爬到一半，它的身上发出一阵阵古怪的吱嘎声响，接着是几声响亮的断裂声，母牛身上掉下来几个物件，随即就不动了。方仲等了一会儿，小心翼翼地策马靠近，发现地上掉的居然是一些闪闪发亮的铁钉铁片之类。再仔细一看这头假母牛，他不觉哑然失笑：这是一只用木头做成的牛。若非那个陷害公牛的机关过于邪恶，他真想为这杰出的技艺喝彩两声。

他围着木头牛转了两圈，琢磨着怎么把外面那张惟妙惟肖的牛皮剥下来，以便更清楚地研究其构造。还没等把刀子拔出来，他突然听到一个熟悉无比的抱怨声："我只听说当兵的喜欢脱女人衣服，怎么连母牛皮都不放过？"

方仲一阵激动，从马上跳了下来："安弃！安老弟！是我啊！"

将近两年不见，安弃这厮看起来似乎精神多了，从脚步判断，他的武功也有明显长进，但整体仍然属于庸手的范畴。只是老友见面，理应有一箩筐的话要说，但嘘寒问暖没几句，安弃就问："你干吗要弄坏我的伟大发明？"

方仲愣了一会儿，反应过来他所指的是什么："可是那不是我弄坏的，它自己走到一半就坏掉了。再说了，这东西算什么伟大发明？搞出那么大的乱子。"

"那只是偶尔的失误，"安弃说，"发明的历程总是艰辛曲折的，要允许出现暂时的挫折和倒退……"

"这不是挫折、倒退的问题，"方仲打断他，"我只想知道这头母牛是做来干什么的，为了和牧民们捣乱？"

安弃得意地一笑："当然不是。我要用他来抓赤纹龙蚁。"

接下来他滔滔不绝地讲解赤纹龙蚁为何物、如何难于捕捉，他又是怎样发现了该龙蚁寄居在一头野牛身上，于是做了这头假母牛用以诱捕之。方仲头晕脑涨地听着，心里略有点不大舒服：生死相交的老朋友见面，是不是应该多聊点别的？回想起两人上次分别时，小木匠那双狡黠惫懒的眼睛中难得出现的温暖与真挚，方仲也觉得胸中有一股热血涌动。可再次见面，安弃却好像只对那什么什么龙蚁感兴趣。

最后他终于忍不住再次打断："除了龙蚁，还有别的可以说的吗？比方说，这两年你在哪里，干了些什么。"

"你说得对！"安弃拍拍他肩膀，"老友重会，多么难得。先说说你吧。"

于是方仲说了。他这两年的经历本来也没什么值得大书特书之处，但安弃听得如此心不在焉，让他更加不快。但最后他什么也没提，只是问："你呢？"

"我？"安弃有点茫然，"我想找到赤纹龙蚁。"

"为什么？"

"我想让它再钻到我身上一次，好弄明白为什么它逮着什么东西就寄居什么，为什么偏偏不喜欢我的脑袋。"

2

方仲一再保证，自己的士兵一定会密切监视龙蚁宿主的动向，保证不会让该野牛漏网，这才勉强把安弃拖回了驻地。他接着惊讶地发现，一向酒量很差的小木匠已经变成了十足的酒鬼，当然几碗下肚之后，他又发现，这仍然是一个酒量很差的酒鬼。

"军中不能饮酒，"方仲谢绝了安弃推过来的酒碗，"你不是军人，所以你随便喝。"

安弃也不客气，碗到即干，直到烂醉如泥。醒来之后已经是第二天正午，他看看自己身上，已经换上了干净衣物，再摸摸头，炸裂一般的疼痛，可以想象自己肯定醉得呕吐，大大折腾了方仲一通。

正在想着，方仲已经进来了，手里端着一杯醒酒的浓茶。安弃叹息一声，把茶杯放在一边："我知道你觉得我变得很怪。其实我也不好受。"

"我知道的，"方仲拍拍他手臂，"我父亲时常对我说，知人之前，须先知己，而知己看似简单，却是天下至难之事。你这样苦苦寻找自己的身世，本来就说明你比常人看得更远……"

"你等等，你等等！"安弃一脸惊讶，"我什么都还没说呢，怎么你全知道了？"

方仲老老实实地回答："你喝醉酒的时候，什么话都说了……"

"那我没有提到登云之柱吧？"安弃赶忙问，"登云之柱，没提过吧？"

"没有。可你现在提到了。"

安弃郁闷地捏着自己的嘴唇，想起了两年前的经历。当季幽然带着他离开那个分舵后，终于向他讲述了实情。

"你是对的，"季幽然说，"虽然你的理由有些奇怪，但却恰恰命中了核心。登云之柱确实是连接天与地的通道，但是存在于天界的，却未必是神。"

"易离离曾经告诉过你的那些资料，都是真的，只不过它们都不完整，有所缺漏。从常理推想一下，假如真的有那么一个时代，神曾能够经常被人类所见——那为什么留下来的资料与记述如此之少，以至于后世的学者花费了那么大的功夫，也只能在不起眼的角落发现一点点蛛丝马迹。"

"是啊，这是为什么？"安弃也发现了问题所在，"难道是有人故意清除了书里的内容？比如谁提到了神，就把它删掉？只不过没删干净，留下了一点？"

"这一点我们也想过，"季幽然回答，"但古往今来的典籍浩如烟海，很难想象有人有能力去办到这一点而不被旁人记录下来。所以我们有了别的思路，根据书籍的年代和分类来整理，分析了所有与'神'的崇拜相关的文献。你知道，人们由于自身的脆弱，总是渴望冥冥之中有一股超越常人的力量来帮助他们、拯救他们，所以各种各样千奇百怪的神慢慢在人们头脑里产生。"

"这话在理。"安弃称赞说。季幽然不搭理他："不同的地域可能产生不同的神话，并且会慢慢流传，甚至慢慢融合。唯独所有相关登云之柱的传说记载，在中原之地从来没有出现过只存在着一丁点的线索，让人们完全无法看清其全貌，却偏偏相对完整地存在于蛮荒之地，存在于文明的脚步始终未曾踏足的地方，譬如克鲁戈和南疆大沼泽，这两个地方生存的蛮人绝没有可能相互交流，但关于登云之柱的传说却惊人的一致。"

"这到底说明了什么？"方仲毕竟脑子慢点，而且从未思考过这方面的问题，一时间转不过弯来。

安弃紧握着双拳："这说明……两种可能性。第一种，那些所谓的'神'们，对别的地方都不爱，只喜欢光顾那些与中原文明隔绝的地方。但是这种说法说不通，因为通过努力寻找，在中原还是能略微找到一些线索和遗迹的，说明它们并非从来不光顾中原。"

"第二种可能性是什么？"

安弃紧握着双拳："第二种是可怕的一种：也许我们的世界，曾经遭受过毁灭，只有那些蛮荒之地才侥幸有人生存下来。而他们，就是证人，还能记得那场劫难的证人。"

"毁灭？"方仲大张着嘴，"被谁毁灭？"

"你的脑袋这么木，是怎么行军打仗的？"安弃屈起手指，在他头上凿了一下，"当然是天界里藏着的东西！登云会的老梆子们一开始把它们当成了神，但他们错了，那不是神，而是毁灭人间的恶魔。他们沿着登云之柱来到人间，就像你们当兵的跑到村子里烧杀抢掠一样，把一切都毁掉……"

方仲已经顾不上去抗议"我从来不烧杀抢掠"，他左看右看，抓起安弃昨夜喝剩下的半壶残酒，"咕嘟、咕嘟"全都倒进了肚子里，然后才觉得稍微好过一点，站起身来走了两步，又重新坐下，不一会儿又站了起来。

"椅子上有刺？"安弃问。

"心里面有，"方仲嘟囔着，"这种事情太离谱了，你总得让我好好想想。"

"你和我第一次听到时的反应一模一样。"安弃说。

方仲捧着头："你说的那个女魔头，她不是登云会的人吗，凭什么会知道这一切？"

安弃回答："她老子是登云会刑堂堂主，但实际上……算是教主的叛徒吧，什么原因我不知道，也许他一直忠于元老们？管他呢。"

他简单讲述了登云会现任教主与元老们的纠葛，接着说："她老子说，在教主发起对元老们的清剿时，曾有十来人事先逃掉了。他们为了弄明白教主的真正意图，循着一条并不算太可靠的线索，来到了西部边陲的卫原县，在那里得到了一块可靠的石碑。那是一个早已灭绝的古老部族放置于祭坛中的石碑，在部族消亡后慢慢地被湮灭在了地下，却被一对盗墓贼兄弟无意间挖了出来。"

"祭坛？那么石碑上的内容，一定是关于祭祀天神的咯？"方仲问。

"也是，也不是，"安弃干巴巴地说，"唉，我读书太少，说起来没有季幽然说得那么花哨。"

"是祭祀不假，但祭祀的不是天神，而是……天魔，"当时季幽然的声音阴森森的，"石碑上的文字说，他们的祖先曾目睹天魔降世，毁灭人间。那时候天空好像在燃烧，又好像被鲜血浸透了，带着烈焰的孛星从天而降，把大地变成一片火海。"

"而就在人们惊慌逃命却又发现自己根本无处可逃、无处可躲避时，他们在血色的天幕中见到了长着翅膀的天魔。那些天魔身躯庞大魁伟，挥动着矫健的双翼君临人间，几乎遮蔽了整个天空。在那种可怕的气势之下，祖先们跪在地上，以无限恐惧的心灵乞求着天魔的宽恕。"

"但他们似乎并没有得到宽恕。"方仲说。

"的确没有，"安弃耸耸肩，"大地终于被毁灭了，村庄、城市、房子、牛羊、宁国、雒国、小木匠、小将军……一切的一切都变成了焦土和灰烬。只不过就像你把一篮子鸡蛋从高处砸到地上一样，总会有一两个蛋运气不错，没有被砸碎；同样的，尽管天魔把大地整个砸碎了，就像我老人家用刨子刨木头一样，还是有一那么一丁点人运气特别好，活了下来——所以天魔们的伟大事迹才流传了下来。只不过人们一想到那时候发生的灾难就吓得要尿裤子，总是忍不住要跪拜一下天魔，求他们开恩别再来祸害人间，所以慢慢地真相被遗忘，天魔就成了天神了。"

方仲左右寻找一番，一反常态地大喊："拿酒来！"

安弃不作声，等着他又灌下去几口酒之后，才悠悠然说："嗐，你只不过是听到一个和你无关的故事，就已经这副德行了，像我这样卷在其中的，也就可以想象了。顺便说，那些读书人破译出石碑内容后，都绝望地自杀了。其实照我看来，纯属咸吃萝卜淡操心，天魔就算再来，也指不定是什么年月了，何必那么替后人担心……"

"先别扯读书人的事，说说最大的问题，"方仲带着点醉意问，"你，卷在其中的你，究竟是谁？和天魔是什么关系？"

"这正是让我怎么也想不明白的事情。按照丁风的说法，那天晚上在大爆炸之后，现场所有人都死光了，只剩下我一个。而这之后的事情，他却故意瞒着不告诉我，"安弃说，"所以我只能凭空胡猜了。一个天魔死去了，我却偏偏在那个毁灭一切的死亡现场诞生，而在那之后，很多人莫名其妙地来找我，显然我有着极特殊的身份。所以我想，会不会……会不会我其实是天魔在临死前塑造的一个替身呢？"

他又想起了季幽然看着他时的眼光，那种眼光让人既不舒服，又像是在看着一个怪物，又像是饱含着某种期望，或者说寄托。他疲惫地叹了口气："但是这种推断却很难解释清楚某些事情。因为天魔很可能压根就没有死，既然没有死，我的存在又是为了什么呢？"

"没有死？怎么可能？你怎么知道的？"

"假设，我是说假设，天魔死掉了，并在死前把全部的力量都倾注到了某样东西上作为它的化身，而那样东西，大概就是我了。但是在人间，为什么还有另外一个人，拥有着常人根本无法想象的力量，四处作恶……"

"登云会教主！"方仲大喊起来。安弃冲着他温柔地一笑："没错，这就是矛盾所在了。当然教主四处干坏事，的确很招人恨，按照季幽然的说法，不管我和教主的真实身份究竟是什么，如果我有一丁点可能性是天魔的化身。那么我大概就是唯一一个有一丁点可能性阻止教主他老人家的英雄。可是我摸索了两年，也没发现自己和天下其他的任何一个穷小木匠有什么不一样。"

"不过，会不会还有其他的天魔来到呢？"方仲想了很久，小心翼翼地提出，"你怎么能肯定教主和你的……真身有关，而不是另外一个没人看到的翼人呢？"

"首先，看看他落地的那种声势，没人看到的机会实在太小了，"安弃说，"再说了，即便存在着那种可能性，我们也只能先排除了第一种，再去探访第二种。"

"还有，什么天神、天魔的，说起来真别扭，"安弃那时候还对季幽然说，"什么神啊魔啊的，都只是人安上去的称呼，能给你点肉吃的就是神，吃你肉的就是魔。既然他们长着翅膀和鸟一样，就叫他们鸟人好了。"

"没文化的悲哀呀，"季幽然叹息一声，"那么难听的名字……你可以叫他们翼人吗？"

根据安弃的陈述，在这两年中，他的确是想尽一切办法，想要唤醒并激发那可能存在于自己体内的来自翼人的力量。他本来是个没什么责任心的人，更何况即便真的存在什么天魔降世毁灭人间，也指不定什么时候才会发生——也许再过几千年都不会发生呢。但当一个普通人突然知道自己"有可能"成为一个响当当的大人物时，那种激励是巨大的。安弃也许对于教主最后能否称霸一时并不在意，但他难免会渴望改变自己乏味无趣的生命。

他先是苦练丁风那本秘籍上所记载的武功，真真正正的苦练，但几个月后他发现，武学之道，"资质"二字非常重要，而他看来并不是一个适合练武的好材料。照这样下去练个十年二十年，他也最多成为一个江湖上的二三流人物，教主一挥手，大概就能杀死五六十个他这样的角色。

然后他开始考虑学习法术。武林中人的修炼法门，除了武术之外，便是法术了。前者需要高涨的杀意与澎湃的精神，后者却强调冥思、沉静、极度的压抑与收敛，其修炼过程完全相反，所以无法兼而得之。安弃心想，自己武术不行，说不定倒是学习法术的天才，但一学起来才知道，满不是这么回事。多的不说，光是那些涉及人体经络、阴阳五行、天空星辰的乱七八糟的术语，对于只在私塾先生那里勉强混过几天的小木匠而言，就是一个绝大的难题。他总是记住了一个词又忘掉了下一个词，好容易把术语恶补好了，新的麻烦来了。

他根本不是一个能静下心来的人。他活跃的脑子几乎每时每刻都在想着点什么，算计着点什么，憧憬着点什么，挖苦着点什么。如果说练武时他还能强迫自己的筋肉骨骼进行锻炼的话，要控制脑子里不去胡思乱想，那就基本不可能了。所以又过了半年之后，安弃发现自己在法术上的进境比武学还要慢得多。

他意识到，要靠这种常规的手段，大概等他发掘出点什么的时候，教主早就一统江湖把他扔到锅里油炸了。于是在接下来的一年中，安弃开始思考各种非常规的手段，因为说书先生们的故事里总是那样，英雄们一开始往往要四处碰壁，随便什么阿猫阿狗都能揍他，只有在面临绝境时，才能爆发出真正的全部潜力。但以安弃的胆量，真要去尝试什么火烧水淹、上吊跳崖，只怕还是不敢执行。到最后他突然想到了赤纹龙蚁，那是他一生中所遇到的唯一一次能彰显他的与众不同之处的遭遇。

"它钻进你体内的一刹那，我真的以为完蛋了，"季幽然说，"基本上，它进入某个动物的体内，就会迅速钻进头颅，吃掉脑髓，然后完全控制那具身体，并让自己重新处于半休眠状态。但很奇怪的，它并没有这么对付你，而是转了一圈后，自己离开了。"

"真没面子。因为我长得丑吗？"安弃居然觉得有点遗憾。

"放心，尽管你长得很丑是事实，但赤纹龙蚁不会那么挑剔，"季幽然半点面子也不给，"所以我才确定，你的身体里一定有什么与众不同的东西，以至于赤纹龙蚁都无法侵入。"

"所以你才一定要找到赤纹龙蚁？"方仲终于明白了。

"是的，一定要，"安弃咬牙切齿，"上一次我晕过去了，但这次我要醒着，我要让那只该死的虫子往我身上钻，我要弄明白为什么它不愿意待在里面，是不是会有什么我还不知道的力量把它往外赶。我跟踪了它很久，又花了两个月工夫做出了这只木牛。我非得抓住它不可。"

方仲无可奈何："你真是疯了。"

"不抓到它我才真的要疯，"安弃瞪着眼睛，"你是方大将军的儿子，将门虎子——这个词我没用错吧？从小就前途无量，很多人等着巴结你、奉承你，你当兵也一帆风顺，没有人敢对你下绊子使坏。所以你没有办法体会我的生活。"

方仲想要辩白自己从没依靠过父亲，但想到"没有人敢对你下绊子使坏"这句话也有些道理，正在迷糊，安弃已经接着说下去："我只是一个山村里的小木匠，连亲生爹娘是谁都不知道，只有一个成天喝得醉醺醺的木匠老爹。从小村里人就和我过不去，我也一直和他们作对，就这样长到十六岁。然后突然之间，有人告诉我，我他妈的不是普通人，我是什么狗日的神赐之子，然后又冒出很多人要宰了我，把我的生活搅得乱七八糟。我东躲西藏，像条狗一样逃命，每天晚上睡觉都害怕自己会在梦里被人把头砍下来。我为什么要这么过？"

方仲无法回答。回首自己的一生，他曾以为那也是一路艰辛奋斗上来的，但对比安弃，或许自己真的是一直在受到命运眷顾而不自知。他沉重地叹了口气："所以你一定要找到个机会，来证明你其实与众不同，证明你有机会出人头地？"

"去他大爷的出人头地，我不需要那玩意儿，"小木匠的口气依然粗俗不堪，没有半点"神赐之子"的气质，"我只想弄明白我究竟是谁。如果我谁都不是，就让那些闲人统统滚蛋，至少让我做个没人追杀的小木匠；如果我真是个什么谁……就更应该靠我的力量，让闲人们滚蛋。"

"志向远大！"方仲赞曰。他犹豫了一下，重重一拍安弃的肩膀，差点把对方拍散架："我帮你，让我的兵替你把赤纹龙蚁找出来。"

"这算是……那个词怎么说来着……假公济私吧？"安弃问。

方仲自己也有点疑惑，但最后他的目光还是坚定起来："如果你所说的属实，我所做的一切就是在拯救这个国家。"

"很好的自我欺骗的理由。"安弃小声说。方仲咳嗽一声，似乎没听到，起身时在桌角上狠狠撞了一下腰，疼得叫出了声。对于这个一直以来正经得一塌糊涂的军人楷模来说，偶尔决定动用国家资源替朋友干点私事，心中的愧疚感当真是无法用语言形容。

然而上天似乎一定要维护方仲的正面形象，不给他任何揩国家油水的机会。正当方仲在心里矛盾地思考着该调拨多少人手才能在国恩与友情之间寻求一点平衡时，一件意外阻碍了他的计划，保全了他的一世清白。

一队流匪马贼不知为何流窜到了这片并不富饶的区域。他们袭击了好几群牲畜，抢掠了不少牛羊，也杀了一些人，但奇怪的是，那些牛羊的尸体不久之后即被发现。马贼们既没有将它们带走贩卖，也没有割取畜肉。

"这说明他们只是假扮的马贼，以此作为遮掩，"遇到这种事情，方仲的头脑从来不会糊涂，"他们有另外的重大图谋。此事切忌操之过急，以免打草惊蛇，需要先派斥候去……"

"糟糕！"安弃大叫起来，"他们一定是跟踪着我来到这里，要抢赤纹龙蚁的！多半就是那个白什么门的破帮派的废物们。那帮王八蛋打架不行，钱倒是大把大把的有——化装成马贼需要花钱吗？"

方仲没有理睬他后面的废话，沉思了一会儿："也就是说，他们随时可能抢在你之前找到赤纹龙蚁？"

"就是这个意思！"安弃都快哭出来了。

这次方仲没有丝毫犹豫："那我现在就去找他们，一定要赶在他们之前。"出手对付马贼，那就是军人本分的事情了，他不会感到任何为难。

于是方仲去了。安弃如坐针毡，焦躁不安地在驻地等候，连酒都喝不下去，最后等来的消息如下："不好了！小方将军带去的五百人全部被包围了！"

安弃吃惊得顾不上害怕了："开什么玩笑？白什么门的鸟人再有钱，也没办法武装出一支部队把五百人都围起来吧？"

"不是白什么门！"斥候面如土色，"包围他们的是雒国的军队！"

在很长一段时间内，安弃都还在以为那是白川门的阴谋诡计，但前方的消息源源不断地回来，终于证实了一切。的确是雒国的军队，而且是大量的军队——这是一场精心策划的突袭。他们派人扮作马贼烧杀抢掠，试图吸引方仲带兵追缴，然后将他一举擒获。

本来以方仲的实战经验绝不会上当，但安弃的话完全干扰并误导了他的判断。最为重要的是，由于担心自己的朋友失去他所追寻的东西，方仲甚至来不及进行充分的准备，就急急地行动了，然后顺理成章地落入埋伏圈。他所带的五百人对付马贼绰绰有余，对付数千雒国精兵，似乎稍嫌不足，所以终于被围困在一个小山头上。好在敌军决意生擒他，并没有强攻，否则那一点地利在潮水一般的铁蹄下根本无济于事。

方惟远心急火燎地亲自率兵去救儿子。他仍然是一副死鸭子嘴硬的嘴脸，暴跳如雷地责骂着方仲的冒失行径，称其为将如此鲁莽，实在是国家之灾、百姓之祸，死了也活该，还能给国家节约粮饷云云。但任何人都能看出他的心急如焚和无法言说的惶恐。尤其是他手拥重兵却又不敢轻举妄动、唯恐敌人发狠先杀掉他儿子的那种表情，实在让人不忍多看。

雒国军队和方惟远僵持着，一方不敢动弹，一方有恃无恐。而方仲始终被围着无法脱困，几天之后，估摸着口粮差不多该耗尽了，方惟远更是着急，两只眼睛熬得通红，头上添了不少白发。

如果说有人比他还难受，那大概就是安弃了。他头一次意识到，原来友情也是可以杀人的。他也头一次想到，只要方仲能够活下来，他宁可找不到赤纹龙蚁，一辈子做一个潦倒的小木匠也好，可惜的是，他并没有看出有多大的可能性。

方惟远并不知道这件事是由安弃造成的，居然反过来劝慰安弃宽心！头发白多黑少的老将军每说一句话，都像有一把钝锯在小木匠的心上狠命地拉过。

"这小子从小就不大会说话，也不懂得讨好人让人喜欢他，"方惟远叹息着，"认识你之后，明显快乐多了。人的一辈子，有两件事情最难：找到一个真正值得爱的女人，认识一个真正值得交往的朋友。"

安弃听不下去了，几乎是逃离了方惟远身边。一边跑着，一边回想起自己和方仲认识以来的种种情由。其实他只是在巧合中帮到过方仲，并且心里不断存着出卖对方的念头，但那个傻小子却真的把自己当作了兄弟。安弃敢肯定，即便真的陷入绝境，方仲也绝不会怪到他头上来，也许反而还会遗憾自己没有能够抓住赤纹龙蚁、帮助自己的兄弟了结心愿。这个想法让他终于忍不住痛哭起来。

他死命地揪着自己的头发。他在营帐里翻来找去。他需要酒。

3

当兵的人，为国捐躯本是分所应当，所以方仲对于死亡本身并不怎么畏惧——虽然能活着更好。而他打仗多年，经历的危险也不止一次两次了。

只是这一回的大麻烦在于，对方的目的并不是要他的命，而是用他的将死而未死来要挟父亲大人。某种程度上，方仲觉得自己正处在一种半生半死的混合态，要最后确定生或者死，完全看方惟远的决定了。

可是父亲大人会如何决断呢？方仲还真拿不准。按他对父亲的判断，这位脾气又臭又硬的老将军是绝对不肯为了儿子而不顾原则大义的。但亲兵们告诉他，全世界只有他一个人不知道父亲对他的爱有多深。

"两年前您被追击到土塘村那次，方将军听到消息，脸色一下子变得像死人一样。"亲兵告诉方仲。方惟远虽然被封爵位，仍是最喜欢别人叫他将军。

"可我回来，他只是把我臭骂了一顿。"方仲说。

"那是您没看到他之前高兴成什么样，"亲兵说，"就差拉过身边的马夫称兄道弟了，头盔戴反了都没发现。"

方仲点点头："我明白了。"

这一夜所有携带的干粮都吃光了。士兵们好不容易找到一只野兔，烤熟了给方仲送了过来。方仲摇摇头，命令他们把兔肉送给伤号。然后他仰躺在那小土山的山顶，看着没有一颗星星的阴霾的夜空，不知怎么的，回想起小时候父亲抱着自己、教自己辨识天空星辰的时光。当然了，寻常父母在这种时候会给孩子讲一些星辰童话什么的，父亲大人却只会告诉自己，根据某颗星星可以确定方向，根据某颗星星可以确定时辰，这些在行军打仗时都能派上大用场云云。尽管如此，那仍然是值得铭记的快乐时光。

他一夜未睡，等到了天亮。太阳刚刚升起时，他率领着自己剩下的四百人，向着铁桶一般的敌阵发起了冲击。

可惜没能看到星星，他叹息着。

这家伙疯了，曹渊想，完全是以卵击石。面对着自己统率的五千精兵，那区区四五百人简直就是一盘小菜，足以被嚼得连骨头渣子都不剩。显然，此人宁可战死，也不愿意被俘虏。

既然如此，也就不必客气了，击杀方仲毕竟也算得一场大功。曹渊调兵遣将，很快把敌军团团围住，开始剿杀。他自己则站得远远的，悠闲地等待着部下将方仲的人头送上来。

但方仲真是员猛将。他一手持盾，一手挥舞着长枪，在人群中杀进杀出，勇不可当。曹渊手下两名偏将试图阻止他，都被他一枪穿心，送了性命。然而宁国兵力实在差得太远，方仲虽勇，毕竟不是铁打的身躯，身上伤口越添越多，体力也逐渐消耗。仍然跟在方仲身边奋战的士兵已经损失过半，敌军却仍然如同海潮般不断上涌，不给他们留下任何喘息之机。

再过一袋烟的工夫就能解决了吧？曹渊漫不经心地想。但宁国人却始终做着疯狂的垂死挣扎，当他们死掉三百人时，曹渊已经付出了近千人的代价。尤其是方仲，受伤越多，反而越是斗志旺盛，一时间雒国士兵竟然都不敢靠近他。在他的鼓舞之下，仅剩的百余宁国士兵也个个拼死力战，让远远占据数量优势的敌军有些腿软。

该死的！曹渊咒骂了一句什么，下令不许后退一步，就算是挤，也要把宁国佬挤成肉饼。就在这时候，他发现前方士兵们有些注意力不集中。他们的视线好像越过了那帮即将完蛋的瓮中之鳖，看向了他们身后，看向了包围圈的边缘。曹渊也跟着看过去，接着他以为自己的眼睛出毛病了。他狠狠地揉了揉眼睛，仔细再看，没错，没看花眼，真的是那一幕稀奇古怪让人难以置信的场景。

——他的士兵们正在飞起来。一个、两个、五个、十个……由远及近，无数的士兵正在一个个飞到高处……然后再落下来。具体而言，他们都莫名其妙地从地面飞到了天空，随即重重摔落，好像是被什么东西抛起来的，那种弧线让人想起了戏班里玩杂耍的人抛橘子的场面。但即便是最优秀的大力士，也不可能把人扔到那样的高度，那一个个一两百斤重的大汉居然就像过节时放的焰火，前赴后继地升上天空。当然了，从那样高的地方摔将下来，即便不死，也必然是身受重伤，无法动弹了。

那一刻曹渊产生了一种古怪的联想，似乎是小时候亲眼见过的从山坡上滚落的巨石。沿路所有的花草都会立即被压扁，倒伏于地，而不能令巨石的速度有分毫减慢。

他脑子里转这个念头不过是一瞬间，眼见着不断飞到半空的宁国士兵阵营也离方仲等人越来越近，但却偏偏在这时候拐了个弯，绕过包围圈，朝着自己的方向运动过来。

"到底发生了什么！"他咆哮起来。任何一个主将看到自己的士兵变成杂耍者手中的橘子，大概都不会太高兴。

不过他很快就看清楚了到底发生了什么。一头牛，一头貌似普普通通的公牛，正在战场上高速地跑过。它所到之处，只需要用牛角轻轻一挑，五大三粗的士兵们就都像没有重量一般被顶飞了，敢于正面拦截的更是下场惨不忍睹。

士兵们何曾见过这样的威力？付出一阵徒劳的伤亡后，纷纷开始逃跑，所以很快不再有飞天的人，但那头牛却距离曹渊越来越近了。

曹渊流利地骂出一连串的粗话，慌慌张张地转身就逃。比起擒获或杀死方仲，还是保住自己的性命最重要。

群龙无首的雒国军队正在不知所措时，方惟远的大军已经开到。他敏锐地把握住了这个混乱的时机，冲破了封锁线，而他和他手下的将士，绝对可以为了方仲而不惜一切代价。

他们也不用付出太大的代价。那头牛非常奇怪地又一扭头跑开了，径直追着雒军的屁股后面而去，就好像它铁了心专门和雒国作对一样。

"这头牛一定是宁国养的……"双方军士不约而同地想。

在这头宁国牛与宁国人的共同冲击下，雒军很快败走，方惟远发疯一般抢出已经成了血人的儿子，交给军医急救。其余将士们把那头奇怪的牛团团围住，不知该如何是好。它正在原地不断地打着转，看来很烦躁。到这时大家才看清楚，牛肚子下面似乎藏了人，而且正用一根细长的杆子挑出点什么东西，在牛鼻子下面晃着。烦躁的公牛不断试图够到那个东西，可惜只是徒劳。

"帮帮忙，"牛肚子下面的人说，"把你们军中驱除蚊蚁的药水，有多少拿多少出来。然后砍掉牛脖子，要小心，一步步地靠近，别惊动它，我会稳住它的。"

士兵们面面相觑，不知是否该照办，幸好有人认出了说话者的声音："那是小方将军的好朋友安公子！"

片刻之后，牛头被方惟远亲手砍了下来，一只形状古怪的飞虫刚刚从牛头里费力地钻出来，就被铺天盖地的药水淹没，掉在地上拼命挣扎。安弃从牛肚子下钻出来，毫不犹豫地狠狠一脚踏上去，眼看要把这只江湖中人梦寐以求的异虫踩成粉末。没想到赤纹龙蚁比他想象中机敏得多，虽然被驱蚊药弄得晕晕乎乎，仍然看准了那一下的时机，从安弃的脚底钻了进去。小木匠辛辛苦苦大费周折，始终没能追到赤纹龙蚁，结果到了他只想杀死龙蚁的时候，反而如愿了。

但这对他已经不重要了。他一面感受着龙蚁在他体内缓缓爬行带来的痒痛，一面以最快的速度冲到了方仲身边。方仲脸上的血迹已经被擦干净，身上却不断有血水渗出来。他面白如纸、呼吸微弱，安弃从随军大夫的表情中猜出了他的状况，眼泪一下子涌了出来。

"人总是会死的，放轻松点，"方仲努力挤出一个笑容安慰他，"那头牛你使唤得真漂亮，救了我们好多兄弟的命。我早就说过你能行的，你从来都能行，从来没有差劲过。"

放在往常，安弃大概会手舞足蹈、口沫四溅地炫耀一番，他如何通过木牛引出了宿主，如何巧妙地趁着宿主对木牛大献殷勤时躲到它的身下，如何通过母牛的气味操控着宿主进行徒劳的追逐、以此冲开雒国的防线。他甚至还会回忆起自己可歌可泣的童年，回忆起自己如何用同样的方法藏在牛肚子下，去整那些他讨厌的村民。

但现在他什么也说不出来。他哽咽着，在嘴里一遍遍近乎无意识地重复着："你要死了，是我害了你。你要死了，是我害了你。"

"你没有，"方仲艰难地摇摇头，"审时度势是为将者该做的事，做不到也绝不能怪罪旁人。何况那是你的心愿，你最大的心愿，有一丁点可能性，我们也得试试。"

"狗屁心愿！"安弃恨不能一刀把自己的舌头割下来，"心愿算什么！我一辈子做个狗日的破木匠又算什么！去他妈的天神天魔登云会！"

方仲微微一笑，已经说不出话来。安弃悄悄侧头看着方惟远，老将军的脸上早已老泪纵横，半点也不加掩饰。

与此同时，龙蚁已经钻到了他的右侧大腿上，却忽然停住不动了。很久以后才有有经验的人告诉安弃："龙蚁虽然体质特异，被洒上那么多药水也受不了，所以只能在你体内暂时休眠。"

"那它什么时候能醒过来滚出去？"安弃瞠目结舌。

"那可说不准，"对方事不关己地摇摇头，"兴许三五个月，兴许八年十年。"

"那我能有办法把它赶出去吗？"安弃急忙问。

"我猜测，它利用你腿上的血肉形成了一个很小的保护膜，然后自己藏在里面陷入休眠，如果你能把它整个挖出来，接触到外间的新鲜空气，它大概就会醒了。"

安弃脸色煞白："整个挖出来？那还不如让它继续留在里面算了，反正一点感觉都没有。"

4

真正大规模的战争在那一年爆发。动了怒的宁国倾举国之力讨伐雒国，但双方实力相近，并且都拉扯到了赶鸭子上架的盟国，战争很快演变成僵持不下的泥潭。双方都不惜一切代价地投入各种力量，老百姓则不得不为此付账。至于皇帝，知道自己说话不顶用，索性什么也不说了。

三陇村的年轻人们也不得不放下锄头，扛起刀枪，为了所谓的"保家卫国"而战。对于他们而言，国家从未给过任何好处，倒是一到了征兵和收税的时候就会自动蹦出来恶心人。但他们无力反抗，只能乖乖从命。

来自三陇村的年轻人黄威，很幸运地在打了好几仗之后都没死，俨然具备了老兵的资格。在和其他资格更老的老兵喝酒吹牛的时候，他总是听到一个很熟悉的名字，该名字重复了很多次，以至于他终于忍不住要发问。

"安弃？"他好奇地说，"原来还有第二个叫这么个怪名字的人啊，以前我们村也有一个叫这个名字的小木匠，后来跌下山崖摔死了。"

"这位安公子可不是一般小木匠能比的！"和他聊天的老兵说，"听说他出身名门望族，自幼文武双全，不然后来也不会立下那么大的功劳！"

老兵眉飞色舞地讲述着这位名门望族、文武双全的安弃安公子曾如何在数百敌军的包围下奋起神威，孤身一人把方将军的儿子救出来；他又曾如何驯服一头怪兽，冲散了雏狗的包围圈，至今仍在军中被传诵。

"可惜那一次，小方将军还是不幸以身殉国，"老兵叹息着，"安公子很伤心，从此再也没有露过面，不然现在雏狗哪能那么嚣张！"

是啊，说不定老子就不必被抓丁抓到这里了，黄威不无悲哀地想。这个该死的安弃，不就死了个朋友嘛，跑什么跑？

他得出了结论：天底下叫安弃的，都不是什么好人。

第七章
神 锢

1

一般而言，十来个登云教徒和他人斗殴而死，算不得什么新鲜事。但是十来个人毫无反抗之力地一举被官府擒拿，而且对方并没有使用毒药，那就未免有点丢脸了。所以听到这个消息时，季幽然那张本来就冷冰冰的脸上好似罩了一层严霜，让回报的细作心里七上八下。

"说详细点。"她命令说。

细作赶忙开口，唯恐自己说的话不够多："是！是！小的买通了狱卒，混了进去，和被擒的兄弟们见了面。他们在牢里都还好，暂时没有受刑，每顿饭有四个馒头、一碗粥还有咸菜……"

"别说废话！"季幽然喝道，"我问的是他们被擒的经过！"

那十余人被擒的经过如下。所有人都来自同一分舵，而该分舵与武林名门龙剑门约好了进行决斗，这场决斗原本凶多吉少，因为龙剑门乃是名门大派，高手众多，单靠一个分舵很难赢。但登云教徒个个擅长玩阴招，于是决定在决斗前夕在场地上做点小文章，以图不战而屈人之兵矣。

他们去了，兴致盎然地挖着陷阱，但刚挖掉一层土，就不知触发了什么，地下突然"嗖嗖"飞出无数钢针，钉在几个人的身上。事后证明那些针上没有淬毒，但在当时，谁还有心思去分辨这个？设伏的人反而中了埋伏，教徒们慌慌张张地觅路逃窜。

这个约定的决斗地点是一片树林里的空地，东面林木密集，黑黢黢的透出某种阴森，西面则相对开阔。于是教徒们扶着伤者向西面而去。

但跑了几步他们就想到：敌人既然设伏，必定计划周详。我们向着看似安全的开阔地跑，反而会中了他们的圈套。我登云会教众怎能如此蠢笨？

"所以他们又转头向着东边跑了，"细作说，"然后脚底下绊着了机关，一张大网子掉下来，把他们兜头网在了里面。那个机关布置的非常巧，他们一直到被网起来都没能发现触发点究竟藏在哪里。"

季幽然点点头，令他退下，然后皱着眉头陷入沉思。这已经是最近几个月来各地发生的第三起专门针对登云会的事件了。敌人始终没有露面，也没有下毒或者杀人，但人们却一次次莫名其妙地栽倒在他布置的陷阱中。

先是猜准了教众们肯定会去布置陷阱，于是提前动手；又算准了他们逃跑过程中的心理变化，精确判断出逃跑路线——这厮的思维还真是缜密而大胆。季幽然回顾之前的两次，发现细节上确有近似之处：精巧的机关陷阱、对敌人行动的准确猜测、不杀伤人命的作风。

这会是官府的人吗？季幽然想，随即又否定了这一猜测。一来官府大概还没那么聪明，二来此人的行事手法透出一股民间的野气。

此时登云会已经成了名副其实的武林第一教会，气焰之嚣张令正派人士们切齿痛恨而又无可奈何。被季幽然怀疑为翼人化身的教主虽然只有寥寥几次出手，每次出手都令天下震惊，可想而知他的力量恢复得越来越足。以大元寺、龙剑门、灵山派、清霞派等为首的大帮会门派且图自保，不敢主动出击，只苦了那些小帮派，一个个被登云会并吞或者消灭。最后形势变成了这样：各大派结成了紧密的联盟，共同与登云会对峙；而登云会虽然势大，却也不敢轻易地挑起大战，因为他们同时还要对付朝廷。

先是宁国，接着是雒国，都开始公开禁止其国境内的登云会的活动。雒国也出了一个和谢谦类似的铁腕人物，认准了登云会是国家的巨大不安定因素，并开展了驱逐与镇压。对于那些江湖中人来说，这实在是个救命的好消息。如果没有强大的军队介入，保不好十年不到，登云会就会一统江湖了。

季幽然无所谓。于她而言，登云会兴与衰其实都并不重要。她表面上雷厉风行、尽心尽责，那是为了自己的好强；背地里搞出点事来拆登云会的台，那是为了让老爹舒服。所以，眼下发生的这档子事情她一定要过问一下，不为别的，只为了自己的面子。

她思前想后，想要精心策划一个方案，把这个幕后黑手引出来。但她动手砍人水准一流，要设计一个复杂的计谋去算计人，却未免有点勉强。到最后只能采用不得已而为之的笨办法：主动挑事，和其他帮会动手，看能不能把这家伙勾出来。

于是接下来的这段日子，登云会频繁出击，不断制造着小摩擦，但对方似乎是意识到了这种阴谋，反而不动弹了。过了几天，就在所有人放松警惕之后，这位却又闹事了。

在说书人口中，江湖中的英雄好汉们大碗喝酒、大块吃肉，一出手就是大把大把的银子——大概故事里的英雄都是开银矿的。但在现实中，银子总得有个来源吧？一个牛气十足的大侠或者大盗，坐在酒楼里吃喝之后，掏出一个干瘪的钱袋，一个一个数着碎铜板，岂不是很丢人很没有派头？所以但凡江湖组织，总会有各自的生财之道。

登云会规模如此庞大，自然不能只靠一种方法生钱，需要开展多种经营，劫镖就是其中之一。而通过劫镖令大镖局屈服，给登云会纳贡以求平安，则是因此衍生出的关联产业。

出事的那一天，正好是某个登云会罩着的镖局运镖到半道上的日子，而且该片区域正好在登云会势力范围内。结果他们偏偏就被劫了，只能抱着试试看的念头去找登云会。别看这魔教平日里无恶不作，倒也很有责任心，不容他人捋它的虎须。

"抢到哪儿去了？"负责的小头目问。

"没抢走……可是我们的车，也走不了了。"镖师战战兢兢地回答。

小头目瞪他一眼，还是带着手下去了，到现场一看不免傻眼。这支镖队并不大，一共两辆车，每辆车都彻底散架成了零件，看上去真是一塌糊涂。

"肯定是昨晚有人偷偷捣鬼，"镖师哭丧着脸，"昨天都还好好的，今天出发时也还好好的，结果刚刚走到这儿，所有的车都散架了。不知道是谁，把钉子什么的全换成了快锈断的那种，开始时还看不出来，走一阵子就给生生磨断了。"

头目有些啼笑皆非："车散了，没见到人？"

"没有。我们不敢动，赶紧求你们来了。"

头目考虑了一阵子，此非久留之地，一定要及早离开。但那两车货物怎么办？他四下里张望打探，意外地发现在不远处的一片小树林里，碰巧有两辆排在一起的大车正在等生意，只需要一辆就能装完那两车货。两个车夫正靠在一棵大树边打盹。

按这位小头目的脾气以及登云会一向的作风，恐怕就会直接上去抢车，对方稍有反抗便拔刀杀人。然而这个小头目十分有警惕性，迅速地想起了之前发生的那几起事件，并很快判断出：这几个恰好出现的车夫大为可疑，弄不好这就是一个圈套。

他突然想到：为什么不将计就计，把这些车夫诱入埋伏，举而歼之呢？他的人手足够多，完全可以分成几队，相互照应，确保不会全军覆没。

他冷静地思索着，并立即付诸行动，将手下分为三队，其中两队人在暗处密切监视，他则亲自带领着其中一队，装作什么都不知道，前去雇车。

"一路上什么都没发生？"季幽然问。

"的确没有，"小头目的表情很奇怪，好像是小孩偷糖被爹娘抓了个正着，"从开始雇车到最后送到目的地，车夫什么都没做。"

"那你们究竟上当在什么地方？"

"那批货，"头目的一张脸比苦瓜还苦，"货物装进车之后，两个车夫故意找借口要去附近撒尿，我们都担心他会发动什么机关来对付我们，所以全副精力都放在了他身上。谁知道那两个车夫只是被人雇用来愚弄我们的，真正的机关藏在车里——货物进车后，全都被调包了，因为车的侧壁是活动的，可以拆开，货物被搬进去后，都通过侧板转移到了另一辆我们没有雇的车子里。我们逼问那两名车夫，但他们什么也说不出来，只说有人给钱要他们如此这般……"

季幽然好不气闷，却也无可奈何。但还是那句话：在登云会里混，面子不能丢。

"我去现场看看，"她以内行的口吻说，"也许能找到点线索。"

于是她去了，看着那辆化为零件的镖车发呆。想想那两辆并排在一起的马车，的确是巧妙地安排，但绝非无懈可击，毕竟搬运货物时，再轻手轻脚的人也会有响动。然而一个很大的问题是：所有人都把视线集中在两个毫无威胁的车夫身上，唯恐他们突然发难，于是谁都没有去注意到一旁的其他动静。

这显然又是一个算计准了的计谋，只不过这一次不抓人了，只是抢东西，本质上仍然是砸登云会的面子。她回想着这次事件的经过，发现敌人再度精确把握了他们的思维方式，不由得无可奈何地叹了口气。

再一想，毕竟是那么多的货物，要搬走也会在地上留些痕迹。于是她又低下头，在地上仔细寻找着印痕。这一带过往车马不少，但她毕竟追踪经验丰富，还是判断出了一个可疑的车辙印，循着这条印子跟过去。

辙印曲里拐弯，慢慢走向了一个荒僻的方向，季幽然心里不由得警惕起来。既然此人能安排一个圈套劫镖，自然也有可能安排第二个圈套，把追查的人也一并做掉。她一面走，一面提起内力，暗中提防。

最后她来到了一条小河边，车辙印自此中断。河边空空荡荡，只有一个垂钓者坐在那里。她缓缓地一步步走上前去，心里把一切可能出现的阴谋轨迹——至少是她能想象到的——都盘算了一遍，甚至决定假如发生什么异状，就不顾三七二十一先动手把此人做掉再说，杀对杀错都无所谓。

然而不等她靠近，垂钓者竟然主动发起了袭击，他的钓竿一甩，一个亮晃晃的东西向着季幽然飞了过来。季幽然哼了一声，杀意顿起，轻松闪过这枚暗器，欺身上前，一道寒气击向了垂钓者。

一声脆响，这位垂钓者……化为了无数的碎片，而且这些碎片竟然都飞了起来，在空中乱舞。季幽然定睛一瞧，不由得七窍生烟：这个垂钓者只是个木头人，手臂上安有机关，可以做出挥舞钓竿的动作，而它刚才甩出的东西多半是块随意捡来的废铜烂铁，甚至不排除是只鳞片在阳光下反光的鱼。

真正的威胁藏在木头人的体内——那是一群狂怒的马蜂。

2

我还是上套了，这是季幽然第一时间的反应。但上套并不意味着会被套死，这群马蜂换了任何一个其他人都够喝一壶的，然而很不幸地，它碰巧遇到了季幽然。这位心狠手辣的女魔头身上的冰灵诀可不是吃素的。

一片白气弥漫开后，所有的马蜂都被冻住了，掉在地上发出叮咚的声响。火冒三丈的季幽然正在下定决心，一定要把这个偷袭者抓住冻成冰块再敲成比马蜂还小的碎渣，此人却自己从河里钻出来了。他取下嘴里含着的可以让他在水下呼吸的空心芦苇，笑容满面地打着招呼："美女，我们又见面了！也只有你那么大的本事，才能对付我的陷阱！"

"看见我来了你也下那么狠的手，"季幽然叹息着，"可见我应当不折不扣地执行教主令，先取了你的狗命。"

"话不能这么说，"浑身湿淋淋的小木匠安弃说，"我对探地镜的改造有些失败，镜子在水里就变得很模糊，只能看到有人过来，看不清脸。"

季幽然哼了一声："是个不错的理由。但如果你不能给出一个和我教作对的合理理由，我一样会取你狗命。"

安弃摇摇头："你这么说话真让人伤心。和登云会作对还需要什么理由吗？"

"别人不需要，你需要，"季幽然回答，"你这种胆小如鼠、见风使舵、遇到点事情跑得比风还快的家伙，怎么会有胆量主动和登云会较劲？要不是亲眼所见，打死我都不会相信。"

"现在不用打死你你也得信了，"安弃嘻嘻一笑，"你那些同伙们现在一定很快乐。"

季幽然继续哼："还好。没想到你打架不行，玩起阴谋诡计倒是一套一套的。"

"头脑聪明是最重要的，"安弃挺了挺胸膛，"当然，丁风临死前也稍微传授了我一丁点他的拿手技艺。虽然我的武功还是那么糟糕，但我觉得他一定会很喜欢我现在做的事情，因为我终于不再是一个无所事事的废物了。"

"你究竟想做什么？"季幽然发现自己无法和这家伙贫嘴，只好直扑正题。

"我只是在实验，或者说练手，"安弃说，"好比一个木匠在学会做一把椅子之前，先得会做弹弓。"

季幽然嗤之以鼻："没听说过。不过我明白你的意思，你想干点什么更大的事情。那究竟是什么？"

安弃打了个喷嚏，像狗出水一样抖抖脑袋，瓮着鼻子说："我要和贵教教主作对。我一定要揭穿他的真面目，并且要通过他找到登云之柱，回到天界去。"

"这么说，你彻底相信了？"季幽然若有所思。然后她诧异地看到安弃的脸色变了。一向嬉皮笑脸的小木匠阴沉着脸，咬紧了牙关："信不信已经不重要了。现在对我而言，不信也得信，不然我最好的朋友就白死了。"

他简短讲述了一下方仲的死，并不愿意多提半个字。但季幽然能看出，小木匠的身上多了某些特异的变化。假如过去这家伙是头蜷在圈里等着挨刀的家猪的话，现在他似乎更像一头野猪：就算是死，也要用獠牙在猎人的肚子上划一道，让敌人肠穿肚破陪他一起完蛋。

"看来我不用激你去干什么事了。"季幽然说。安弃听出她话里有话，连忙追问。

"你的朋友，易离离，还记得吗？她被捉了，而我没有想到办法把她救出来。”

和吊儿郎当的安弃不同，易离离一直在寻找着瓦解登云会的方法。和安弃在外围小打小闹搞点无关紧要的破坏不同，她很理智地进行了自己和教主之间的实力对比，得出的结论是：如果教主是一头大象，自己充其量是只小蚂蚁。一只蚂蚁想要绊大象一跤？别逗了。

所以最好的办法是让大象自个儿生病，自个儿倒下，哪怕仅仅是让它牙疼。易离离可记得自己当年牙疼时的感觉，她恨不能把自己所有的牙齿都一股脑拔个干干净净，哪怕以后一辈子只能喝水……登云会如果牙疼，也会很难受，她确信这一点。

而大夫说了，牙疼其实是一种肉眼看不到的小虫子在作怪。那我就做这种小虫吧。她开始利用自己对登云会教义的超越常人的深入理解，反其道而行之：抓住一切细节上的漏洞声称该教义是错误的、荒谬的、彻头彻尾骗人的。与季幽然类似，她对于什么天神、天魔、登云之柱的实质也并不是太在意，能拿来作为武器就行——哪怕为此违背真理让死去的老师气得从坟头坐起来也无所谓。

登云会的成员构成，大致分两部分：一部分是完全不在乎究竟存不存在什么狗屁天神，图的就是魔教势大，可以有油水捞；另一部分则是被花言巧语所蒙蔽，真以为自己能登云升仙。易离离就针对后者下手。她天生拥有诚实可靠的外表，又跟随着老师精研古籍，炮制一些假的说法出来骗人并不比吃饭更困难。而更重要的在于，她开始捏造教主的流言，把他形容成一个欺世盗名、卑鄙无耻的小人、骗子、恶棍。

“所以她比你聪明得多，”季幽然叹息一声，“我父亲总是说，思想的腐蚀性，远远胜过武力。你不过能送点教众进监牢，或者抢点钱，易离离却实实在在地动摇了不少人对教义的信仰以及对教主的忠诚，导致了一段时间以来，刑堂的生意好得不得了。”

安弃深深地感觉没面子，却不得不承认季幽然说得有理，但眼下还有比让季幽然嘲笑自己更重要的事："但是现在，她被你们抓起来了？"

"因为我父亲还说过，思想也不能离开武力的保护，"季幽然耸耸肩，"她毕竟势单力孤，除了鼓动他人之外，没有其他本事。一旦被发现了，惹得教主全力抓捕，终于还是很难跑得掉。这方面她倒真不如你，比狐狸还狡猾。"

"多谢夸奖，"安弃终于找回一点平衡，"那我们该怎么把思想……嗯，把她救出来呢？"

"那就得看你的本事了，登云会之敌。"

易离离的囚禁状况是这样的。比起那些明刀明枪、砍砍杀杀的敌人，教主显然也更重视"思想的力量"，尤其当他发现此人对登云之柱的秘密有着极其深入的了解时。他没有立即杀死她，而是把她关起来，想要顺藤摸瓜揪出所有知道此事的人，以便斩草除根，杜绝后患。

"也就是说，这根本就是个陷阱？"安弃问。

"确切说，是个你不得不跳的陷阱。"季幽然冷酷地说。在两人的眼前，是一个看上去普普通通毫无特色的北方小镇，但镇上的每个人，从车夫到木匠再到卖茶叶蛋的，都是登云会的教徒。因为这座充满着市井气息与温馨氛围的小镇，实际上就是登云会的总坛所在地。它并不像一座堡垒那样武装到牙齿，明确地摆出拒绝与警告的姿态，但对于怀有敌意的人来说，这里的一草一木都可能充满杀机。

幸好有季幽然这个内应。她很轻松地把小木匠伪装成新进的教徒，带入了总坛，并且指点了他如何在总坛内不露破绽。然而即便是曾任刑堂副堂主的季幽然，也从来不曾接近过死牢。

"所有死牢的守卫都是教主直属的，不服从其他任何人的命令，"季幽然说，"即便是教里的长老和坛主们，也不许靠近。"

"真有毛病！"小木匠抱怨着，"直接杀了不就干净了，关着还费粮食呢。皇帝的天牢都没那么紧。"

但费粮食也是教主的事情，和小木匠无关，和皇帝也无关，所以他只能绞尽脑汁地想办法。死牢是关押最重要犯人的所在，每个犯人单独关押在一间囚室里，有三层铁门——每层铁门有不同的钥匙，并交给不同的人保管。据说保管钥匙的都是教主亲自培训的亡命之徒，除了教主，不管谁来他们都敢动手。

"这没什么难的，"安弃不在乎，"别忘了我是丁风的徒弟，可跟着这老小子好好学了一手开锁的本事。"

然而比较糟糕的是，外人甚至连哪一间囚室里究竟关了谁都不知道——总不能开上十七八道门去挨个找吧？守卫们又不是冬眠的熊。安弃曾想尝试着抓一个人来逼供，季幽然大摇其头："你不明白那些人。教主似乎用了什么特殊的方法控制了他们的头脑，他们根本不怕疼痛，不怕死亡。曾经有灵山派的人为了救自己的同门，用过这一手，听说到最后守卫没有招，他们自己的人已经吓晕了。"

"这些不是号称正义无比的正派人士吗？"安弃撇撇嘴，"也知道用酷刑啊！"

"正派人士嘛，只要先摆出一个冠冕堂皇的理由，诸如维护江湖和平啦，铲除邪恶势力啦，那就干什么都是对的。"季幽然也跟着撇撇嘴。

"那我们也为了正义耍点手段吧！"小木匠居然很兴奋。

两天之后的夜里，戒备森严的死牢里竟然被人神不知鬼不觉地放了一把大火。当然，火烧起来之后，所有人都知觉了。死牢守卫们忙碌而有序地灭着火，而其他教徒都知道，别说起火，就算是几万人攻进去了，他们也不许靠近。

只有季幽然翩翩赶来，并理所当然地被拦在外面。她也不生气，只是淡淡地说："我得到消息，有人想要把那个诋毁我教的女巫救出去，这把火大概是他们放的，你们多留意点。"

守卫照例是死样活气，不但不说话，连一点表情都没有，只是用比冰块还冷的眼光示意着季幽然：您可以滚蛋了。季幽然仍然不生气，乖乖滚蛋，回到房里，不久安弃溜了进来。

"我用千里镜全看到了，"他说，"他们还是相信了你的话，加调了一批人到某一个囚牢之外，我已经记住了方位。"

"然后你打算怎么样神不知鬼不觉地骗过那大批的守卫，打开三道门呢？据我所知，那些铁门打开时，声音连死人都能吵醒。"季幽然冷冷地问。

"那就需要你的协助了。"安弃说，"我也得去准备一点工具，三天之后行动。"

三天之后。

季幽然非常不安，非常不安。安弃这个笨蛋说是要"准备一点工具"，却几乎把附近的锁匠铺搜刮一空，当然用的都是季幽然的钱。虽然他一再叮嘱锁匠保密，但位于登云会总坛附近，哪个大爷有胆量隐瞒事实，而又有什么动静不会被登云会挖掘出来？

低估登云会是会付出代价的，这些年来无数血的事实——包括不少季幽然自己亲手造就的——无不说明这一点。但小木匠此后再也没在她面前露面，连警告他都没有机会。

她只能按照安弃留下的所谓"锦囊妙计"行事。安弃贼兮兮地一再叮嘱她："到时候再看，先看了就不灵了。"

这分明都是那些滥俗故事里骗小孩的破烂套路！季幽然鼻子都气歪了，却也只能听他的。锦囊一指示如下："按兵不动，等候锦囊二。"

等到了时间拆开锦囊二，指示如下："按兵不动，等候锦囊三。"

接着是锦囊四……锦囊五……全都是同样的内容。正当季幽然又开始琢磨把这个混账小木匠冻成冰块再敲成碎渣时，锦囊六终于有了变化，里面给出了几道匪夷所思的指令，让人完全不明所以。季幽然犹豫了许久，还是决定照做。小木匠的脑子和一般人不大一样，也许只有这不一般的脑子才能解决不一般的问题。

这一晚月黑风高，适宜做贼。季幽然大摇大摆地在总坛内巡逻，但路线总是有意无意地向着死牢那边靠近。她偶尔会在某一棵经过的树皮上划一道痕迹，有时候又会装作不经意地往某个角落投下一个小纸团。

到了子夜时分，她来到了一座假山旁边，从怀里掏出两根竹管，一根里面装着一些黑色的粉末，另一根则是无色的液体。她把粉末撒在地上，然后把液体浇上去。

先是几声轻微的噼啪声，随即突然是一声震耳欲聋的轰鸣，连季幽然这样胆大的人都禁不住后退了几步。接着轰鸣声变成了一连串不间歇的爆炸声响，但除了声响，并没有其他东西。

只是这声音已经足够在寂静的暗夜里把一切能招来的人都招来了。季幽然赶紧拆开最后一个锦囊，里面的妙计全文如下：

"你这两天的活动应该已经成功地引起了贵教内部的疑心，再加上我安排的一些伪证，他们会以为你就是那个想要劫死牢的人。继续勾住他们，反正证据都是假的，你不会有什么事，我会想办法把人救出来。"

与此同时，就在季幽然快要气得吐血身亡之际，死牢内部的地面突然出现了一个洞。一个脑袋从洞里钻出来，一面警惕地四处张望，一面自言自语："笨蛋，丁风确实很会开锁，但是丁风更厉害的是打洞。"

3

由于外围的防护近乎固若金汤，所以死牢内部反而是风平浪静，至少在三道铁门之后的囚室里并没有人看守。安弃做了一个用来听地的金属耳朵，可以听到很远处的脚步声，这使得他在行动中能及时觉察即将靠近的危机。

所以他肆无忌惮地钻了出来，手上已经握好了手势，准备让易离离闭嘴噤声，以免惊动了守卫们。他甚至都想好了一箩筐自我吹捧的话语，以庆祝自己完成了生平第一件英雄救美的大事。想到易离离一向不大瞧得起自己，这种得意简直就要翻倍。

然后他一眼看出去，整个人就像被季幽然冰冻了一般，没法再动弹了。他的视线好似被看不见的磁石所深深吸引，简直连眼球都转不动了，而身子却不停地发抖。那种隐藏于内心深处的极度恐惧汹涌澎湃地决堤而出，那种深埋于历史铅幕下的严酷黑暗慢慢在眼前伸展开，令他有生以来第一次产生了某种原本不可能出现在他头脑里的念头。

"神啊，求你拯救我吧。救救我吧。"他喃喃自语着。

那一瞬间他也想通了两件事：

第一，当夜季幽然所见到的大批守卫的调动，压根不是针对易离离的。守卫们根本不在乎是否有人要来劫易离离，他们加调人手，只是为了保证无论在什么情况下，都不会在最重要的囚犯身上出现疏漏。所以他误解了对方的行动，错过了易离离，而直接进入了这位最重要的囚犯的牢笼。

第二，之所以死牢内每个囚犯都被看押得那么严，其实只是一种掩饰，也许教主早就恨不能把他们的脑袋都砍下来。但他没有做，而是摆足了姿态，宁可让人觉得他是精神病般的小题大做，目的就是为了掩饰真相，以便让人们不会注意到这唯一的一名真正的重犯。在安弃看来，为了这名囚犯，别说三道铁闸，就是三十道也不嫌多。

他看到自己正处在一间极高极宽的石室中，四壁都插着燃烧的火炬，而在石室的中央，有一个巨大的人形怪物，正被上百条粗长的铁链牢牢捆住。怪物的身躯硕大无朋，有十余丈高，健硕的四肢就像是粗壮的树干，皮肤在火光下呈现出岩石的质地。安弃估计自己大概也就相当于它的一条小臂，而那弯钩一样的利爪抓死一只老虎也不成问题。

怪物的背上覆盖着密密的羽毛，一对宽阔的羽翼也被束缚在铁链中，但可以看出这对羽翼一旦伸展开来，会比它的身体还长得多。

这样的一具躯体，已经足够让任何人心胆俱裂，但在安弃看来，最可怕的还是它的头颅——那头颅活脱脱就是一个放大了的人头，有着明晰的和人一样的五官线条。那双眼睛半睁半闭，似乎它的主人正在假寐，但从其中流露出的目光却充满着烈火一般的极度仇恨。那是一种似乎恨不能把整个世界碾成碎末的疯狂仇恨，足以让安弃一接触到这目光就觉得浑身瘫软。

他终于明白了，是真的，一切都是真的。毁灭人间的天魔，连通天地的登云之柱，这些都是真的。天魔——翼人是真实存在的，它现在就活生生地站在自己眼前，被无数的铁链死死缠绕着无法移动。但它仍然艰难地扭动着身躯，略略低下头来，用暴怒的眼神打量着自己。安弃敢打赌，如果眼神能杀人，自己已经死了八十多次了。

当然我们的小木匠也不是一般人，他紧接着又反应过来：自己搞不好还和这位充满仇恨的翼人有点亲戚关系呢……该想法大大壮了他的胆气。于是他狠狠在大腿上掐了两把，让自己抖得不那么厉害，然后用尽量和顺温婉的语气说："你……你好！"

他一面战战兢兢地说话，一面脑子里飞快地推测着该翼人的来历。要换了旁人，还真很难猜，但安弃已经了解了太多的相关事件，以至于他几乎不费什么力气就得出了结论。眼前这个被禁锢的翼人，一定就来自自己出生时从天而降的那团火球。它坠地之后，多半是受了重伤，之后不知发生了点什么，落到了登云会教主的手里。教主把它关了起来，却声称自己就是从天而降的天神，以此蛊惑人心。

他想起了那些关于教主的恐怖力量的种种诡异传闻。那些都是真的，因为教主一定是想办法从真正的翼人身上抽取到了力量。光是看它那么大的块头，和锁它所花费的铁链——那多半还不会是一般材质的铁链——就可以想象教主对它的忌惮。

翼人的目光中流露出一丁点惊讶和好奇的意味，大概是它第一次遇到有人还敢向它问好。安弃敏锐地注意到，翼人眼中的仇恨也有所收敛。这还是一个挺有智慧的生物，他想着。

翼人的喉头发出一阵低沉而有节奏的鸣响，见到安弃没有反应，又响了一次。安弃猛然反应过来，翼人在和他说话！他凝神静气，全力捕捉着对方的声音，在翼人连续重复了几遍后，他发现自己的判断是正确的，翼人也许并没有人类那样的发声器官，但它却正在努力模仿出人类的声线。

"你是谁？"翼人问。

我是谁？这貌似是一个很简单的问题，但真要回答起来又不那么容易。我要是能说清楚我是谁就好了，安弃想着，嘴里却莫名其妙地反问："你又是谁？"

那一刻他一下子想到了丁风在北谅山那一夜的遭遇，由于丁风语焉不详，他只能凭空猜测：那一天晚上，丁风不会就是亲眼见到了眼前这个凶神恶煞的怪物吧？而这个怪物，会不会通过某种手段威胁丁风，逼迫他抚养自己？因为安弃虽然和丁风相处时间极短，也能感觉到，丁风对自己并没有什么好感，也绝不可能突兀地变成一个大善人，见到一个小婴儿就决意抚养保护。他之所以不遗余力地保护自己，是因为有什么理由迫使他不得不那么做。

究竟是什么理由呢？会是因为眼前这位被捆成大粽子的天魔吗？

"你是谁？"翼人再问了一遍。安弃将心一横，信口胡诌："我是来帮助你的！"

翼人似乎没有预料到这个答案，顿了顿，问："你说什么？"

"我说我是来帮助你的！"小木匠从来撒起慌来脸不红心不跳，"相信我，我能想办法救你出去。"

"帮助我？"翼人发出桀桀怪笑的声音，震得安弃的耳膜一阵生疼，"好像我遇到的所有人，都说要帮助我。"

"我说的是真的！"安弃作诚恳状，"你是不是二十来年前掉到一座山上的那个？记得有一个活人在那儿吗？他就是我的师父，而我就是……那个婴儿！"

这话说得莫名其妙，但假如自己真和这个翼人有关，他应该能明白。翼人的反应却是沉默，始终没有说话。安弃心头打鼓，不知道对方在想些什么，只好硬着头皮再胡扯："我去观察一下岗哨的情况，马上回来。"说完准备准备转身入坑逃之夭夭，翼人却又说话了："不急。你过来一下。"

在故事里，通常这种话都意味着潜伏的危机。当"你过来一下"之后，等待着你的极有可能是拳头、刀锋、暗器、陷阱或其他诸如此类。安弃心头打鼓，但不知为何，心里隐隐产生了一种想要接近这个怪物的念头。这可是个要命的念头，但是……说不定我真是它的什么亲戚呢？

安弃颤抖着，一步步地挪了过去，站在了翼人身前。在这里他可以更清晰地看清楚翼人的形态。翼人的身上伤痕累累，每道伤口的深度和长度都足以让一个普通人当场毙命。再仔细一看，它的背后插着数根粗大的管子，不断有黑色的汁液滴落下来。

这是什么？安弃一阵纳闷，但随即反应过来，心里禁不住一颤。那些管子里，输送的一定是某种毒药，可以让翼人无法凝聚力量，以便将它囚禁于此。否则单看这具躯体的威势，就可以想象他有多难对付。也许能找到办法杀死它，但教主肯定不希望它死，不然教主身上的神力从何而来？

现在安弃已经站到了翼人身前。翼人正努力在铁链的束缚下微微低头，双目死死盯着他。安弃觉得那目光有如两团跳跃的火焰，令他有受到灼烧的错觉。

然而他很快就反应过来——那不是错觉！他的头颅里忽然升起了一阵剧烈的疼痛，就像是有人拿着勺子在里面猛烈翻搅一样。安弃大叫一声，捧着头滚倒在地，只觉得痛楚不断地加剧，并产生了如下错觉：我的脑子是不是要被煮沸了？

渐渐地，那种翻搅的疼痛变为了抽离的疼痛，似乎不再是有人拿着勺子乱搅和了，而像是在拿着一根吸管，吸取着什么东西。在这种尖锐的、撕裂的痛苦中，安弃终于忍受不住，发出了无法停止的惨号声，也不管这是否会招来守卫了。此时他甚至宁可自己当初就被赤纹龙蚁的宿主活活踢死，也不至于受如此折磨。

天旋地转中，在足以把自己的耳朵都震聋的喊叫声中，守卫们出现了。但他们全都挤在铁门外，没有一个敢于入内。这些面对着杀人不眨眼的季幽然尚且毫不畏惧的守卫，似乎根本就不敢靠近眼前被铁链紧锁的翼人。

所以我们的小木匠也没办法指望别人去救他。他的意识渐渐模糊，痛感也因此而逐步减轻，令他忍不住要想：赶紧死了算了，死了就不疼了。

神志恍惚的时候，种种幻觉都浮到了眼前。虽然那只不过是极短的一瞬间，但时间就像是变慢了一样，任由那些或悲或喜的画面一幅一幅地从眼前掠过。可惜在安弃看来，他的这一生乏善可陈，远远不够丰富，看来看去似乎也就是先在村里和村民们斗，出了村再和登云会斗，所以那些画面也没有太吸引人的。

但就在这将死未死之际，不可思议的事情发生了。安弃的眼前突然出现了一片耀眼的明亮，视角也一下子被扭转到了高空俯瞰。一开始安弃还以为，这只是他在临死前所做的最后一个梦，那个关于飞翔的不可解释的梦，但很快他意识到了不对劲。

阳光比往常梦里所见的更加炽烈，身边也几乎没什么云彩，而大地是一片——茫茫的黄色。空气中飘浮着一些细密的颗粒，撞击着他的脸。

这是克鲁戈沙漠！他冒出了这么一个毫无根据却又不容置疑的念头。我正在克鲁戈的上空飞翔！

他的视界从来没有如此清晰过，虽然身处高空，却似乎连地面上最细小的一颗沙砾都能看清。那些起伏的巨型沙丘一个个展现在他的眼前，而他似乎并不需要费什么力气，就牢牢记住了沙丘的形态与排列方位。充满力量的双翼很快带他进入一片新的区域，令他惊奇的是，眼底下本应当上千年都保持不变的大沙丘们却都在迅速地起着变化，有的忽然从地下拱出来，有的一下子消失于无形，这让他反应过来，他正在穿越传说中的风暴海，多变的、暴虐的、神秘的风暴海。

猛然间，他感到自己的血液快要凝固了，那是因为在遥远的天边，隐隐出现了一条竖立的黑线。随着自己的高速接近，黑线变得越来越粗，终于一点点展露出了真容——一根灰色的石柱。

登云之柱。除了登云之柱，天地之间不可能再找出第二件如此气势磅礴的作品了。安弃的第一反应是死盯着这根柱子看，第二反应却是低下头记住方位。

然而他并没能记住方位。刚刚低下头，他的眼前就猛然一黑，飞翔的快感消失了，取而代之的是炸裂般的头疼。他呻吟着，勉强睁开眼睛，却看见刚才还充满怒火的翼人此刻已经瘫软在地上，输送毒药的皮管胀鼓鼓的。他明白过来，一定是教主及时贯注了毒药到翼人体内，救了他一命。

真可惜，他郁闷地想，还差一点我就能弄清楚登云之柱究竟在哪儿了。这种惋惜缠绕着他，以至于被守卫们拖出去的时候他都显得魂不守舍，甚至来不及感到恐慌。当然了，脑袋里依然一阵一阵地作痛也是原因之一。

4

"你好！"小木匠满面笑容，高声打着招呼。

"你的声音很高，但是声线有点抖，"教主在狰狞的面具后面说，"下次先狠狠咬一下自己的嘴唇，就会好点。"

"我刚才已经疼够了，"安弃耸耸肩，"有什么东西一直在咬我的脑子呢。"

教主淡淡地说："已经算不错了。当年……我几乎在它手底下死了二十多次，只不过每次都侥幸活过来了而已。"

安弃点点头："所以你才自称是天神降世嘛，死了二十多次都能复活，也只有天神才能做到了。"

"希望你这样的幽默感能保持到你临死的那一刻。"教主说。

安弃眼珠子一转，口气立马软了下来："别这么说，我对你还是很有用的！"

"有用？"教主嘲弄地看了他一眼，"有什么用？继续设陷阱捉我的人？还是挖地道绕过我的三道铁门。"

安弃嘿嘿一笑："我既然能捉你的人，自然也可以替你捉那些名门正派的人。同样的，我也可以帮你从牢狱里捞出你的手下……好吧，我知道你不会相信的。那你为什么不直接干掉我，还把我拉到面前来谈心？我记得在我还只有十六岁的时候，你就已经急不可耐地想要把我剁成肉酱了。"

"世易时移，"教主说，"现在我觉得让你活着更好。"

自从被带到这间只有教主才能进入的密室之后——据说安弃是第一个踏入的外人，这令他有些受宠若惊——他就一直在观察着教主。不是每个人都有机会近距离接触这位只手颠覆了江湖格局的大魔头的。总体而言，虽然面具与长袍令他的外形显得诡异而神秘，他还算是一个健谈而风趣的人。而他甚至并没有用那种怪异的嗓子和安弃说话，语声也是浑厚好听。

"那只不过是因为你见到了天魔，所以我没有办法在你面前继续伪装神了而已，"教主说，"在外人面前，当然就是另外的模样了。"

安弃想起季幽然向他描述过的教主的样子，点了点头："一口气伪装二十来年，也蛮辛苦的吧。"

教主慢慢揭下了面具，里面是一张苍白无血色的脸，那无疑是常年不见阳光的缘故。他看来应该至少有五十岁了，但脸上的皮肤却光洁异常，有如婴儿，显得极不自然。

"很多时候，我都快要忘记自己长什么样了，"他自嘲地说，"而天魔的力量又能让人的皮肤、肌肉、骨骼都始终保持青春与活力，这就更让我觉得这具身体是不真实的。"

"那你为什么不干脆抛弃它？"

"因为这具躯体上的小指头轻轻一动，就能改变天下的命运，所以我舍不得。"教主一摊手。

"改变天下的命运又有什么好的？"安弃哼了一声，"换作我，二十多年连脸都不敢露出来，吃东西都得偷偷摸摸，也不敢去找女人，这样的日子有什么好？别说你现在不过是江湖上的老大，就算是做了皇帝，也未必快活。"

这番话一出口，他惊讶地发现教主的目光中爆出一点火花，似乎是大大地被他激怒了。那一瞬间他醒悟过来："你……你就是想要做皇帝！"

教主没有否认。安弃的脑子飞快运转，回忆着登云会的种种作为，一时间有些疑惑："可是你怎么才能做皇帝啊？这些年你的势力虽然扩张得很快，但同时也把武林和朝廷全都得罪光了，老百姓说起魔教也是害怕得不行。有一天你真要起兵造反，恐怕天下人都会动手和你死磕。"

他虽然从没读过史书，但却能想起很多听过的历史故事。那些打打杀杀的朝代更替，起因基本上都是皇帝昏庸无能啦、天灾人祸啦，总而言之，老百姓吃不上饭了，就会有人造反，并且会一呼百应，甚至于打到最后旧皇朝都被灭掉了，只剩下几家不同的反王相互火并，争夺帝位。

异族入侵是例外，也曾发生过整个大陆被野蛮民族侵占的事件。但在那之后，新皇朝都会格外重视对异族的防御和打压。现在的情况是，诸侯国虽然偶尔有战争，但总体而言老百姓还有饭吃有衣穿，并不会愿意打破这样的稳定；况且登云会也不是什么异族，实力再强大，终归不过是个已经引起了人们的警惕性的魔教。像这样散布于各处传教布道还好，集中起来组成军队？恐怕不出十天就会被灭得干干净净。

教主注意着安弃的表情，哑然失笑："你在想什么？是不是在想，登云会现在要是起兵造反，大概不出三天就会被剿灭？"

"我比你稍微有信心一点，"安弃说，"所以我想的是十天。"

"以登云会现在的实力，也许能比你所想还更有信心一点，"教主说，"大概会有半个月以上吧，再长就悬了。"

安弃笑笑："那你打算怎么当皇帝？去西疆沙漠或者南疆沼泽划一块地当个土皇帝？那还不如魔教教主带劲呢。"

教主看了他一眼："你一向都是个很聪明的人，尤其当你设陷阱对付我的人时，非常善于揣度他人的心思。现在我给你一个公平的机会，如果你能猜出我的手法，我就告诉你我为什么让你暂时活着。"

"真公平。"小木匠嘟囔着。

"你没得可选，这已经是你能得到的最大公平了，"教主说，"至少你不会糊里糊涂地死。"

"有道理。"小木匠继续嘟囔，然后往地上一坐，开始沉思。从教主的话语里来看，他倒是胸有成竹，而且也绝对不像是会做出那种以卵击石的事情的人。可是登云会现在确实已经成了天下的公敌，就凭着他们暴虐残忍的行事风格，也不可能受人拥戴。那究竟是什么办法呢？

他仔细回味方才教主说的话，其中着重提到了他的一些诡计，这些诡计的精髓在于：从旁人想不到的逆向的角度去入手。那么这位看似聪明绝顶的教主，用了什么样的逆向思维呢？

他静静地想着，一时间连和教主贫嘴都顾不上了。教主忽然开口说："我可以再给你一个提示。你是否还记得，当你从北谅山出来时，除了我教的人，还有另一拨人马在追捕你。"

安弃哼了一声："我当然记得。就是那帮当兵的王八蛋捞鱼似的在北谅山里捞，捞得我没地躲，才只好离开了……"说到这里，他忽然心头一震："那些当兵的……那些当兵的也是听了你的命令才来抓我的？"

教主微笑着回答："当时指挥捉拿你的人，叫作谢谦。这个名字你听着耳熟吗？"

谢谦？安弃一愣，随即想起来了，这就是宁国军方专和登云会过不去的那个人，而且这些年靠着征讨登云会为自己积累了不少功劳，很让方仲的父亲方惟远看不惯。

那些当兵的是听了教主的命令才来抓他的……他们的头领是谢谦……谢谦一直在对付登云会……安弃把这些线索串在一起啊，瞬间一背的冷汗。他终于明白教主想要干什么了。

"你还真够狠呢，"安弃的声音止不住地有点颤抖，"好歹也是你辛辛苦苦一手拉扯起来的教会，居然忍心就这样把它推向灭亡？"

"你终于还是明白过来了，"教主说，"欲成大事者，手里一定要有兵权，同时还要有人民的支持，二者缺一不可。登云会势力再大，教徒再多，也不过是一群好勇斗狠、只求一己私利的乌合之众，如何能比得上训练有素的军队？何况这样无恶不作的组织，怎能让百姓信任？"

"所以现在宁国的兵权实际上已经到了你手里？"安弃喃喃地说，"如果我没有猜错的话，雒国也一样？"

教主笑了笑："宁国和雒国，是现在实力最强的两大诸侯国。现在两国的战争刚刚止息，对我不利之处在于折损不少人马，难免让人心痛；有利之处却是百姓再也经不起折腾了，在这种时刻，一旦登云会起兵造反，国君必然会要求最短时间内全力剿灭，而谢谦等人就可以非常容易地掌握兵权……"

安弃听得不寒而栗。他到这时候才知道，这位魔教教主绝不只是个装神弄鬼的江湖神棍，也不只是个嗜血好杀的屠夫，他的眼光看得相当之远，心机之深更是无人能及。他发现自己这些日子来兴致勃勃地找登云会的麻烦，其本质就像一个顽童往大富翁的墙上扔泥巴——压根不会有任何实质的损害。

他只能不服气地继续嘴硬："也没那么容易，至少方惟远就是个厉害角色，他不会让谢谦那么容易大权独揽的。"

"你知道最近两次宁雏战争是怎么结束的吗？"教主突然问。

安弃老老实实摇头，教主说："每到战争的关键时刻，当双方损失有可能进一步加大时，就会有一方死掉那么几个重要人物，以至于不得不退兵……"

"都是你们干的！"安弃脱口而出，"难道方惟远已经被你们杀了？"

"还没有，这次杀的是其他人，"教主的回答让他暂时松了口气，"方惟远和谢谦的矛盾已经公开化，直接杀了他会引人怀疑。所以我会去琢磨一些别的温和一些的办法。"

安弃不说话了。教主轻叹一声："我知道你在想什么。你想要从我手里逃出去，警告方惟远，甚至于扳倒谢谦。但我不会给你这个机会的。按照我们刚才的约定，我会让你知道，我为什么之前想要杀你，现在却要留下你。你一直都渴望着知道，你究竟是谁，对吗？"

5

虽然一直都知道小木匠可能身份特殊，但对于他能进入教主的独院，季幽然还是很吃惊。她在外面转着圈子，不安地揣测着安弃的命运。但两人进去之后，大半天也没有一点声息传出来，真让人心焦。

最后她想到，由于劫狱事件，她险些受到众人怀疑——安弃一口咬定自己故意栽赃陷害她，算是替她解了围——在此微妙时刻还是躲起来为好，于是她回到了父亲的居所。季无咎听她说完，仍然是不咸不淡地表达了一下"我知道了"的意思，就让她离开。这让憋了一肚子火的季幽然有点忍不住了。

"你知道这件事会发生，对吗？"她说，"其实你知道很多秘密，但你从来不肯告诉我。很多时候我觉得自己就他妈像是个后娘养的。我为了把那个混账小木匠送进死牢，差点把自己赔进去，似乎也不比你半死不活地躺在床上甩给我两个冷眼更重要。"

她就像竹筒倒豆子一样，噼里啪啦发泄了一大通。季无咎无声地笑了，过了一会儿才说："你的性子永远是这样。我只是担心你盲目冲动，所以很多事才没有告诉你，不过现在看来，不说也不行了。"

"记得我曾经说过，教主是天魔的化身吗？其实那是一句谎话。教主只是一个凡人，但他所拥有的力量来自于真正的天魔，也就是翼人。那个翼人一直被关在死牢里，我没有猜错的话，小木匠大概见到了它。"

"死牢任何人都进不去，你怎么知道？"最初的震惊后，季幽然忍不住问。

"第一，我并不是'任何人'；第二，我也并不需要进入死牢，在它被移入牢中之前，我曾亲眼见到过许多次，"季无咎说，"它总不可能天生就被困在死牢里，一切的结果都会有过程与起因的。"

他勉强欠起身来，陷入了回忆中："如今的世人，有一小部分真的相信教主是天神降世，一大部分则猜测他是个隐匿已久的世外高人。但事实上，当年的教主，有着另一个常人难以想象的身份。这个身份，只有最初跟随他的几个老伙计才知道，而现在活着的只剩下我了。"

"他们想必不会是寿终正寝吧？"季幽然若有所思。

季无咎默认："之所以最后留下我，大概不只是我对他有用，还因为我曾救过他的命，所以他觉得我的忠诚毫无问题。但他却万万想不到，那次的事故，其实我并没有起意救他，那完全只是一场意外。"

二十二年前，季无咎是个四处走街串巷替人卜卦的相士，民间称谓是算命先生。算命先生这个行当很奇怪，总是在世道将乱而未乱时最吃香，因为世道太好，人们也就没必要忧心忡忡地去关注命运了；而真正进入乱世，人们自顾不暇，谁又有闲钱去照顾相师们呢？

季无咎运气不错，正好是生在这么一个略有动荡但总体安定的年代，所以几年下来小赚了一点钱，也混出了些薄名。那时他年轻气盛，难免有点飘飘然，结果在算卦时出语不慎，竟然直言某位正在青云直上的朝廷命官可能有血光之灾，并祸及家人。

他话一出口就知道不对，看着那位官员阴沉的脸，连卦钱都没收就急急逃离，连夜离开了那座城市。事实证明他的小心绝非多余，次日就有好几个无辜的相师被莫名其妙抓了起来。

季无咎一路向北逃窜，来到了北谅山地界才算松了口气。他一面自怨自艾不该口无遮拦，一面也反思这个行当的危险性，并考虑是否要转行。

其时正好碰到一场不大不小的战事，宁国正在征兵。季无咎估计自己这样的流浪者被征的危险很大，只好逃入北谅山，借居在一个小村子里避避风头。就在那一个改变命运的夜晚，他见到了那从天而降的旷世奇观。

当时那团火球坠地的方位离他所在的村子还很遥远，大约需要走一两天的山路，村民们都只是把它当作一个有趣的谈资，胡乱猜测一番也就算了，季无咎却以一个相师的敏锐觉察到其中必然蕴含非同寻常的玄机。他真的花了两天时间，找到了火球的坠地点。当然了，现场一片狼藉，没有任何有价值的东西留下来。

不甘心的季无咎四处查看，无意中脚下一滑，摔下了山崖。也算他运气好，摔下的恰好是一个不算太陡的坡，又幸运地没有撞上什么尖锐物，就这样一路滚到坡地，捡了条命。

大难不死的相师哼哼唧唧爬起来，回头一看，不由得瞠目结舌——山坡上明显有一个什么物体滚下来的痕迹，却比他的身躯宽大了无数倍，将整个一片山坡都滚平了，难怪自己竟然没有被凸出的山石之类撞伤撞死。

接着他看到了脚印，确切地说，他自己正踩在一个脚印里，可是什么样的生物才会有如此巨大的脚掌啊，季无咎忽然间冷汗直冒，觉得自己肝都在颤。他在心里斗争了许久，终于还是沿着那些脚印状的深坑跟了下去。

在山坡的尽头，他见到了翼人，二十二年后安弃所看到的那个翼人。翼人看来受伤极重，倒在地上，并无知觉，但那可怕的躯体还是令季无咎心惊胆战。他想象着这个庞然大物从天空坠落到大地的情景，很久之后才注意到有一个人从翼人的背后走出来。那是一个书生模样的中年人，不知为何，对翼人一点也不畏惧，反而显得格外兴奋。

他很快和这个名叫秦聪的男人搭上了话。季无咎完全不明白眼前的翼人究竟是什么，身为登云会成员的秦聪却激动万分，告诉他，这就是登云会一直以来苦苦寻找的天神，没想到会在这样的时间和地点恰好出现在他眼前。

"天神？"季无咎大吃一惊，"那你打算怎么办？"

秦聪很坚定地说："我一定把它带回登云会，我们的历史会因此而改写！"

季无咎被秦聪的激情所感染，最重要的在于，他实在很想弄清楚这个翼人的来历，所以没怎么考虑就答应帮他。两人历尽千辛万苦，说了无数谎话，做了无数伪装，终于安全地把翼人运出了北谅山。但刚一出山，两人就不幸地遇到了官兵，被捉了起来。

捉住他们的不是别人，正是后来的登云会教主，当时的身份只是一个小小的太守。以他当时三十出头的年纪以及平民布衣的出身来衡量，混到这个地步已经很不错了，可想而知他所付出的艰辛努力，但他显然绝不仅仅满足于此。而这个名副其实从天而降的大怪物，大概又可以为他在仕途上助推一把。

最初的时候，他只是想把翼人献给皇帝邀功请赏，但听到秦聪的说明后，他猛然意识到：真正的机会来了。为什么要把它献给皇帝变成一件用以炫耀的玩物呢？它完全可以派上更大的用场。

他把翼人秘密藏了起来，用了很长时间谋划具体的措施。在此期间，重伤的翼人渐渐苏醒，太守与它展开了艰难的对话。翼人的态度相当抗拒，也不肯回答太守的任何问题，但却表示如果太守愿意帮他的忙，它可以将自己的一点点灵力转到太守身上，那已经足够让一个普通人受用不尽了。

"这个翼人真蠢，"季幽然摇摇头，"亏他们还曾掠夺过人类，怎么可能让人沾到一点甜头？"

"现在他已经知道了，可惜稍微有点晚，"季无咎说，"大概是因为他们的武力太强了，所以从来没有想到过要动心眼吧，所以等发现中了算计之后，已经太晚了。教主调配出了毒药，可以恰到好处的抑制翼人的活动，然后开始不断吸取它的力量为己所用。几年之后，江湖中人都知道了教主神通无敌，很多头脑简单一点的就真的相信他是天神的化身。"

"而这也正是我为什么活下来的原因。秦聪很快就被灭口了，但我当时已经意识到，唯一活命的方法就是做一个对他有用的人。所以我根据自己多年来凭着三寸不烂之舌骗人钱财的经验，向他指出，一个超越人们常识之外的存在，往往最能使人恐惧并臣服，而碰巧秦聪向我讲述过登云会的教义，恰好可以为我所用。我为他详细谋划，最终创立了一个新的登云会。"

季幽然听得目瞪口呆。好在她从来没有什么正义感，所以对于父亲居然是促成魔教创立的元凶这一点也并无特别愤慨。她只是想到了一个其他的问题。

"那他为什么不索性就凭着这种力量征服天下呢？"季幽然问，"我听说过他的传闻，也亲眼见过他出手，就算要凭一人之力对付一支军队，恐怕也不是什么难事。"

"因为那不是他自己的力量，没有办法在体内不断化生，只能等待着翼人慢慢恢复，再从翼人身上抽取，"季无咎回答，"其实那种力量如果是给一般人用，大概可以一生受用不尽，但教主为了树立自己神的形象，总是爱玩大场面，比如让大地开裂之类的，这种事情做一次就足够消耗翼人一年的积累。"

季幽然恍然大悟，终于明白了为什么教主神威如斯，出手次数却寥寥无几。但突然之间，她的脸色变了："你刚才说，那种力量如果是给一般人用，大概可以一生受用不尽？"

季无咎微微一笑："你总算是想到自己身上了。不错，也不必再瞒你了，你的武学进境比旁人快得多，年纪轻轻就臻入一流高手的境地，也是因为吸取了一点翼人的力量。"

他的语声中略带一点含有自嘲意味的悲戚："当然我也为此付出了代价。"

季无咎对人们崇神心理的深刻了解确实对登云会的发展壮大起到了重要作用。他把从秦聪那里得到的资料做了一些似是而非的篡改，又安排了教主几次恰到好处的关键出手，很快树立起了教主令人敬畏的高大形象。几年后，登云会已经成为任何人都不敢小视的存在，按照季无咎的想法，继续这样平稳地发展，未来数年内，登云会有望成为江湖中最大的帮会教派，到那时候，教主的权力欲大概就能得到满足了。

然而他错了。他发现自己完全低估了教主的野心。这个精明、智慧、深谋远虑的人，不可思议地选择了一条愚蠢的扩张之路，摆明了要把自己推到风口浪尖，和整个武林为敌，这绝对不是明智的抉择。他多次向教主指出这一点，教主却总是不置可否，依然我行我素。

不久之后，教主犯下了他一生中并不多见的一个严重错误：他觉得吸取翼人力量的速度过慢，想要一次吸取更多，以便化为己用。然而……这次他过量了。

"失控了"，事后季无咎用了这三个字来向女儿形容。那些力量没有办法被完全吸取，在教主的体内冲撞游走，令他痛苦不堪。他感到自己的皮肤似乎都在一寸寸地裂开，整个身体如受烈焰焚烧。

在那间禁锢着登云会最大秘密的死牢里，教主强撑着没有发出叫喊声，但季无咎足以从他的表情判断出他正在遭遇的痛苦。翼人此刻正陷入昏迷中，没有看到这一幕，否则它一定会上气不接下气地狂笑起来。

"于是你很好心地救了他？"季幽然很疑惑，"我还以为你会很开心地看着他去死呢。"

季无咎回答："如果我当时反应过来发生了什么的话，我会袖手旁观的，遗憾的是，在那种情境下，我根本来不及思考，只是下意识地闯进门去扶他，这一扶就坏事了。那股涌动的力量不可抗拒地缠绕到了我身上。确切说，由于力量被分散，教主得救了，而从来没有接受过这种力量的我却倒了霉。我从没有练过武，年纪又大了，根本不能驾驭它……"

"所以你就扔到了我身上？"季幽然的口气突然变得冷硬。她已经渐渐回忆起当时发生了什么了：那一夜父亲突然归家，显得病体沉重，走路都困难。自己赶着上去搀扶他，不知为何，突然间头晕目眩，竟然昏了过去。醒来后，父亲已经卧病在床，此后的日子里几乎没有再站起来，而自己的武功进境却突然变快了。此刻她才知道，原来那不过是一场意外。自己自幼习武，其时虽然年幼，体质确实比父亲强很多，结果误打误撞成了受益人。但这样的受益，却是以父亲将自己作为代罪羔羊为起点的。

她一向少有波动的心里在这一瞬间充满了无法形容的巨大愤怒。一直以来父亲之所以对她如此冷漠，似乎也有了答案——父亲是在用这样的冷漠和自己隔出距离，以便消除那种内疚与负罪感。

季幽然一下子觉得自己的一生毫无意义，刑堂堂主也好，人见人畏的女魔头也罢，都无法换回一个爱自己的父亲。她低下头，最后看了一眼父亲季无咎的面容，转身离开了房间。

6

屈指算算，安弃发现自己已经被教主关了有小半个月了。但这小半个月过得煞是滋润，每天好吃好喝供着，虽然没有自由，却也没有多余的刑罚折磨。自己最近几年来东奔西走，有点钱都折腾到种种古怪发明和陷阱中去了，眼下大吃数日，居然微微长胖了些。

当然教主他老人家绝不会安着好心要自己重塑体型，好比养猪人把猪喂得肥肥滚滚，其目的还在于最后那一刀。安弃自嘲地想，要是把我宰了吃肉，那味道可一定不会太好。

他的心里沉甸甸的，总是想着教主那一天对他说的话："你一直都渴望着知道，你究竟是谁，对吗？"

安弃装出不在意的样子，但他的眼神暴露了一切。教主轻笑一声："你在山村里待了十六年，一直不为人知。但是就在那一年的某一个月里，由于下人的一点疏忽，给翼人配置的毒药效果大大减弱，以至于它稍微恢复了一点力量。翼人被我关了这么久，倒也学会了一点人类的计谋，不动声色地悄悄操纵一个教众，去往三陇村寻找一个十六岁左右的少年，记认的标记是肩头的胎记。但是它的力量当时实在太弱，那名教众走到半路上就清醒过来，他倒也忠心耿耿，赶忙来向我汇报。我这才知道了你的存在。"

"那我究竟是谁？你为什么要杀我？"安弃吼道。

教主缓缓地回答："当然有一件事情，绝大多数人都没有想到。当年从天而降的翼人，不只是一个，而是两个。"

"什么？"安弃跳了起来，"两个？怎么回事？"

教主说："的确是两个。虽然还不清楚它们的目的，但在北谅山的那个夜晚，的确是同时有两个翼人降临人间，那些目睹现场的人们只看到了巨大的火球，却没能料到火球里藏了两个翼人。但他们降落时遇到了一点意外，都受了重伤，一个被我关了起来，你已经见过了，另一个已经死了。"

"死了？那我……"安弃说不下去了，心里已经有了点眉目。

果然教主说："但我恐怕它在死之前留下了一个化身，把它所有的力量都留在了化身里。而那个化身就是你，安弃。"

其实关于自己是天神化身的这种可能性安弃早就想到过，也和季幽然探讨过，但在得到确认的这一刻，他仍然呆若木鸡、不知所措。我果然是翼人的化身，他想，可是为什么我什么特殊的能力都没有？

教主像是看出了他在想什么："这就是为什么我一会儿想杀你，一会儿想留你的原因。一开始，我担心你会是个祸胎，因为翼人的力量有多大我心知肚明。如果能在你的力量觉醒前把你除掉，那是最好不过的。"

"但是这么多年过去了，我没有看出你的力量有一丁点觉醒的迹象。而另一方面，我一直在吸取的这个翼人，由于总是激烈地反抗，使我不得不加倍使用毒药，致使它的身体越来越虚弱，力量渐渐有枯竭的迹象，这一点是我当年没有想到的。所以我当我见到你时，我想，也许可以尝试一下激发你的力量。假如你有用，我就让你取代之前的那个翼人，假如你真的没用——我也不过是多供了你几顿饭而已。"

　　"好好享受为数不多的快活日子吧，在我想出炮制你的办法之前。"教主长笑着离去，把瑟瑟发抖的小木匠关在了门里。

　　我是翼人的化身。安弃看着自己的手掌，心里想着。从小到大遭遇的种种怪事，最终指向了这个看似匪夷所思却又合情合理的答案。丁风的举动也有了解释：他无疑是遇到了那另外一个翼人，而翼人用了某种方法胁迫他，去替它保护自己的新化身。

　　从来再来捋一下整个事件的线索吧，安弃想，不然那么多乱糟糟的线索，只能把脑袋越绕越晕。他捡起一块碎石，一边回忆推想，一边费力地在墙上写起来。

　　一、千万年前，无数的翼人曾经通过登云之柱来到人间，毁灭了整个大地。残存的人们留下了关于翼人和登云之柱的传说，结果经过了长期的演化和以讹传讹，后世的人们把它们当成了主宰人间的天神。天神碎片的说法也开始流传，打动着那些贪婪的人。

　　二、大约百年前，杜琛和宋不归意外闯入西疆沙漠，亲眼见到了登云之柱，宋不归留下了那份无比重要的笔记。

　　三、几十年前，时任帝师的韩渭垠找到了宋不归的笔记，并由此开始钻研所谓"天神降世"的传说以及登云之柱的真相。最后他成立了登云会。

　　四、二十年前，两名翼人坠落在北谅山，其中一个被教主捕获，另一个有可能将自己的力量化身为婴儿，并交给丁风保护。教主由此产生了邪念，利用翼人的力量颠覆了真正的登云会，成立了日后在江湖上只手遮天的魔教。

五、四五年前，也就是当年的那个小婴儿满十六岁时，被教主抓获的翼人开始想办法寻找婴儿，结果计谋败露，反而让教主知道了婴儿的存在。于是原本平凡的小木匠安弃不幸卷入了这起骇人听闻的事件，开始四处亡命。

安弃长出了一口气。这么着一捋，事件的前因后果就变得清晰了。虽然这当中还有两个大问题：第一，两名翼人选在那时候落到人间，意欲何为？第二，如果我真是翼人的化身，为什么我会这么人见人欺、任人宰割？这两个问题，看来在安弃被教主吸干之前是没有办法找出答案的了。

接下来的这些日子里，除了为自己的命运忧心忡忡外，季幽然和易离离音信全无，也实在让他心里没底。鉴于送饭人绝不肯对他说哪怕半个字，他只好把每天郁积的复杂情绪都发泄到送饭人身上。就他的观察，虽然每个送饭人都不吭声，但他们的脸都被气得比黄瓜还绿，这让他找到了一些乐趣。

"老兄，你真是越来越不合时令了，"他说，"春天是万物生长的时候，但你的脑袋一天比一天凋零……"

说完，他眯缝起眼睛，等着欣赏对方气得双目喷火，偏偏不能上前动手的绝妙表情。但出乎意料地，送饭人这一次居然无动于衷，走过他身边时冷冷抛下两个字："碗底。"

那是季幽然的声音！安弃喜出望外，想要拉住她，但她已经快步离去，不再搭理自己。他只能郁郁地折回去，检查一下碗底，并从那里抠出了一张折叠起来的纸。摊开一看，上面密密麻麻写满了蝇头般的文字。

"幸好我不爱读书，"他禁不住感叹道，"不然眼睛早看坏了，怎么能读你的蚂蚁字？"

季幽然的字条无疑包含了相当丰富的信息量，虽然她已经尽力精简，仍然还是写了那么一大篇，其中包括这么一些主要内容：我和老爹闹翻了，准备叛教出走；死牢管理极严，我只能找到这个机会来看你，而你必须赶在次日中午换班前逃走，否则就没机会了，工具已经给你准备好，出逃路线如此这般；教主囚禁翼人是为了吸取翼人的力量为己所用，他现在囚禁你，或许是认为你也是翼人的化身，所以……

安弃跳了起来，再仔细看了看这几句话。没错，季幽然也知道了这一点，教主要弄走自己的力量。虽然该力量究竟藏在哪儿，我小木匠活到二十多岁都始终不知道，但自己无论如何不能像一头猪一样填进教主的胃里。绝对不行。

他拿起盛放饭菜的木托盘，从托盘上揭下了一层布一样的东西，然后把饭碗倒空，从中取出了几件包括短铁丝在内的小东西，那已经足够他用了。他很轻巧地捅开了死牢内的第三道铁门，把那块布抖开，覆在自己身上，然后缩进了墙角里。那是一块职业杀手专用的伪装布，可以展现出惟妙惟肖的与环境相同的颜色，以便隐蔽自身。

所以很快地他就被发现开门逃离，这可是件大事。守卫们几乎倾巢出动，开始搜捕。季幽然就趁着这时候走进安弃的囚牢，给他带来了一身守卫的服装。两人大模大样地混在守卫当中，做出认真搜索的样子，很快逃了出去。两人跳上季幽然早就准备好的马车，连夜狂奔，半路上又换了几次车马，最后在一座热闹的小城里停了下来。季幽然带着安弃钻进一间污秽的卤菜铺子，此时天色微明，生意尚未开张，老板正低头准备着各式各样的猪头、鸭爪、鹅肠、牛肉。

"挺容易的嘛，"安弃说，"我从来没想过越狱能如此顺利。"

"一点也不错，"季幽然回答，"只需要两个基本条件就够了。你只不过是先需要一个在魔教内部地位不低的内线，才能想到办法偷袭守卫，扮成送饭人，并轮到那一班去送饭——送饭的机会只有一次；然后你需要被关起来的那个人碰巧手艺不错，能够打开那道铁门，并懂得如何使用伪装布，因为这样才能制造混乱，给他的内应第二次接近他的机会。这两个条件看起来是很容易达成的……吗？"

安弃展现出他乐天派的一面："任何难题都会有解决之道，我可不能等着被教主当一头猪吃掉。不过……易离离怎么办？"

"自身难保，就少想点别人的事情吧，"季幽然说，"现在你的重要性大大提升了，教主会不惜一切代价捉住你。"

"至少他不会不惜一切代价杀死我了，"安弃说，"只要留下一条命，我就总能有机会。"

"所以你还是打定主意要去救她？"季幽然很意外，"老实说，这可越来越不像过去的你了。"

"连我自己都觉得不像，"安弃诚实地说，"也许因为死掉一个朋友是一件不那么让人好受的事情，至少死过一次就会知道了。"

季幽然居然难得地笑了一下，没有接茬。刚才一直在准备卤菜的老板却忽然走了过来，拍了拍他的肩膀："不管怎样，我都得谢谢你有心去救我。"

安弃僵住了，好半天才转过头去："您这样的学者居然也那么贴近底层人民，真让我感动。"

易离离望着他，嘴唇动了动，似乎也想回敬一句笑话，但她毕竟不擅此道，最后还是只能叹口气："你确实变化挺大的。"

易离离出逃之后的行程都由季幽然安排，但她逃离死牢的过程却堪称……莫名其妙。此前她已经被关押了相当长一段时间，教主对外的口径是要审出她的同党，但事实上易离离相信教主很清楚，自己并没有什么同党，她之所以能留住自己的性命，大概是因为一些其他的原因。这个原因又或许教主曾经隐隐提到过。

"你的煽动方法很独特，"教主亲自审讯她时曾说，"你不是一个雄辩的人，也不是一个充满感情的人，但那恰好造就了你的特长：表面上永远不动声色，善于以通俗易懂的语句引用书本文献中的东西，并且总是使用一些听起来冷静理智的词句，却偏偏能摧毁我的教徒们狂热的信仰。因为在这个世界上，在没有什么比'事实'更加冷酷有力的了。"

"我们的区别在于，我用的是大量的事实掺杂一丁点恰到好处的谎言，而你正相反。"易离离回答。

教主居然点了点头："不错的总结。"

此后他再也没见过易离离，既不杀她也不放她，让她一头雾水。但就在安弃逃离之前两天，她却被人救出去了。那天夜里她正坐在床上发呆，幻想着看不见的窗外的月光，铁门却不合时宜地发出了吱嘎的声响。没等她反应过来，门就被推开了，一个黑衣人闪了进来。

此人并没有透露他的身份，只是声称自己是来救她的，然后带着她七弯八拐地逃了出去。易离离心想，反正再怎样也不会比被关在登云会的死牢里更糟糕，于是顺从地跟着他一路奔逃。两人躲过了若干守卫，也经过了不少的牢房，那里面都关着和易离离同病相怜的囚徒们。

本来沿途非常顺利，眼看就要奔出死牢了，此时却发生了一点惊人的意外。突然之间，一间牢房炸裂了，是的，整个炸裂开了。无数或大或小的碎石带着惊人的速度和力量四散崩飞，连铁门都被整扇炸飞了。易离离侥幸走在后面，只是胸口被一块小石头撞了一下，疼得差点岔气，但走在前面领路的她的救命恩人却非常不幸，正被铁门撞个正着，当场筋断骨折，眼看是活不成了。

易离离强忍疼痛，在一片混乱中摸索着往外走，当她发现几乎所有人都向着那间出事的牢房奔去时，心里有了计较，一旦发现有人靠近，就装作也像着那边跑去的样子，蒙过了不少人，直到她看到一个身影很熟——那是同样试图浑水摸鱼打探一下死牢情况的季幽然。两人只在当年安弃被赤纹龙蚁宿主踩踏时见过一面，但易离离的记忆相当之好。

"这可就有点奇怪了，"安弃说，"登云会在那么短时间里，出现了两个想要劫牢的叛徒？而且其中一个可以轻轻松松地打开铁门，轻轻松松地躲过所有的岗哨？世上不会有这么巧的事情吧？"

易离离仔细思索了一下："你说得对。这应该是教主故意安排的阴谋。但他的目的是什么呢？"

安弃很得意："要是放在以前，我还真不知道。但是现在我知道了。"

他把数日前和教主的对话告诉了易离离："可想而知，如果你随着那位伟大的救星逃出去，你肯定会通过种种巧合藏到谢谦或者其他的教主暗线手里。不久之后，登云会一旦起事，他们就会出兵剿灭，而你那种'独特的煽动力'，会对他们帮助很大。当然了，等他们的兵权已经无人可以撼动时，教主就会改头换面地出现，不费什么力就登上皇位。多么美妙的算盘。"

易离离和季幽然都默不作声，仔细寻思着教主的深谋远虑，不约而同地有种全身发冷的感觉。易离离叹息一声："幸好我被截住了，不然说不准就上当了。不过……那个突然炸开的死牢是怎么回事？"

这可就谁都不知道了。易离离重新描述了一下当时的状况：该囚室的爆裂毫无征兆，声势却惊天动地，那些飞溅的碎块都带着巨大的冲击力。然而奇怪的是，事后并没有闻到任何火药的气息。这难免让人联想到点儿什么。

事发后的反应就更不同寻常了，教主亲自出面，似乎全世界的守卫都涌了过去。易离离敢打赌，当时即便她高叫一声"我是逃犯"，说不定都不会有任何人搭理。

"所以只有一种解释，"安弃说，"翼人干的。也许是毒药的剂量用小了，以至于失去了对它的控制。想想看翼人的块头，真让它闹腾起来，可不得了。赶紧打听一下，说不定教主就这么嗝屁了呢。"

安弃的愿望当然是美好的，但现实往往不如人意。那一夜死牢里的风波，似乎并没有造成什么严重的后果。教主仍然颁布了对安弃、易离离和叛徒季幽然这三名重犯的追捕令，而且这一次他老人家动了真怒，宣称只要谁能抓住三人中的任何一人，无论职位高低、武功强弱，均能至少升任至舵主。重赏之下，勇夫万千，三只过街老鼠开始了前所未有的紧张逃亡。

第八章

云　乱

1

合安是一个挺古怪的地方，冬天能把人的皮冻下来，夏天让人热得想自己把皮扒下来。如今的合安就正处在赤日炎炎的七月，空气中弥漫着令人昏昏欲睡的灼热气息，似乎街道和树木都在一点点融化。

这样的日子对驻扎在合安的普通士兵而言，相当难熬。他们晚上挤住在耗子都能被闷死的营帐内，白天还要身披铠甲顶着烈日进行操练，更悲惨的是，他们甚至不好意思发出什么怨言。因为他们的上司，年近六旬的方惟远也丝毫不放松，站在太阳下的时间比他们还要长。这个老头子从普通一兵一直到封了侯爷，始终都坚持身体力行，从来不让自己有半分懈怠。尤其是在他痛失爱子之后，好像已经把自己全部的注意力都放在了军队上，也许只有这样才能暂时麻木一下自己。

由于多了这么一个可怕的标尺，比他年轻三四十岁的士兵们再要抱怨，就未免有点底气不足了。当然了，毕竟也是上了年纪的老人，即便操课一丝不苟与军士们同甘共苦，回到家里总还得注意保养。最近几年来，方惟远有一个防暑秘诀：每天早中晚各喝上一碗温热的银耳百合莲子汤，里面添加几味家传的秘方。方家乃是军人世家，世代行伍中总结出了不少实用的知识与偏方，这味避暑汤就是其中之一。

然而最近两三天，他忽然发现汤的味道有些异常。该莲子汤他喝了几十年，哪位药材的分量偏差了一丁点他都能尝出来，更何况眼下这汤里多出来的苦涩味道相当明显，也许一个普通上了年纪味觉退化的老人尝不出来，但方惟远是什么人？怎么可能没有知觉。

这莲子汤一直由跟随他多年的家仆方勤熬制，那是他绝对信得过的人，所以问题必然出现在其他环节。他不动声色，每天佯装照例盛三碗汤，但都趁着无人的时候偷偷泼掉。然后他一面注意着熬汤过程中各个环节可能出现的纰漏，一面暗中将残汤拿到合安最好的医师那里去检验。医师果然在汤里验出了一种毒物。

"这种毒我从来没见到过，"医师说，"应该是一种毒性很轻微的慢性毒药，但一旦进入人体，却很难排干净，日积月累下去，必然会对身体有所损伤。至于具体损伤到哪一部分，一时半会儿我也说不清楚。不过根据我之前见识过的几种类似的毒物，它很有可能会作用在脑子里，也就是说，会把人……变傻。"

方惟远怒不可遏，随即一阵后怕。幸好这毒药带有苦味并且被他尝出来了，不然几个月之后，自己可能在不知不觉中变成一个白痴，而且是个无可救药的老白痴。

谁敢这样对付老子！方惟远恶狠狠地想，被我抓出来的话，一定要把你碎尸万段。他仔细分析一碗银耳百合莲子汤的成汤步骤：首先有仆人去药铺采买原料，再由另一名仆人洗净，方勤动手熬制，亲兵给他端过来。这其中，除了方勤绝对可靠，其他环节都有下毒的机会。其中，最可疑的就是采买原料的仆人老金，这个看起来老实巴交的中年男子来到自己府上不过三个月，一切底细自己都还不熟，只是当时他对负责招人的管家一把鼻涕一把泪诉说其辛酸家史，不外乎是些什么遭遇荒年地主逼债、家里穷得揭不开锅之类的陈词滥调。管家向自己汇报后，自己一时心软，雇用了他，却没想到他可能是一个奸细。

方惟远于是开始关注老金的行踪，果然发现老金有些异常。这个人每隔几天就会偷偷摸摸溜出去一趟，一路鬼鬼祟祟地生怕被人看见似的。据盯梢的亲兵讲，老金七拐八拐，钻进了一片菜农们居住的平房区，就此消失不见。他还说，老金身上鼓鼓囊囊的，明显藏了什么东西。

镇南侯心里顿时起了杀念。这次他事先做好了周密布置，在那片平民区里埋伏好了人。两天之后，老金果然再次出动，当他的双脚刚刚踏入一间陈旧木屋的门，几条大汉猛然跳将出来，把他按在地上，不由分说捆了起来。与他接头的人——一个面黄肌瘦的中年女人以及三个半大的孩子——也都一并被擒获，押回了将军府。

方惟远看着跪在堂下深深埋着头好似身体在越缩越小的老金，怒意再度涌了上来。若不是做贼心虚，他怎么会这么一副做了亏心事的样子？

"老金，你干的事我已经全清楚了！"他低沉地喝了一声，"如果你老实交代的话，我可以考虑从轻发落。"

"我说！我全都说！"老金跪在地上不停地磕头，泪如雨下，"老爷对我恩重如山，我却做出这种坏事来，真是猪狗都不如！请老爷重重罚我！"

"先告诉我，背后指使你的人是谁？是雏国的人，还是谢谦？"

老金抬起头来，一脸的愕然："这……这么丢人的事情，还需要别人来指使？当然是、是我自己指使自己了。"

方惟远愣住了。他发现自己可能是认错了罪犯。老金无疑是做了点什么不光彩的事情，但恐怕和往自己的解暑汤里下毒没什么关联。他没办法，只能硬着头皮审下去。

"老老实实从头说起！"他含混地命令道。

老金应承着，抹去眼泪开了口："都是我的错，自己没本事养家，老让老婆孩子挨饿，可我也是被逼到没办法了，不然也不会偷厨房的剩菜去给他们吃……"

方惟远的眼珠子都瞪圆了："你说什么？你干的事就是偷剩菜？"

老金哭丧着脸："家里的地没收成，揭不开锅，十多口人都快饿死了，老婆带了三个孩子都到这里来找我，可我每月的薪俸全部都寄回家了，实在没钱给他们买吃的，所以只好……"

方惟远哭笑不得，但他也看得出来，老金的话句句属实。想到花费了那么大力气却找错了对象，心头的郁闷简直无法形容。他疲惫地挥挥手："下去吧。"

老金畏畏缩缩地走向门口，方惟远忽然说："等等。你去账房领十两银子，先让妻儿吃点饱饭，以后每月薪水涨五钱。别再偷剩菜了。"

老金"扑通"一声再次跪下来，泪水夺眶而出。

2

只好换一种思路了。晚间回到睡房的方惟远想，老金没有下毒，那么会是谁呢？难道跟随自己多年的方勤都不可靠了？他被这个想法吓了一跳。

正在胡思乱想，他听到有一个犹犹豫豫的脚步在向自己的睡房走来。此人并没有故意放轻脚步，应该不是来偷袭的。但这脚步快一步慢三步，还不时停下来，可想而知来人的踟蹰不决。方惟远摇摇头，起身把门打开："要进来便进来，这么磨叽干什么？"

然后他挂在脸上的懒散笑容消失了，整张脸变得僵硬，双目中似乎要喷出火星来。他看到了安弃，那个他曾经以为是自己儿子最好的朋友，却因为一己之私害死了方仲的人。自从那一场惨烈的战役后，此人再也没有在自己眼前出现过，但当自己在无人的时候为了儿子暗中垂泪时，总是免不了充满恨意地想起他来。

"卫兵！"他高喊起来，"怎么又把不相干的闲人放进来了！"

安弃手足无措，低声央求着："您别喊！我有很重要的事情和您说！"

"很重要的事情？又需要我这把老骨头亲自出马去替你抓什么牛啊马啊的？"方惟远不理睬他，反而提高了声音："卫兵！"

训练有素的卫兵几乎在他喊声刚停就赶到了，困惑地望着他。他哼了一声："还不把这个闲人赶出去，愣着干什么？"

卫兵更加困惑："将军，这……这不是闲人。这是府里新招进的木匠小安子。"

方惟远两条眉毛拧在了一起。看来此人是处心积虑地有备而来，居然已经混进府上待了几天了。他想了想，命令卫兵退下，把安弃让进了门。

安弃这一辈子在谁面前都百无禁忌，唯独对于方惟远，心中始终存有抹不去的愧疚，这父子俩大概是他生平唯一觉得对不住的人。此刻再度面对方惟远时，他只觉得浑身不自在，背上像有钢针在扎。

"说吧，你藏在我府上，究竟想做些什么？"方惟远冷冰冰地说，并极力抑制住自己当场将此人推下去斩首的冲动。他忽然想到点什么："我前些日子隐约听说，魔教在全力捉拿几个逃犯，那就是你吧？所以这次，你又想到我这儿来避祸，对吗？看来我们父子俩欠你的实在太多了啊，拿我儿子的命都还没还清。"

安弃沉默了一会儿："如果我说不是，你会相信吗？"

"如果你能编出一个更好的理由。"方惟远从鼻子里哼了一声。

安弃点点头："那我给你一个理由。你这几天喝的解暑汤，一定已经尝到了一点苦味了吧，听说你白天还审了老金，多半是怀疑到他身上了。"

方惟远的手掌不知不觉地握紧："下毒的是你？"他一时间简直无法找到任何言语来形容眼前这个卑劣无耻的小木匠。

安弃连忙摆手："不是。我在汤里放的，只是普普通通的黄连粉末，只需要极少的分量，就能破坏汤的味道，但那是没有毒的。"

"没有毒？我的医师难道在骗我不成？"方惟远咬牙切齿地说。

"汤里的确有毒，但不是我下的，"安弃说，"那是一种完全无臭无味的毒药。我之所以要给你下料，就是为了提醒你汤里面有问题。"

说完他从身上摸出一个小瓷瓶递给方惟远："这就是我放的东西。把这个交给你的医师，有没有毒他会告诉你的。"

方惟远接过来，虽然心里仍然深深恨着小木匠，但他毕竟不是个老糊涂蛋，军人特有的素质让他很快冷静下来。这个小王八蛋这次说的是真话，他想。但无论如何，稳妥一点总没错。

"那就先委屈你一下，到柴房过一夜，"他说，"明天我会来放你。"

说完他召唤卫兵，安弃温顺地听任卫兵把他带到柴房看起来，没有半句怨言。方惟远越是对他凶狠一点，他也许反而能稍微好过一点。

3

医师很快检验出，这就是一瓶普通的黄连粉，和毒药不相干。上次方惟远来验汤时，他以为黄连原本就是汤里的原料，因此没有留意。

"到底是怎么回事？"方惟远生硬地问安弃，也没有什么道歉的意思，但安弃还是松了口气：总算可以正常对话了。

"有人想要害你，"安弃说，"用一种慢性毒药一点点毁掉你的脑子，到最后你毒发时看起来只是普通中风，就不会引人怀疑。我想提醒你，但又估计你不会愿意见我——见了也未必肯信，只好用这种办法来让你注意了。"

方惟远思索了一会儿："如果是雒国，直接杀死我就行。既想除掉我又要不露痕迹，那就一定是谢谦了。"

"你猜得不错，就是谢谦，"安弃回答，"毒药来自汤里面的莲子。事实上，为了这场谋杀，谢谦已经悄悄买下了全城所有的药铺。所以只要见到你府上的人去买莲子，他们就会给你带毒的。"

"竟然如此处心积虑！"方惟远大怒。

"处心积虑是不假，只不过谢谦还不是真正的幕后大头。"安弃说。他简要地把教主的阴谋转述了一遍。方惟远哪想得到这其中还隐藏了这样的真相，一时间目瞪口呆说不出话来。再仔细一想，职业军人保家卫国的热血登时沸腾起来。

"不会让他们如愿的！"老将军重重一拍桌子，"老子要把他们都抓起来！"

"总之您万事多小心就好，"安弃说，"您是国家的栋梁，军方最可靠的领袖，无论如何也要压制住谢谦。最好是假装若无其事，以免让他们意识到阴谋败露，又换别的手段。"

方惟远不说话了，脑子里已经开始飞速盘算对付谢谦的手段。眼下谢谦深得国君信任，自己把投毒事件拿出来也不能证明什么，反而会被认为是在陷害。当前最重要的是牢牢抓住军队，所以自己有必要和其余军方高层多多走动联络，他们有不少都是自己的老战友或者老部下，这个优势是快速蹿上的谢谦所不具备的。

他陷入了沉思中，安弃已经无声无息地溜到了门口，准备离去。他猛然注意到，叫住了安弃："你为什么会来帮我？现在魔教抓你抓得那么紧，你难道不应该好好躲起来不露面？"

安弃嘿嘿一笑："对抗魔教，人人有责。您是国家的栋梁，军方最可靠的领……"

方惟远摆了摆手，止住他的话头。他的脸上浮起一丝淡淡的悲戚，显然是又想起了儿子方仲。安弃深深低着头，似乎是在研究地上有没有洞可以让自己钻进去。

过了许久，方惟远轻轻叹了口气："你走吧，我明白你在想什么。"他喉头嗫嚅了几下，似乎是想说个"谢"字，但最后还是没说出口。

安弃不敢接茬，快步退了出去，到自己居住的杂工房间里收拾好简单的衣物，连夜离开了将军府。

4

走出将军府的大门后，安弃才意识到，自己又走入了危险中。和以前几次被追捕不同，这一次他的正面画像几乎发到了每个登云会教众的手里，从某种角度来说，他简直比这个时代最红的戏子、最贵的名妓还要出名。虽然他一直在易容改扮，并且水准越来越高，但仍然难免会留下一丁点蛛丝马迹供人追寻。他有点儿后悔，将军府里危险相对小点儿，自己实在应该多留些日子。

但那样的话，自己就不可避免地会经常面对方惟远。那种感觉太难受了。方仲的死已经在他心里留下了一道永远无法愈合的伤口，那伤口血淋淋地蠕动着,时常让他呼吸不畅,让他在没心没肺地大笑时陡然沉默。他终于忍不住,找了一家正准备打烊的小酒馆坐了进去。

"我知道你们要打烊了,"他抢在伙计之前开口说,"你们扫地、收桌子,当我不存在就好。关门的时候再把我当垃圾扔出去。"

等到离开时,安弃已经有了六七分醉意,那种堵得慌的感觉却始终没有消失。他心情沉重地走了一段路,前方的树上忽然隐隐传来一阵异响。安弃武功不怎么样,警惕性却在这几年中练得十足,立即察觉出该声音像是轻功高强的人在树上掠过。抬起头时,只来得及看到黑影一闪,有两个人影飞快地向着将军府方向而去。

经验丰富的小木匠立即醉意全无,他转过身,悄悄追了过去。果然,那两条黑影没入了将军府,消失无踪。

糟糕!安弃在心里喊了一句,来不及叫门,也跟着爬上墙头想要翻进去。但他忽略了一个严重的事实:两个夜行人的轻功高到了足以令卫兵们毫无知觉的程度——但小木匠三脚猫的功夫可不行。

所以几乎是眨眼工夫,他已经被一群如狼似虎的守卫按在地上动弹不得。他倒也机灵,知道这种时候说什么话最能调动卫兵:"我们的人已经进去啦!方惟远的脑袋肯定已经被割下来了!"

卫兵们果然慌了神,一大半人玩命地冲向方惟远的卧室。这之后府里发生了什么,脸冲下被按住的安弃没法看见,只能听到嘈杂的声音。他的耳朵里充斥着乱纷纷的"捉刺客"的怒吼声,"老爷!老爷"的哭喊声,"快去抓几个大夫来"的嘶叫声。他浑身火辣辣的疼,索性闭上眼睛,忍受着拳打脚踢,心乱如麻地祈祷着老将军千万别出事。

不久之后,喧嚣声稍微平息了一些,更多的声音是"嗡嗡嗡"的忙乱。无数脚步在府内府外奔来跑去,夹杂着大量由远及近的马蹄声。

他很快被送进监狱关起来。这里可没有登云会总坛里的那种待遇,他不再是个也许会有点用的囚犯,而是刺杀方大将军的刺客的同党。这间牢房黑暗、潮湿,充满了各种各样的恶臭味,无数的蚊蝇在盛夏这个好时节里尽情飞舞,间或会有一两只老鼠温柔地从他的身体上爬过。

安弃顾不上计较这些。他强迫自己冷静下来，在得到确定的方惟远生死状况之前——无论他怎么提问，都没有人愿意搭理他——思考着刚刚发生的事情。

毫无疑问，敌人发现方惟远已经知道了真相。为了防止方惟远全力扳倒谢谦，他们宁可冒着让谢谦受怀疑的风险，先把方老头儿除掉，所谓两害相权取其轻，推迟获得兵权，总比完全得不到好。这当中只有一个问题：从自己离开将军府，到刺客进入，中间只有不到两个时辰的时间。敌人怎么会反应那么快？要知道方惟远的身份非同小可，可不是那些寻常的江湖人物，说杀就杀……

他的瞳孔忽然收紧了——教主一定就在合安附近！只有他才有资格下令诛杀方惟远。可是教主跑到北方穷恶之地来做什么？

他开始在心里列举各种可能性：教主打算亲自出马到北方来拓展势力；教主打算亲自出马来抓自己；教主闲的没事跑到北方来旅游；教主……教主……

安弃往后一靠，倒在了肮脏的稻草垫子上。他明白了教主的来意：他已经准备发动最后的叛变了。当然，叛变一起，真正的教主是不会在叛军中的。他会藏身于谢谦的身边运筹帷幄，帮助他漂亮地消灭掉这个由他一手创建并发展壮大的教派。他甚至都不必做任何易容改扮，只需要扯掉那一身长袍就行，因为从来没有人见到过他的真面目——唯一的例外是安弃。只不过由于在方惟远这里出现了一些小小的意外，谢谦不得不经受一些动荡，教主也只好再隐忍一些时日。他现在一定恨不能把自己身上的肉一片片割下来嚼碎了吧？

安弃凄凉地等待着，每天啃着干硬的窝头和发霉的咸菜，好几天后才终于问清楚：方惟远并没有死，不过也离死不远了。两名刺客中的一个一剑捅穿了他的肺叶，这样的重伤，即使年轻人受了也得将养许久，何况年近六旬的方惟远？他昏迷了两天两夜才勉强醒过来，身体状况糟糕至极，按照大夫的说法，两个月内不能下床行走，不能受热受凉，而要等到可以重新骑马带兵，没有半年以上是不用想了。

也就是说，虽然方惟远侥幸不死，教主还是为自己争取到了半年时间，安弃心想。但事实证明，教主想得比安弃更远。不出几天，牢里的守卫兴冲冲地来到他跟前，劈头盖脸一顿带着兴奋的臭骂："你的两个同伙都已经落网了！你就等着和他们一起被砍头吧！"

安弃苦笑一声，无从辩解。那一夜他为了救方惟远而喊出的那一嗓子，至少有上百人都听见了。但他还是耐心地、谦卑地问出了一点细节：抓住两名刺客的人是谢谦的手下。据说谢谦闻听此事后悲愤交集，一面连夜赶往探望方惟远，为他送来了极品伤药；一面立即封锁合安各处出口，下了死命令要擒拿刺客。最难得的是，谢谦知道人们都看出了他和方惟远之间的不睦，为了赶紧让方惟远用药，拿刀往自己手臂上先割了一道颇深的口子，把药敷上去，再把剩下的给方惟远用。朝野上下对他登时大为改观，连国主都禁不住感叹"事急见人心"。

安弃叹了口气。半年时间，干什么都够了，谢谦当然不必再下毒了。他在牢里郁闷地啃了一段时间窝头，从季幽然给他送来的衣物里抽出一根细铁丝，弄开锁越狱而出。这下子除了登云会的追杀令外，他还同时成了朝廷的通缉犯。从一个小小山村木匠到尽人皆知的大坏蛋、大刺客，人生至斯，复有何求？

第九章
神　灭

1

剿灭魔教的战役并没有持续太久，这一点出乎绝大多数人的意料。谁都没有想到，势力庞大、组织严密的魔教，真正到了起兵造反时却如此不堪一击。往日智计百出、阴险深沉的教主，在这场战争中没有发挥出哪怕半点他的聪明才智，以至于登云会数万之众犹如一盘散沙，全无当年以一教之力对抗整个武林的霸气。

当然了，还有一个更重要的原因，就是谢谦的英明指挥。这位年轻的将军在战争中表现出了超越其实际年龄的老辣沉稳，情报工作也做得无懈可击，登云会的各处据点都被他掌握得清清楚楚。以往朝臣们都对谢谦心存疑虑，要么觉得这个三十岁出头的年轻人经验不足，要么担心他沉不住气急躁冒进，几场大战打下来，这些疑虑统统烟消云散。有小道消息称，方惟远受了重伤后，至今元气未复，国主很有可能会培养谢谦取代他的位置。军中的将领们也抛开方惟远，纷纷巴结谢谦，并以自己的子弟能在谢谦手下谋事为荣。方惟远就像是一朵开败了的花，再也无人亲近了。世事苍凉，大抵如此。

"快了快了，"安弃喃喃地说，"教主他老人家就快要得逞了。"

"我有点后悔，"季幽然叹息，"早知道当时不和我老爹明着闹翻，这样我还能想办法背地里弄到点情报。现在我们都只能做睁眼瞎了。"

"你老爹到底是个什么样的人？"安弃问，"我在总坛待了那么久，居然从来没见过他。"

季幽然摇摇头："我也没法说清。他曾经是教主的亲信，亲自为他制订了登云会蛊惑人心的种种规划，回过头来又觉得教主的野心太大，决定要扳倒他。正的反的他都做全了，我怎么能说清楚？而且自从我长大后，他对我……很多时候就像陌生人。虽然我早就习惯了被教主当成杀人工具，但被亲生父亲当成杀人工具，滋味就不那么好了。"

一直默不作声的易离离插嘴说："至少他曾经对你慈爱过，而我甚至连自己的父亲长什么样都全无印象，现在我对他的记忆全部来自母亲的讲述。"

"你们是要比可怜吗？"小木匠恶声恶气地说，"老子连亲生父母都没有呢，只是个什么翼人的狗屁化身。我现在经常梦见自己变成一只长了翅膀的烤鸡。"

两个女子面面相觑，异口同声地说："还是你可怜。"

三个倒霉蛋此前惶惶如丧家之犬，已经逃亡了数月。直到登云会的势力基本被瓦解，才算是松了口气，又回到了那个原本属于登云会总坛的小镇。安弃虽然仍然背负着刺杀方惟远的恶名，但想来也问题不大。他只需要等到方惟远身体恢复得不错时，偷偷溜去见他一面，就能解决了。

但那不过是小小的个人问题，压在心上的石头仍然是教主的大阴谋。没有方惟远主持局面，谢谦已经渐渐有权倾朝野之势，并且深得储君信赖。安弃每天都要和两人商讨一下所谓对策，但事实摆在眼前，就凭这三人微不足道的力量，干什么都只能是螳臂当车。他们唯一能做的，就是守在这座小镇上，守株待兔地等待着可能出现的教主。因为翼人的体魄如此巨大而醒目，在纷乱的战时绝对不可能被转移走，它一定还在这附近隐藏着。只不过，现在教主还需要它吗？他手上已经实际上掌控了兵权，大概压根用不着亲自动手了。这个话题几乎每天都会被三个人提到，不管他们在讨论什么。

"一定会有办法的，"安弃很苦恼地敲打着自己的脑袋，"教主总得有点弱点拿给我们抓。"他伸手一指季幽然："别再提什么刺杀谢谦了，那么大人了就知道蛮力。有教主在身边，你去了也是肉包子打狗。"

"那我呢？"易离离一面问，一面小心地扯住季幽然，免得她一怒之下把安弃打成肉包子。

"你拿什么去说服旁人？"安弃仍然摇头，"谢谦是货真价实摧毁登云会的大英雄，你说什么都只会被认作造谣，当场打死都说不定。"

易离离很泄气："说的也是。我们根本就没有任何办法能靠近教主。"

季幽然忽然眼前一亮："那能不能想办法让教主主动来抓我们呢？"

"以前可以，现在我们已经没用了，"安弃叹口气，"现在他说不定都把我们给忘了。"

"他不是一直很垂涎你体内的……呃，可能存在于你体内的力量吗？"季幽然说。

"那是以前。现在他有了真正的权力了，动动嘴皮子就能让成千上万人替他卖命，哪儿还用得着自己动手打架。除了吃饱了撑的要玩御驾亲征的，你见过皇帝带兵打仗吗？"安弃说。

季幽然还没回话，就吃惊地发现安弃脸色变了。小木匠又陷入了旁若无人的沉思中，嘴里念念有词，完全听不到旁人的说话。

最后他终于开口了："现在才是教主最需要抓住我的时候。"

"为什么？"季幽然不解。

"因为谢谦的权势太盛，"安弃回答，"别忘了，除了谢谦或者'雒国的谢谦'之外，别人根本就不知道他们是听从教主支配的。在他们心目中，谢谦始终还是国主的忠臣，干掉登云会的功臣。但是……万一谢谦自己叛变了呢？"

季幽然一怔，回味着他的话。易离离的心思比她缜密，已经先想到了："是啊。如果谢谦自己就能成就大事……他为什么还要听教主的命令呢？"

安弃满意地点点头："没错，就是这么回事。如果教主辛辛苦苦这么多年，最后让谢谦捡了便宜，还不得把他老给活活气死？所以他一定要保有翼人的可怕力量，才能保证谢谦会害怕他的威胁，继续听命于他。”

“可是……也许谢谦压根就不会叛变呢？”季幽然说，“我听我老爹说过，谢谦和教主的关系很亲密，说不定就是教主的亲生儿子呢。”

“亲生儿子算什么？”安弃大摇其头，“你从来不听说书先生讲故事的吗？随便为了点钱啊、美女啊、王位啊，儿子杀老子不是再正常不过？”

“我看你比较不正常……”季幽然咕哝着，却也不得不承认他说得在理。如果真有君临天下的巨大诱惑，弑父杀母这样的事的确不算什么。

安弃继续说：“教主肯定早就想到过这一点，所以他才拼命藏着翼人的秘密，不让外人看穿。别人不知道他神功的底细，自然不敢反抗他。但他最大的失算就在于，他之前没有想到翼人被关了二十年都始终玩命地反抗，只好不断加大毒药的用量去压制它，以至于翼人现在已经离死不远。教主想要继续获得这种非人的力量去控制谢谦，就只能把希望放到我身上了。”

说到这里，他歪着嘴邪恶地一笑：“所以我一定要深藏起来，让他着急。只要他着急了而又找不到我，没办法还得回来找这个快死的翼人。现在他可没有一整个魔教来指挥了。”

“但他一样可以用捉拿刺杀方惟远的刺客的名义来抓你啊！”季幽然说。

安弃笑得更邪恶：“那我就算是被抓，多半也会直接落入谢谦的手里。谢谦要是直接把我‘咔嚓’一刀，教主可就什么也捞不到了。所以他一边想要抓我，一边还不能太引起谢谦关注。虽然谢谦完全有可能对他一百二十分的忠诚，但只要有一丁点可能，我们聪明绝顶的教主就会担心得半夜睡不着觉。”

“还是你最坏。”季幽然和易离离再次异口同声地说。

一切都如安弃所预料。通缉他的风头慢慢过去，一切都显得风平浪静。谢谦已经被破格提为兵部侍郎，方惟远慢慢伤愈，却也失去了说话的力度。

虽然他愤怒地指责谢谦才是刺杀他的幕后主使，但一来拿不出证据，二来谢谦在他被刺后的种种表现颇能打动人心，以至于非但文武百官不信，就连国主都只能苦笑着摇摇头："镇南侯伤重，有点老糊涂了。"

安弃等三人就在小镇里慢慢等着。易离离每天操持着一家小小的卤菜铺子，季幽然在外注意着各种异动，安弃则足不出户。他知道，这是和教主比试耐心的时候，所以居然也牢牢收住性子，就是绝不露面，每天躲在房间里百无聊赖地削着木鸟，偶尔做上一两件精巧的小器械取乐。如是又熬了两个月，正当安弃开始觉得鼻子里闻不到卤猪大肠的气味就不习惯时，教主终于有所行动了。

"有一个热闹你想去看吗？"季幽然这一晚说，"镇里来了一个好大的戏班，运来了不少古怪动物，甚至有一头真正的狰。"

安弃跳了起来："狰？我一直想看的。"

"去看看吧，"易离离善解人意地说，"你也憋了那么久了，戏班子一开演，那么多人，你不会被注意到的。"

于是他去了，一到现场就被吓了一跳。不是因为那里人山人海好似饥荒年代的抢米，也不是因为那头狰果然凶神恶煞名不虚传，而是由于关狰的笼子。

——这笼子实在是太大了。虽然狰的确是一种躯体庞大、超越一般野物的怪兽，但这个笼子比关在里面的狰足足高了三四倍，即便狰能够跳跃，这个高度也过于离谱了，可以说是彻头彻尾的浪费材料。

这个笼子吸引了安弃全部的注意力。他甚至没有去看他一直想要观赏的狰，当观众们发出带着惊恐的赞叹、观看着狰撕咬一头强壮的公牛时，安弃却呆呆地混在人群中，仔细端详着这个金属笼子。他装出兴奋的样子，挤到笼子前，用自制的锋利小锯在上面划了一下。如果是寻常的铁笼，这一下已经足够把铁枝划断了，但这笼子却半点事也没有。这更加让他产生了某些联想。

最后他终于得出了结论。这个结论让他止不住一阵狂喜：他终于有机会好好地对付一下教主，出一口胸中的恶气了。

2

戏班子在镇子里演出了七八天，这几天里季幽然按照安弃的指示，不再管其他的，全力监视着戏班的行动。

"那个铁笼子，是用来装翼人的，"安弃说，"教主一定就混在戏班里。他要把翼人带走，又不想让谢谦注意到，所以玩了这个花招。"

"谢谦注意到了又能怎样？"季幽然问。

"那就说明了教主的力量正在消失，"安弃说，"这样的话，谢谦可能就不怕教主了。所以他只能偷偷摸摸。他现在说不定正在后悔呢，眼下这样提心吊胆的日子，还不如就当一个邪教教主来得风光。"

易离离总结说："人们总是要到失去一样东西的时候才觉得它宝贵。"

易离离说得有道理，安弃想。当他跟踪着开拔的戏班子一路潜行时，总是在想，如果自己并不执着于发觉自己的身世，而是情愿攀附着方仲这样有钱有势的朋友混吃等死，焉知现在不会成为一个幸福而无烦恼的大胖子？自己浑浑噩噩过了一辈子，突发奇想要做一个清醒的人，却反而害死了生平唯一的好友。

而教主如果只是放眼于江湖之争，何必像现在这样遮遮掩掩地假扮成戏班子行事？而始终藏身于铁笼子里被黑布遮盖住的翼人，有没有后悔它当年冒冒失失闯入人间的举动？这些曾经在不知多少岁月前侵入人间的天魔，此刻也享受到了被卑微的人类欺凌的滋味。

他一路思考着那些无法解释的问题，同时还要小心跟踪、避免被教主发现，以至于连自己究竟在走向何方都没有留意。如此跟出了将近一个月，他发现每天早上戏班动身前行时，太阳都照在自己的后脑勺上，而每天傍晚，夕阳的红光都会照得自己连眼睛都睁不开。

这么说来，我们一直都在朝着西边走，那么西边有什么……安弃猛然醒悟：克鲁戈！教主带着翼人，原来是想去往极西之地的克鲁戈大沙漠！而克鲁戈里面有什么能吸引教主的？

当然是登云之柱。

这可太诡异了。按理说，教主绝不应当对登云之柱产生什么念头，正相反，他应该避而远之才对。他只是一个凡人，只希望主宰人间，做一个君临天下的帝王。一旦他打开了天地之间的通道，他的力量在真正的翼人面前只怕是不堪一击的，因此这本应当是他极力避免的。

我真是想不明白了。安弃悲哀地拍打着自己的脑袋。当到达下一座城市时，他给季、易二人去了一封信，说明了此行的状况。此时此刻，他也没办法再去绷所谓大老爷们儿的面子了，没有季幽然的武功和易离离的万事通，他单独一人没有任何信心进入克鲁戈。只不过算算路程，等到这封信送到，季、易二人准备好了赶到，自己只怕已经到了克鲁戈了。然而眼下无法可想，只能硬着头皮继续跟下去。

此后的路程仍然是持续向西，这更加让安弃确认了教主的目的地。这一路西行，他眼见着一座座战后重建的城市与村庄，虽然某些地方已是满目疮痍，但百姓仍然干劲十足，为了战争的不再到来而欢欣鼓舞。但这样的日子能维持多久呢？忽然之间，安弃生平第一次产生了这样的念头：哪怕是为了这些受尽蹂躏的可怜百姓，老子也应该阻止教主。

就这样慢慢晃到了大陆西面，已经是初冬时节，沿路渐渐有朔风如刀的感觉。安弃事先完全没想到自己能跟那么远，身上的盘缠渐渐告罄，又没有时间停下来做工，只好搞点偷鸡摸狗的老本行，每天把肚子混饱，添几件衣衫御寒。但当市镇越来越稀疏，常常走上一天都不见人烟时，那滋味就太难受了。戏班子可以扎帐篷、烧火做饭，自己却只能悄悄地找个勉强避风的地方躲起来，任由刺骨的寒风毫不留情地从身上刮过，连火都不敢生。

这一夜戏班子歇宿在一片胡杨林里，四围一片旷野，没有任何地方可以躲藏。无奈的小木匠不得不冒险钻进林子里，在几株交缠在一起的死树背后藏身。他颤抖着缩成一小团，怀念着卤菜铺子里原本让他觉得臭烘烘的温暖气味，嘴里含着冰冷的干粮，很不踏实地进入梦乡。梦里他依然飞了起来，却和往常飞翔的梦大不相同，而是又看到了与翼人见面时的那种幻觉。一望无垠的克鲁戈，漫卷的黄沙，天边那根连通天地的石柱。梦中的他没有犹疑，没有迷茫，全力向着登云之柱的方向冲刺，仿佛那里有什么东西在召唤着他。

这次和上次的不同之处在于，没有其他事物打断他，他很顺利地飞到了登云之柱跟前，并努力记下了行进的方向——虽然梦里的事物未见得是正确的。靠近了之后才能发现，这根柱子的确如宋不归的笔记所言，就像是一座山。那种可怕的压迫力让他几乎忘记了拍打翅膀，险些掉下去。他定定神，绕着登云之柱飞了几圈，看着那上面古朴而诡异的花纹发愣，一时间完全分不清梦境与现实。

醒来时，他细细回味着这个梦，隐隐觉得有什么事情不对劲，但究竟哪点不对劲，又说不上来。眼见戏班已经上路，他也只能悄悄活动着僵硬的身体，跟了上去，把刚才的疑虑暂时抛诸脑后。

又过了七八来天，戏班终于到达了卫原县。这里是进入克鲁戈的最后一个歇脚地，也是全大陆数得着的穷乡僻壤、蛮荒之地。这个僻处大陆西面的小城，一向都是个缺乏生趣的地方，能有一个戏班子光临简直足以令全城人都兴奋起来。安弃看着戏班子被围起来，并看着那巨大的铁笼子照惯例被黑布蒙上，宣布"狰病了"，这才赶紧去找了个澡堂，泡进了热水里。他终于发现追踪翼人还是有一定好处的，因为翼人实在体型太大，想要偷偷溜掉消失于无形是绝不可能的。而戏班来到卫原之后，实际上只剩下进入克鲁戈这一条路可走，不经过几天准备根本不可能出发。

所以他可以稍微放松一点了，把身子往热水里一扔，舒服得呻吟出声，差点因为睡着了而溺死在水里。最后付账时还和搓澡师傅产生了一点争执，因为该师傅坚决要收他至少双倍的钱。

"搓下来的泥烧成砖，可以垒个猪圈了！"搓澡师傅瞪大了眼睛嚷嚷着。

安弃慢吞吞地整理好衣物，慢吞吞地数出钱，突然出脚在搓澡师傅光溜溜的脚背上狠狠踩下去。趁着对方惨叫时，他一溜烟钻了出去，浑忘了自己连正常价格的搓澡费都还没付。他心安理得地溜到了一条小巷里，在一个小摊旁坐下要了碗最便宜的清汤面，第一口面还没入口，就有人揪住了他的耳朵。

"我刚到这儿就听说有人在澡堂里捣乱了，一猜就是你干的好事。"季幽然的声音此刻听起来真是亲切到足以让安弃热泪盈眶。

"你们的动作真快……"他的声音都有些哽咽了。易离离站在一边，带着母性的光辉冲着他温柔一笑。

其实由于邮差的拖延，安弃的信到得很晚，所以两人立即出发，几乎是昼夜兼程地一路狂奔，最后和安弃一前一后到了卫原县。等到安弃狼吞虎咽吃完了面，三人一合计，都对教主的行动表示不可理解。

"他应该远远避开登云之柱才对，"易离离说，"找到登云之柱对他没有任何好处。"

"我也这么想，"安弃苦恼地说，"教主肯定有什么新的阴谋，但我一路上猜啊猜啊总是猜不准。你呢，你有什么想法？"

他问的是季幽然。但季幽然似乎心不在焉，老是侧过头打量着身边这座面目可憎的乏味城市。

"你在看什么？"安弃说，"看上了这座城里的漂亮小伙子？我听说住在缺水地方的人一个月才洗一次澡……"

季幽然瞪了他一眼："我只是在想，难怪我觉得卫原县的名字很熟，不仅仅因为它靠近克鲁戈，还因为这里就是当年那十多个麓华书院的书生发现天魔石碑并自杀的地方。"

安弃"哦"了一声，并无特别反应，易离离却惊叫起来："麓华书院？你说他们是麓华书院的？"

季幽然奇怪地看她一眼："是啊，这有什么关系？我不是早说过这些书生自尽的事情了嘛。"

"可你没提书院的名字，"易离离面色苍白，"现在我明白了。那些自尽的书生中间，大概有一个就是我的父亲。我失踪的父亲易允文，也是麓华书院的书生。"

安弃和季幽然都怔住了。易离离接着说："父亲失踪前，是和十四个登云会的同好一起上路的，而他们后来全都踪影不见。两相对照，在东海，若干个麓华书院的书生失踪了；同一年，万里之外的卫原县死掉了十多个书生，身上带着麓华书院的书签。事情不会有第二种解释了。这是相同的一拨人。"

季幽然皱皱眉，正想说话，易离离展颜一笑："你们不必安慰我。我对我父亲其实没有什么感情，连他的长相都忘了。我母亲生前总是提起他，说他一介穷酸书生，却偏偏忧国忧民，总想着那些大得不得了的事情，以这样的性子，当得知人类劫数难逃的时候，灰心失望之下自杀而死，也是正常的。"

那些可怜的读书人，为了一个可怕的真相而丧失了活下去的勇气，但在安弃看来，这样的举动实在太离谱了。就算有朝一日天魔真的会再次血洗人间，那也得等到那一天再死。在此之前，多活一天就说不定会有转机。小木匠当年在三陇村就是这样，和其他小孩打架，该服软求饶时绝不硬挺，只要对方放了手，他就会立刻想出报复的招。宁可赖活，绝不好死，天底下的流氓无赖大抵如此。

三人多方打听，辗转找到了书生们的坟墓。他们被草草合葬在一起，连墓碑都没有。安弃问："要打开看看吗？"

易离离摇头："我只知道他的长相，而那全部来自我母亲的描述。我母亲也不会知道他的骨头长什么样。"

她在墓碑前跪下，默默地拜了三拜，算是了却了母亲的心愿。她站起身来，展颜一笑："说到底，如果不是因为我父亲死在了这里，我也不会机缘巧合地认识你们俩。"

安弃讪讪地笑着，不知该如何作答：老子总不能跟你说你爹死得好吧。

3

戏班子的队伍在克鲁戈边缘的卫原县陷入了困境，这是不难想象的。沙漠不比平地，没有任何工具可以把那个巨大的铁笼子运进去。即便是用骆驼去硬拖，它也会迅速地陷入沙里，到时候就算是狰也没办法把它拔出来。

安弃等人耐心地等待着教主的下一步行动。此刻正值冬季，沙漠边缘的气候变得寒冷，还有不少的降雪。安弃每天坐在客栈的窗边，不时打开窗户瞄一眼铁笼子的动向，但始终没有看到哪怕是半点特异之处。市民们对戏班的兴趣也慢慢淡了下来，在他们看来，这个已经毫无新鲜感可言的戏班居然一直待在这鸟不拉屎的地方不走，简直比他们带来的动物本身还要奇怪。

过了几天，生意渐渐冷清下去的戏班子忽然预告，他们要演出一场常人一辈子都难以见到的精彩演出。这个说法是如此的耸动，很快传遍了全城。

"三天之后！三天之后！"站在戏班门口负责收钱的小厮扯着嗓子喊道，"三天之后，你们会看到最惊人的蜃景！"

所谓蜃景，指的是沙漠中常见的奇景"海市蜃楼"。但海市蜃楼通常是不会出现在沙漠的边缘地带的，更何况季节也不对。人们起初以为戏班子是在撒谎吹牛，但等到他们解释后，登即释然，并且都产生了强烈的期待。

"当然不是普通的蜃景了，"小厮解释说，"是法术！人为的法术！我们班子里最了不起的法术师，将会表演一场独一无二的巨大魔术！比真正的蜃景还要好看！"

三人听说这个消息之后，都有些摸不着头脑。万里迢迢跑到克鲁戈的边缘来变魔术？教主要么是疯了，要么有什么埋得很深的阴谋算计三人还没有猜透。

"蜃景到底是什么玩意儿？"安弃问，"我从来没见到过。"

"我也没有。"季幽然说。

"我见过，大概在我四五岁的时候，母亲担心我们这样在外寻找，父亲会不会已经回家了，于是带着我回了一次东海边，在那里曾经见到过一次，"易离离说，"那就是一种幻境，你在天边看到那些很遥远的、不可能出现在那里的事物。比如我就在海边看到了悬浮在半空中的失火的大船，甚至连爬在桅杆上呼救的船员都看得一清二楚。"

"那大概和光线有关吧，"安弃说，"就像我做的千里镜，可以把很远的东西一下子拉到眼前来，但事实上，东西还在那儿，你伸手是绝对够不到的，只是你的眼睛……"

他絮絮叨叨还要说下去，季幽然果断地阻止了他的发挥："用不着明白原理。总之那就是眼睛看到的幻觉，可为什么教主要安排这么一场表演呢？"

话题又回到了原处，季幽然自认浅薄，无法洞悉教主的心思。安弃却总在想着海市蜃楼："蜃景好看吗？"

易离离愣了愣："还是……挺好看的吧。那些景象就像是梦境一样，事实上蜃景就是因此而得名的，人们都觉得，自己眼里看到的楼台宇榭实际上是大蜃——就是海里的大蛤蜊——吐气形成的。也有人说，蜃景代表的是大海深处的仙人们的景象：小岛漂浮在云海中，人们腾云驾雾地行走，那都是我们的世界里不可能发生的。"

"我们的世界里不可能发生的……"安弃重复了一遍。我们的世界……我们的世界……

他的眼睛亮了起来。他紧握着拳头，对身边的两个女子说："我们都想错了。事情走向了另外一个方向，而且恐怕是我们没法阻止的方向。"

两人莫名其妙，正要发问，安弃却突然高喊起来，把她们都吓了一跳："阻止不了也得试试，妈的！拼了！老子当年打遍三陇村的时候，谁也没怕过！"

季幽然困惑地看了易离离一眼："我们是不是认错人了？这是我们认识的那个小木匠吗？"

这场蜃景的表演比想象中还要精彩，这一点从人们的喝彩声中可以听出来。那位施术的法师不仅仅是变幻出了无数的奇景异物，更重要的在于，还利用这些元素罗织出了情节，这可太不容易了。

这个时候，只要是身在室外的卫原居民就能仰起头来看到天边的瑰丽景象。整个天空仿佛被分割成了两半，一半仍然是卫原冬季最常见的铅灰色的阴霾，另一半处于蜃景笼罩中的却已经变成了浓重的黑色。在那黑色当中，一朵朵形状狰狞的云泛着鲜红的色彩，仿佛是一朵朵由血凝成的花在怒放。带着火焰的孛星一颗颗地呼啸着坠下，在空中划出醒目的轨迹。在这海市蜃景中，大地上一片火海，一切的一切都在不可遏止地燃烧、摧毁。

在火光的映照下，蜃景里的人们陷入了无限惶恐与绝望中。他们四处奔逃却又无处藏身，有人被孛星砸死，有人被烈焰烧死。更多的人跪在地上，向着天空祈祷，但他们显然也并不知道自己在祈祷着些什么。

现实的卫原县城中，围观的人们无不惊叹于蜃景的逼真与宏大。虽然这一幕都发生于无声无息间，但他们都觉得自己仿佛听到了真切的凄厉惨号声，听到了火焰中的废墟的轰然倒塌声，听到了孛星划过天际时的尖啸声。

"这就是末世的场景！"负责解说的戏班成员用耸动人心的嗓子高喊着，"当这一天到来时，大地上的一切都将化为乌有！"

人们发出附和的惊叹声，虽然知道这只是虚假的蜃景表演，仍然情不自禁地有身临其境的恐怖感。就在这时候，起风了。

沙漠里的风从来捉摸不定，说来就来，说停就停，而且让人完全估不准大小。这一阵狂风吹过，带来咆哮的风声，戏班成员的话立即听不清了。但蜃景的虚像完全不受风的干扰，虽然多了许多飞舞的沙尘，仍然还是可以看清。

随着大风刮起，蜃景当中出现了崭新的变化。无数小黑点从云层深处出现，密密麻麻地铺在高空，当它们的高度慢慢降低时，观众们渐渐分辨出了轮廓。那是成千上万的人，比常人大出无数倍的巨人，背后还有昂然伸展的宽阔羽翼！这些长着翅膀的怪人一个个面目狰狞，在天空中盘旋飞翔，阴影遮盖着大地，将异界的死亡气息散布到人间的每处角落。

蜃景不断变化着，那些翼人在观众们的视线里继续放大，那些死神一样恐怖的尊容让胆小的人都禁不住闭上眼睛不敢再看。还有不少人产生了这样的错觉：这些翼人会不会突然间由假的变成真的，向自己扑过来？

人们的视线完全被这气势恢宏的蜃景所吸引，谁也没有注意到，刺耳的风声中在某一时刻混入了一点其他的杂音。他们更没有注意到，就在那一声杂音响起后，有三个人骑着马穿过蜃景的区域，向着沙漠深处狂奔而去。

此时，在遮蔽天幕的蜃景背后，三匹马正在全力冲刺。和人们通常印象里的错误观念不同，马匹可以在沙漠里高速奔跑，而且跑得比骆驼快得多，它们只是不具备驼峰的储备，所以没办法像骆驼那样长时间的行进而已。

安弃、季幽然、易离离就骑在马上，向着西北方向疾奔。他们顾不上说话，眼睛死死地盯着前方的天空。

——仿佛是卫原县城里的蜃景被搬到了沙漠里，前方的半空中，竟然也有一个翼人在飞翔。和没有声音的海市蜃楼相比，这个翼人的飞行更加真实而有质感，双翼挥动带起的声响即便在沙漠的阵风中也能听到。

"我就知道是这么回事！"安弃声嘶力竭地喊叫着，以便让同伴们在风声中听到自己说话，"这个蜃景就是一个掩饰，那些铺天盖地的翼人的画面，正好掩护这个真正的翼人飞起来。他们根本就不打算把翼人运进克鲁戈，因为他们的计划是让翼人自己飞进去……啊呸！"

风向忽然变了，他的嘴里立即灌进了许多沙子。刚把沙子全部吐净，他的坐骑猛然间一个急停，安弃毫无提防，一下子从马上飞了出去。幸好这些年来的武功也不是白练的，他在沙子上就地一滚，随即跳起，并没有受伤。定睛一看，原来是季幽然伸出手，硬生生拉住了他的马缰，其原因自然是因为他们所追逐的翼人。

翼人停止了前行，在空中转过身来，面朝着三个追逐者。虽然距离太远无法看清，但三人可以想象，翼人正在观察着他们三个。

安弃心头打鼓，虽然不顾一切地追了过来，但真到了和翼人面对面时，他还是明白，自己根本没有半点反抗之力。眼前的翼人还没有做什么动作，那惊人的气势就已经足以把他们压迫得喘不过气来。季幽然虽然武艺高强，但在这样可怖的对手面前，也不过是可怜的蝼蚁。

这已经是安弃第二次面对翼人了。季幽然和易离离却还是第一次。她们都无法遏制自己的好奇，双目死死盯着翼人，一时间连危险都忘了。

翼人挥着双翼，慢慢落了下来。安弃看得分明，教主就被它握在手里。翼人落在地上，虽然是柔软的沙漠地面，也仍然发出一声沉重的钝响。它俯下身，把教主放在了地上，教主向三人走来。

"你究竟在打什么主意？"安弃忍不住问，"这一路跟着你从东跑到西，我始终猜不到你的想法。找到登云之柱对你半点好处都没有，为什么你要费那么大劲把它运到卫原，再用蜃景掩护它起飞？它一直都在极力反抗你，又为什么会听你的号令？"

教主静静地听他问完，发出一阵说不清什么意味的笑声，然后伸手揭开了自己的面幕。出乎意料的，这并不是安弃上一次所见的教主的真容，而是另外一张他曾经见到过的面孔。随着面幕的落下，他轻轻叹了口气："你们三个人，都应当认得出我是谁吧？"

安弃、季幽然、易离离三人一同惊呼起来，只是惊呼的内容各不相同。

安弃叫道："怎么是你！你是替我取名字的那个私塾先生！"

季幽然叫道："父亲！你的脸怎么变了？你的病好了？"

易离离叫道："你……你是易允文吗？麓华书院的易允文？"

4

安弃本名安赐，取的是"神赐之子"的意思，但众所周知，该神赐之子在三陇村并不怎么受欢迎。后来安弃觉得自己的名字太不符合实际，但要叫"安丢""安扔"之类，又实在难听，于是请教了村里的私塾先生，私塾先生教了他一个"弃"字，从此他就改名为安弃了。

安弃对这个私塾先生印象颇深，不只因为他为自己取名字，还因为他几乎是全村唯一一个肚子里有点墨水的人，虽然在村里待了还不到半年，平时对谁都是斯斯文文、客客气气，口碑颇佳。但山村人家的家长都指望着孩子会种田、会点手艺养家糊口，并不愿意让孩子读书。私塾先生在这半年里总共也没招到几个学生，最后只好离开了。

面幕下露出来的这张脸，赫然并不是教主，而是这位曾和安弃同村居住半年的私塾先生。

季幽然的父亲季无咎，是登云会的刑堂堂主，也是教主多年来最信赖的心腹之一。从教主在北谅山发现翼人开始，他就和教主在一起，亲自为他制订登云会的各项大计。

在季幽然还很年幼的时候，父亲忽然生了一场大病，从此以后卧床不起，对季幽然也日渐冷淡。当然，不久之前，季幽然终于知道了真相，父亲并不是生病，而是替教主分担了一部分翼人的力量，而父亲并非习武之人，无法承受这样的力量，以至于摧垮了身体。但令她不能原谅的是，父亲当时为了保命，竟然把那力量又转移了一部分到自己身上。虽然机缘巧合，造就了自己一身高深的内力，她仍然无法压制对父亲的憎恶。

面幕下露出来的这张脸，并不是她惯常所见的父亲的脸，但那声音绝不会错，那就是父亲的声音。

易离离的父亲易允文，是东海之滨的知名书院麓华书院的一名书生，为人谦和平易，并不引人注目。在易离离出生前，他加入了一个叫作"登云会"的组织，和自己的同好们一起钻研着与天神相关的种种问题。但不久之后，他就离奇地失踪了，和自己的一十四名学友一起，从此踪影不见。执着的母亲生下易离离后，带着她走遍了整个大陆寻找父亲的踪迹，却一无所获。最终母亲在北水镇死于一场意外，留下了易离离孤身一人。

易离离是在父亲离家后才出生的，所以她不可能对父亲的相貌有什么直观的印象。但在漫长的寻夫过程中，易允文的妻子早就把丈夫的体貌特征无数次地灌输给了女儿，以至于易离离一闭上眼，就能勾勒出父亲的轮廓。

面幕下露出来的这张脸，脸型长方，眼角微微上挑，尤其左边眉心有一颗痣，这颗痣的位置太特殊了，一般人的痣不会长在那里。再加上他偏矮的身材和微驼的背，简直和易离离梦中所见的父亲形象一模一样。

5

三个人全都惊呆了。他们几乎是从自己的童年时代一直回忆到现在，也完全无法解释自己眼前看到的这张脸。他们都有无数问题想要询问，却又不知从何问起。

翼人发出了安弃曾听到过的那种低沉的轰鸣声，他知道这是翼人在说话，但完全听不懂内容。私塾先生却好像对此非常熟悉，点了点头表示回答。翼人退出几步，屹立在漫天黄沙之中，恍如一尊顶天立地的巨大雕像。安弃想象着沙漠上站满了这样的巨人的场景，打了个寒战。

"翼人对你们的智慧很欣赏，"私塾先生说，"所以他给你们留出了一点时间，可以由我来替你们解惑。很多事情看上去复杂，说穿之后其实很简单。"

"你究竟是什么人？"安弃问。

"你到底有多少事还瞒着我？"季幽然问。

"你为什么没有死？"易离离问。

私塾先生笑了起来："你们一人一个问题，我却只有一张嘴，该先回答谁的？"他顿了顿，又说："我觉得最好是按照时间顺序来讲，这样就免得你们你一句我一句夹缠不清了。"

他沉吟了一阵子，似乎是在思索该从何说起，最后他的视线停在了易离离身上，脸上浮现出一丝混合着悲戚、怀念与慈爱的古怪笑容："太像了。你长得太像你的母亲了。这些年来，我经常会想起她，也会想起她肚子里的孩子，但我没想到会在这样的情景下和你会面。"

易离离还没说话，季幽然就忍不住插嘴了："你是她失踪的父亲，那我呢？你的脸完全不一样了。"

"的确不一样，"易离离的父亲易允文回答说，"你的父亲早就死了，死于他试图拯救教主的那个晚上。我不过是趁着那个机会冒充了他而已。你现在看到的才是我的真容。"

易允文在二十年前来到了卫原。那时候新兴的魔教登云会尚未开始为祸武林，却已经在大肆追杀原有的登云会成员，并且宣传新的、似是而非的邪恶教义。易允文等麓华书院的书生经过一番商议，认定教主的目的是想掩盖真相。他一定掌握到了一些真正的关键信息，并打算一人独霸之，所以决不能容许有其他人触及。

"那我们只能抢在他之前弄清楚这些事了。"易允文建议说。事实上，即便没有这个建议，他们也不得不开始逃亡了。于是他们整理好了所有可能会找到一点天神的蛛丝马迹的地点，瞒着自己的家人不告而别，开始了亡命奔逃的日子。

这些文弱的读书人一路上受尽羁旅之苦，还得提心吊胆地成天提防着登云会的杀手们，当他们到达西部边陲时，都已经困顿不堪。在他们的身后，登云会的天罗地网正在一点点收紧。他们实际上已经踏入了绝境。

就在此时，他们意外地听说，位于沙漠边缘的小城卫原里，有一对盗墓贼兄弟找到了一块奇怪的石碑，上面的内容无人可以解读。他们以为奇货可居，四处兜售，却没有任何古董商认识，反而惹来不少讥嘲。他们立即意识到这可能就是他们需要找的东西，于是急忙赶了过去。

这十五名读书人中，固然有易允文这样的穷书生，却也有家境不错的，随身带有不少金钱。盗墓贼毛氏兄弟听说有人愿意高价买那块令他们沦为笑柄的石碑，一时间喜出望外，没有再开一个他们自以为颇有还价余地的高价加价，就痛快出手了。但那些书生看起来是宁肯把自己卖掉换钱也要买下这块碑，竟然任由他们漫天要价，一口答应了，让他俩好好后悔了一阵子：早知道这个一口价就喊得再高一点了。

那块石碑上的文字是一种古老的西域方言，使用这种方言的部族——傩人早已消亡于历史中。但易允文曾经研究过这种文字，所以大致地把碑文翻译了出来。书生们焦急地围在一旁，看着他嘴里念念有词，在纸上乱画些谁也看不懂的符号。最后他把纸一扔，颓然倒在满是灰尘与泥土的地板上。

"怎么样？有关系吗？"同伴禁不住问。

"这就是我们想要的，"易允文低声说，"但恐怕又不是我们想要的。"

这句前后矛盾的话让所有人都莫名其妙。易允文慢慢坐起来，苦笑着说："这块石碑，取自傩人的祭坛。傩人所祭祀的，就是我们所苦苦追寻的天神。但在他们的心目中，这并不是天神，而是……天魔。那些侥幸存活的傩人，用他们的眼睛看到了事实的真相。"

那块石碑所记录的，是在文明都还尚未开启之前的古老灾劫。这一场毁灭人间的劫难在傩人幸存的祖先中一代代流传下来，并最终在文字产生后被记录在石碑上。根据石碑上的简单记述，在那个可怕的时刻到来时，原本晴朗的天空忽然间变得昏暗无光，太阳隐没了，黑暗笼罩着整个大地。接着无数天火坠落，把一切都烧成灰烬。在这之后，长着翅膀的魔鬼在天空中出现，为这一切的死亡与灾难做出了解释。

那块石碑的正中央，就雕刻着一个这样的天魔。它正以征服者的姿态飞翔于天空，在他的身下，傩人们在虔诚的顶礼膜拜。然而，他们脸上那种惊恐的意味却怎么也无法消除。那些从他们眼中流露出来的黑色的绝望，越过千万年的时光的迷雾，蔓延到这座大漠边缘的小城中，蔓延到书生们的心中。

"这只是冰山的一角，"易允文轻声说，"在这块石碑之前，它们究竟曾多少次降临人间呢？"

"于是你们就绝望得想要自杀了？"易离离问，"就算你们都相信这是真的，也不必自杀呀，因为这样的灾劫谁知道什么时候才会再度发生。"

易允文的答案出乎所有人意料："我们并没有真的想自杀，自杀和现场留下的遗书不过是一个假象，用来迷惑那些追兵。所以我们找毛家兄弟买了假毒药，但这当中出了一点意外，毛家兄弟给我们的不是假药，而是真的。他们从见到我们起，就想要抢夺我们的财物，这样的机会当然不容错过。"

"一群笨蛋，"安弃评价说，"这种事怎么能随便相信他人？"

易允文笑了笑："你可以把它看作读书人的单纯无知。"

"那你为什么没死？"安弃追问。

"那是另一个意外，"易允文说，"我那时正在病中，手不停地发抖，加上心情紧张，不小心把毒药泼在了地上。好在毛家兄弟给我们的药量有富余，所以我又重新配置了一杯，但已经耽搁了一些时间，等到这一杯毒药刚刚沾到口唇边，我忽然发现已经倒下'假死'的同伴们个个七窍流血，而且都是黑色的血，这一点和毛家兄弟描述的效果大不相同。我赶忙检验，才发现他们并非假死，而是真的个个送命了。"

季幽然听到这里，忍不住插嘴："难怪那天我听易离离说起此事时，觉得有什么地方不对。她告诉我说，在麓华书院一共失踪了十五个书生，但你乔装成我父亲时，告诉我在卫原县一共死了十四人。你为什么当时不索性就说死了十五人？"

"因为你听说此事一定会去调查一下，数字上的花招瞒不过你，"易允文淡淡地回答，"但麓华书院失踪了一些读书人，这样的消息根本不可能被你注意到。"

季幽然恶狠狠地瞪着他："所以你活下来了，赶在毛家兄弟之前拿走了值钱的财物，又混进了新的登云会？"

"混进登云会是之后的事情，"易允文说，"当破译那个石碑之后，我就坚信，魔教的兴起绝非无缘无故，教主一定是找到了什么东西。所以我从教主发迹的地方开始调查，慢慢打听到了那起孛星坠地的事件，并且最终找到了安弃。但我观察了他半年，始终没有发现他有半点异于常人之处，我甚至挑唆其他的孩子去欺侮他，把他打得半死，也没有……"

"你说什么？"安弃不敢相信自己的耳朵，"我还一直以为你是个好人，原来那些狗杂种成天和我作对，是你安排的？"

"非此不能试探出你的底细，"易允文若无其事，"当我发觉怎么也没法证明你的特殊时，我只能放弃，改头换面混进了登云会，希望能直接在教主身边发现点什么。这很危险，但也是唯一的一条路。我苦心钻营，地位很快上升，成了刑堂堂主季无咎的得力助手。"

季幽然恍然大悟："我想起你来了！小的时候，父亲身边总是跟着个人，那就是你！"

"是我，"易允文点点头，"我得到了他的充分信任，了解了他与教主的过去，并慢慢发现教主和他离得越来越远，我并不能得到我所想要的。而他对教主忠心耿耿，也没办法说动他背叛。正当我束手无策时，那天晚上，教主吸取翼人时出了差错，季无咎试图救他，却把那无法控制的力量引到了自己身上。当他勉强回到自己的住所时，我意识到那是我最好的机会，所以我故意撺掇他的女儿去扶他，本来想让他们俩一起死。没想到季幽然体质上佳，反而因祸得福。我转念一想，只要能冒充季无咎就够了，季幽然不死最好，我还能以父亲的身份指使她为我所用。反正从此以后我会装出病体沉重的模样，只要把房间里的光线弄得昏暗，她一个小小年纪的幼童，不会分辨出来。"

季幽然听得勃然大怒，恨不能扑上前去生啖其肉，安弃拉住了她，小声说："别冲动。杀他很简单，翼人怎么办？再等等。"

他转向易允文："好吧，你这么多年来干的事情，我们都清楚了。那么在这之后呢，你是怎么和这个翼人搅到一起的？教主哪儿去了？你们跑到克鲁戈来又是为了什么？难道你……"

他吓了一大跳："你不是想跟着它去天界吧？你想成仙？"

易允文大笑起来："我去天界干什么？让翼人把我嚼成渣滓？人间的美好还不够我去品味吗？"

安弃猛一激灵："你和教主一样，也想要称王吗？"

易允文耸耸肩："谁不想呢？反正天魔降世已经是不可阻止的事了，而他们下一次降世指不定在什么时候，也许百年，也许千年，也许万年。何必要为了虚无缥缈的将来而去烦心恐惧呢？倒不如好好地借助翼人力量享受现在。"

"你干掉了教主，对吗？"季幽然问，"什么时候下的手？"

"就在易离离逃离的那个晚上。"他回答说，称呼易离离时用的是全名，半点也没有一个父亲对自己的亲生女儿应有的亲切。易离离虽然向来对他并无感情，此时也觉得心里微微刺痛。

"自从冒充了季无咎之后，我就利用这个身份开始打探教主的全部秘密，"易允文说，"当我终于察知翼人的所在时，我就决心要利用它，但并不像教主那样单方面的利用，而是相互利用。"

他这话说得很大声，一点也不顾忌，翼人似乎很喜欢这样的说法，发出一阵岩石摩擦般的难听声响，但众人能判断出它是在笑。易允文也跟着笑了笑："教主的愚蠢之处就在于自以为他能掌控一切，甚至于是那种远远超越他的力量。但我的头脑比他清醒得多，我绝不相信我可以任意摆布这样一个曾经毁灭整个人间的种族。我只是相信，只要有双方都能满意的筹码，我们完全可以平等地合作，甚至于我承认它的地位比我高也无妨，只要最后能获得我所要的利益。"

易离离想了想："翼人所想要的利益，是不是你帮助他摆脱教主，通过登云之柱回到天界？"

易允文看着自己的女儿："不错，就是这样。灌输给翼人的毒药一直由教主亲手调配，但他不可能连一应原料都自己准备，这就给了我可乘之机。这些年来，这份毒药的药性从来就没有教主想象中那么强烈，翼人的身体状况也远比他想象中强壮。毕竟翼人虽然不大会像人类这样搞阴谋诡计，也同样是智慧生命，人类欺骗了它，它也会如法炮制欺骗人类，何况还有我这样精明的助手。"

"所以我那晚逃出时遇到的爆炸，其实就是翼人杀死教主时的响动？"

"不错，那是我们谋划许久的计划。那夜我提前打扮成教主的样子，在翼人身后躲起来，翼人杀死教主时，教主体内的力量宣泄而出，形成了一次剧烈的爆炸。他的身体顷刻间在爆炸中化为了无数的碎片。此时我再站出来，不费吹灰之力就能冒充他。反正他为了营造神秘兮兮的氛围，从来不肯露出真容，却没有料到这样的安排最后便宜了我。"

"那之后，我再一点点骗取登云会安排在各国朝堂中的内应的信任，安排登云会起兵。现在魔教的势力已经烟消云散，我只需要继续冒充教主，让谢谦他们为我打点好一切就行了。顺便说，谢谦的真实身份是教主的亲生儿子，他是不会背叛教主的。"

安弃哼了一声，正想告诉他即便是亲生儿子也未必可靠，但不想就此让他心生警觉，于是又收住了口。他想着自己这么长时间其实都在不断被易允文玩弄——包括在三陇村时——心情十分不快，一时间都顾不上去消化刚才易允文告诉他的一切。倒是季幽然反应过来另一个关键问题："那安弃有什么用？教主抓安弃，是因为翼人想要找到安弃，这个小木匠到底是干什么的？为什么对翼人那么重要？"

安弃深吸了一口气，死死盯住易允文。他知道，他终于面对着能真正解答他疑惑的人了。他从出生到现在的种种怪异经历和奇特磨难，能不能就此结束还未可知，但至少能有一个解释了。这个解释他等了二十三年，每一天都沉浸在无穷无尽的困惑中。

易允文上下打量着安弃："老实说，我一直想办法既能让你不被教主抓获又能把你带到翼人面前，殚精竭虑了那么多年，却也还不知道翼人为什么需要你。现在我知道了，却又不大情愿告诉你，因为那样对你的打击恐怕太大了。"

"我不需要你廉价的同情心，"安弃回答，"哪怕我是一头猪，我也需要一个答案来确认我就是猪。我再也不想成天猜测着我究竟是人是猪还是狗了。"

"某种程度上，恐怕比猪狗还要糟糕，"易允文轻叹一声，"你只是一个用人类的尸骸拼凑起来的傀儡，体内没有一星半点翼人的力量，但你同时又是不可或缺的，因为你的记忆里埋藏着一份地图，登云之柱的地图。"

6

安弃瞠目结舌，"人类的尸骸拼凑起来的傀儡"这一点犹在其次，易允文说到的地图，却令他有一种豁然开朗的顿悟。他想到了自己从小到大都不断做着的关于飞翔的梦，更想到了第一次在魔教的死牢里见到翼人时，那突如其来的头疼和随之产生的幻觉：

炽烈的阳光……一望无际的苍凉大漠……撞在脸上的沙粒……变幻无端的风暴海……天边竖立的黑线……

"那不是幻觉，"他喃喃地自言自语，"那是藏在我脑子里的那份地图。翼人之所以强忍着教主的折磨，是因为他一直在等着我，等着登云之柱的具体位置送到他面前。当他得到这份记忆后，就不必再继续伪装了。所以他才选在那个时候杀了教主。"

易允文叹了口气："你说得对，翼人这些年来苦苦等待的，就是你脑子里的这份地图。我一方面要确保你不会被教主杀死，另一方面又要引导季幽然把你带到翼人面前，着实费了不少心血。幸运的是，一切都在按照我的剧本上演。"

"那你所说的，我是由尸体做成的傀什么，又是什么意思？这地图为什么在我的脑子里？"安弃已经连愤怒的力量都没有了，说话轻飘飘的，好像完全不是自己的声音。

"我想教主已经告诉过你了，当年一共有两个翼人坠落人间，"易允文说，"但他显然并不明白具体的细节。首先我应该告诉你登云之柱的一些原理，天界与人界之间，存在着看不见的障碍，单凭人力无法突破，必须要有特殊的通道。在天界有一个唯一的单向出口，可以帮助翼人来到人间——那个出口就在北谅山的上空；同样，在人间有一根单向的登云之柱，可以帮助翼人从地面回到天界，但它的位置被严格保密。也就是说，翼人们可以轻易地来到人间，但找不到位于人间的登云之柱，便再也无法回归天界了。我猜想，这条规矩大概是为了保证翼人们每隔一段时间就能有充足的资源可以掠夺吧。否则不经过长时期的休养生息，大地上将会只有废墟和焦土。"

"事实上，这两个翼人的关系是一追一逃，此事涉及天界中的一场叛乱。我刚才已经说过了，翼人们对自己掠夺人间的时限有很严的限制，但他们的族员却并不都同意此事，有相当一部分翼人不能忍受那漫长的等待，希望能够随时进入人间。我背后的这位翼人，当时就在追逐着一名怀有这种心思的叛徒。这名逃犯和它的同伙们在长期策划后盗取了地图，却在逃跑时暴露了行踪并引来追捕，在情急中无路可走，冲入了通往人界的出口，追击者追敌心切，也冲了进去，就这样意外地来到了人间。"

"他们在半空中激烈地搏斗，一直落到了地面上，都受了重伤。追击者伤势略轻，只是不小心滚下山崖，后来被教主擒获。逃犯却伤得很重，自知无法活命了，在临死前利用现场的尸体残骸，用自己的最后力量制作了一个普通的人类婴儿，把那份地图存入了他的记忆中，并在他的身体上，留下了可供记认的标志，这样日后如果再有他的同伙到来，也能得到那份地图了。他并不知道，这一幕都被追击者在滚落山崖前看到了。"

"以后的事情你自己就可以推想了。那个叫丁风的人碰巧出现，逃犯制造了一个幻境，幻化出天神的虚像，半诱导半强迫地令他收养了你。这个活着的翼人一直在找你，就是为了得到这份地图，否则他即便脱困而出，找不到登云之柱也没办法回到天界，而他如此巨大的身形也会令他无处藏匿。他虽然力量惊人，孤身一人面对那么多的人类，终究只会寡不敌众。教主并不知道它为什么要抓你，却错误地猜测你是翼人力量的化身，所以先是想毁灭你，后来又想劫夺你的力量，可惜都不得要领。他并不知道，就在你第一次钻入死牢，和翼人面对面时，翼人已经从你的记忆里阅读了那份记忆，掌握了登云之柱的确切方位。从那一天起，翼人就不需要再伪装，它只是在等待着一个最佳时机脱困而出。"

安弃一屁股坐到沙地上，双手抱膝，头深深埋了下去。一直以来所追逐寻找的身世终于在这一刻得到了确定的答案，但真相却是如此荒谬。

原来我不是什么神赐之子，也不是什么充盈着巨大力量的翼人化身，我只是一幅地图，隐藏在用人类断肢残骸拼凑起来的虚假肉体中的地图。我头脑中反复出现的幻象，只是那记忆的一部分，只是我的全部作用的一点体现，我却把它当成了前生存在的记忆。

哪怕我真的就是个普普通通的恶劣小木匠也好啊，他想着，那至少还是个完整的人，由父母的精血孕育而成的真正的人。但现在的我是什么？每部分都来自那些北谅山上早已化为灰烬的尸体，由无数的碎片拼凑起来的……行尸？而赤纹龙蚁之所以无法侵入自己的头颅，显然并不是因为自己掌握了什么了不起的力量，而只存在唯一的解释：自己压根就不能算活人，令它完全无从寄居。

这个想法让他没来由的一阵恶心，趴在地上拼命呕吐起来。季幽然和易离离站在一旁，一时间不知道能用什么话去劝慰他。太可怜了，季幽然想，虽然自己和易离离也各有各的不幸，但是比起这个连真正的人都不能算的小木匠，已经幸运太多了。

小木匠吐完之后，慢慢站了起来，摇摇晃晃地走向翼人。易允文伸了一下手，却又缩了回去，并没有拦阻他。

"我只好奇一件事，"安弃对着翼人说，"既然你已经得到了登云之柱的位置，那我就已经完全没有用处了。为什么你不杀我，还允许我一直追你追到这儿来？"

翼人再次发出了他那难听的笑声。那声音仿佛是武林高手在催动内力，震得安弃一阵头晕目眩。

"杀了你，又怎么能看见你现在的表情呢？"翼人狞笑着，"我喜欢看见人类痛苦的脸。"

"我明白这种感受，"安弃点点头，声音平静得就像什么都没发生一样，"当年我在三陇村的时候，也最喜欢看那些和我作对的小孩倒霉。他们越是痛苦，我就越高兴。只不过我势单力孤，很多时候都吃亏，想要看他们痛苦也不大可能。"

"我很同情。"翼人怪笑着。

"不，你不必，因为你还没听完，"安弃说，"我是个一肚子坏水而且心胸狭窄的人，眼看着自己的敌人快快乐乐简直比杀了我还难受，所以对我而言，无论如何也要想办法找到哪怕一丁点平衡。如果我收拾不了他，我就会砸坏他家的窗户，在他家的粮仓里撒尿，扔石头打他家的狗。哪怕能让他皱皱眉头，我都会开心。"

刚说完这句话，他猛地从怀里掏出一个寒光闪闪的东西——那是一把匕首，当年方仲送给他的匕首。小木匠习武多年而进展甚微，知道自己不是打架的料，一般极少和人动手，这把匕首也从来没有用过，况且睹物思人，他也并不愿意使用。这次是他第一回用。他头也不回，手往后送出，直取站在他身后的易允文的后心。他虽然武功不高，但易允文完全不会武，所以算准了一击必中。

然而这一刀戳出去，刚到半途就似乎撞上了棉花一般的障碍物，怎么也无法再进半寸。他悚然回头，只见易允文仍站在原地，刀却仿佛陷在了空气中，被什么无形的东西阻住了。

"在我面前，最好别玩这手，"翼人说，"何况你杀了他也没用，反而可以让我少去实践一个诺言。我不像你们人类那么喜欢毁诺，但如果有人帮我下手，就不是我的责任了。"

安弃哼了一声，把匕首收回怀里。其实这一下根本不是为了杀易允文，而是想要看看翼人的反应究竟有多快。他心知肚明自己和翼人的实力差距实在太大，就像是蚂蚁想要绊倒大象，但他的性格从来都是绝不认命，只要还有一口气，就要死缠烂打到底。

更何况，他刚刚确知了自己的身世，这个可笑至极的身世极大地刺激了他。如果换成别人，听到自己原来是这么回事，恐怕连自杀的心都有，小木匠体内那股底层恶棍的气质却被一下子激发了出来。老子不好过，没关系，你们谁都别想好过。所以他才决定，无论如何，非得跟这个该死的翼人作对到底。

那么个大块头的傻大个，反应居然如此敏捷，安弃想，这可不是件好事。但他还是若无其事地说："那么，可以带着我们一起去吗？纯属好奇，我想看看登云之柱，反正我们三个对你不会产生任何妨害。"

"都跟着翼人走吧，"易允文和翼人交流了几句后，回过头来说，"虽然我不明白他为什么要这么做，但他并不打算杀掉你们，而是同意带着你们三个进入克鲁戈，让你们亲眼见到他如何通过登云之柱回归天界。"

"大概是为了这一场漂亮的表演找几个观众吧，"安弃耸耸肩，"我真该带几面锣鼓来替他吹吹打打地壮声势。"

"你没事了？"易离离有些担忧地问他。

"有屁事！"他恶狠狠地回答，"有事也得说没事！"

第十章

云 归

1

在宋不归留下的那份笔记中，曾经描述过狼族的地盘，称那只是一个普通的村落，和狼族的声势并不相称。亲眼见到的时候，安弃发现这段话一点都没有歪曲事实，甚至可以说，在第一眼的印象里，这完全不像是一个能令中原人闻风丧胆的野蛮部族。他看见那些所谓的野蛮人们悠闲地放牧，或是打理着沙漠中开垦出的小小菜园，似乎和普通的草原牧民没有太大区别。

但是当翼人出现在天空中时，一切都改变了，人们的反应之迅速、行动之有序令人瞠目结舌。按常理，这如果是在中原地区，当天上突然冒出一个体形庞大、面目狰狞、长着翅膀的可怕巨人时，一般人都会吓得惊慌失措甚至晕厥，狼族的沙漠牧民们却立即行动起来。女人们有条不紊地接管了牲畜和水桶，男人们以最快的速度全副武装跨上战马，做好了迎战的准备。

安弃很感兴趣地打量着这些战士，他们一个个穿着打满补丁的衣衫，皮肤粗糙黝黑，身材也并不粗壮，但都显得强健而剽悍，面对着眼前生平未见的强敌，仍然保持着冷静，摆开阵势。

"各位，这和我们没关系，"安弃理直气壮地大声叫嚷着，也不管沙漠牧民们是否听得懂，"我们是被这位长翅膀的大英雄挟持到这儿来的！"说完，他一手拉起季幽然，一手拉起易离离，先闪到了一旁，翼人并没有阻拦他们。

这是一场已经数万年没有在大地上出现过的对峙。狼族牧民们手握弯刀，全神贯注地仰视着神魔般令人惊叹的翼人，虽然他们天生而杰出的战士素质令他们能保持镇定，但内心的巨大震撼，绝不会亚于他们的祖先所曾感受过的。

一个干练而精瘦的中年人越众而出，来到了翼人身前。他微微鞠躬以示礼貌，然后开口说："尊敬的神使，您降临到这片大地上，是因为时日将至吗？"

"还没有，"翼人回答，"我来到这里只是意外，现在我需要登云之柱，让我重归天界。"

中年人沉吟片刻："既然如此，请随我来。"

这短短的三句对话让安弃很是震惊，从这几句话中他可以听出：狼族人世世代代都在等待着翼人的到来，并且对这些侵略者十分恭顺。一刹那他似有所悟：这些沙漠游牧民，大概在千万年前就已经被翼人降服了，并从此世代留驻在这片严酷的沙漠中，为翼人们看守登云之柱。可笑这群翼人的奴隶，在人类面前却永远是一副无比桀骜不驯的德行——大概是他们觉得身为"神使"的仆役，比起凡人来更有面子？

安弃一阵没来由的恶心，看看季、易二女，脸上也都带着不屑。他只能叹口气："我还指望着这帮人能帮点忙，没有想到他们早就变成狗了。"

这话说得很大声，不过绝大多数牧民并不懂中原语言，倒是易允文在背后说："说话小心点。别看他们对翼人很恭敬，对你，也许就是毫不留情地一刀砍了。"

"随便吧。"安弃咕哝着，声音还是放小了。他跟在那个族长模样的中年人身后，向着村落的中央走去，其余战士们纹丝未动。翼人缓缓地迈着步子，每一步踏出，都仿佛会把那些石屋生生震塌。安弃仔细留意着沙漠牧民们的目光，的确是如假包换充满崇敬的眼神。这些蛮子真他娘的堕落，安弃愤愤地想，打得皇帝的军队落花流水时的蛮劲都到哪儿去了？

很快他们走到了村子中心。一切都完全像宋不归所记述的，村子之所以显得大，是因为它的中心地带一片空旷。但地上有一道圆圈，走进圆圈的话，就能摆脱障眼法，看到圆圈中的事物。

翼人脸上的肌肉抽搐了一下，似乎显得有点激动，在二十多年生不如死的囚禁后，他终于来到了通往家门的路口。他大踏步上前，走入了那个圆圈，然后就抬起头来，怔立在那里不动。安弃好奇心起，顾不得别的，拉起二女也走了进去。

他的眼前立即一暗，因为面前的阳光都被遮蔽了，被一样高耸入云的巨大事物遮蔽。那就是登云之柱。诚如宋不归所形容，与其说这是根石柱，不如说这是一座圆柱形的高大山峰。它具备着仿佛只有自然的伟力才可能形成的磅礴气势，却偏偏每处都体现出人工雕琢的痕迹，那种怪异的结合足以令任何见到它的人从心底深处产生无法遏止的战栗。

只有天神的手，才可能铸成这样的奇迹，小木匠禁不住蹦出这样的念头。他狠狠喘了口气，觉得自己有点呼吸不畅，扭头看看，季幽然和易离离也是面白如纸。易允文的表情则很奇怪，他并没有显得激动兴奋，也没有紧张害怕，而是眯缝着眼，用一种类似木匠选择木材的眼光上下打量着登云之柱，就好像是打算在这根柱子上完成某种雕刻。

安弃注意到，易允文的眼神里交替闪过种种复杂的情绪，激动、追悔、愤怒、悲哀、绝望……他在干什么？安弃很纳闷，这个阴险的老头儿马上就可以借助翼人的"报酬"完成自己的心愿，他却为什么会有这种种奇怪的情绪？

"很失望，对吗？"翼人忽然说。

易允文狠狠地盯着他："你早就知道了？"

翼人的嘴角咧开，表明他在微笑："我只是因为不懂得人类喜欢谎言与欺骗，才会上了第一次当，但别把我们当成傻瓜。第二次，不再会是人类骗我，而是我欺骗人类了。"

安弃等人莫名其妙，不知道这两人为何会产生这样奇怪的对话，却看见易允文一跤跌在地上，脸色灰败，几声剧烈的咳嗽后，沙地上留下了星星点点的紫黑色血迹。

"想要用药物把你自身变成一个火药桶，然后借助我赐给你的力量来点燃？"翼人似乎是为了让旁人听得分明，吐字慢而清晰，虽然只是用它的发声器官模拟着人类说话，安弃等人仍然能听懂，"想法不错，精神可嘉，实行得也很好，但结果如何呢？你以为？"

易允文双目中充满着深深的怨毒，嘶声说："我估计错了，我估计错了……"他忽然提高嗓音，声嘶力竭地喊道："不可能的！这么粗的柱子，不可能炸断的！就算有十个我，也不可能！"

安弃大惊，登时明白了："你……你是在骗他？你其实想要毁掉登云之柱？"

易允文猛烈地咳嗽一阵，胸前的衣襟上全是血。他的声音渐渐微弱下去："从我第一眼看到那块傩人石碑开始，我就下定决心，一定要毁掉登云之柱。翼人太强大，我们没有半点可能从它们手上逃生，唯一的机会就是彻底毁灭登云之柱，让它们从此没有办法来到人间。为此我愿意付出任何代价，背负任何骂名……"

他身子一软，倒在地上，易离离和季幽然一起抢上前去扶住了他。这个变故来得太快，两人都完全没有心理准备，但在下意识里都闪过一个欣慰的念头："他毕竟还是我的父亲！"

"我从南疆蛮人那里学到了一种邪恶的蛊术，"易允文低声说，"通过不断地吞食蛊虫卵，让蛊虫生长在我的体内。这种蛊虫被称为'赤燎蛊'，在南疆蛊术中通常被禁用，因为它的威力太过惊人，能把一个大活人生生炸成碎片，比火药还厉害。但我没想到，登云之柱会是这样，我体内的蛊虫……远远不够啊，远远不够。我一直苦苦支撑，就是为了来到这里，现在……我已经没有意志再撑下去，蛊虫马上就会发作。"

"爹！"易离离终于忍不住哭出了声，她用颤抖的手从身上摸出一根小小的银钗，放到易允文手里，"这是娘的遗物。她一直留在身边，说这是你亲手送她的。"

易允文微微一笑，轻轻抚摩了一下易离离的头发，向同样在一旁扶住他的季幽然报以亲切的微笑，过去几十年泯灭的亲情都在这两个动作里展露无遗。他又是一口血咳了出来，无力地摆摆手："你们快走。我很快将要断气，到时候蛊虫爆炸会伤到你们，快走远些……"

安弃心里感慨万千。他一直把易允文当作一个大奸大恶之徒，却万万没想到，这个文弱书生竟然有着这样一颗坚强的心。他整个后半生都在忍辱偷生中度过，毫不在意他人的误解，只为了解救那些其实距离他的时代无限遥远的后世的人们。只可惜，到了最后时刻，他还是功亏一篑。登云之柱的规模远远超出了他的预期，那恐怕真的不是人力可以摧毁的。

易允文的尸体爆炸时，人们已经远远散开了，但那一声巨响和随之而来的冲天火光，还是让安弃觉得心上被什么东西狠狠砸了一下。易离离不必多说，连季幽然都突然间对这个一直冒充她父亲的人恨意全消。

爆炸的硝烟散去后，果然如易允文所料，登云之柱没有受到丝毫的损伤。倒是一直维持着障眼术的法器在爆炸中损毁了，以至于登云之柱的真容暴露了出来，在以狼族村落为中心的风暴海内都能看到。好在风暴海平时也不会有人敢进入，因此只有沙漠牧民们见到了它，他们并不知道发生了什么，都围了过来。

安弃鄙夷地看着他们，翼人再度发出笑声："你在心里看不起这些人，对吗？你觉得他们在我面前就像是奴隶，毫无人类的尊严，对吗？"

安弃哼了一声："这么觉得又有什么用？难道我还能干掉他们？"

"你们人类总是自以为聪明，总是迫不及待地做出自己的判断，"翼人说，"你之前对刚刚死去的那个人恨之入骨，不久之后又觉得他是个英雄，但是如果再过一会儿，你会不会又觉得他愚不可及呢？"

"我不明白你在说什么？"安弃说。

"你会明白的。"翼人回答。它向着登云之柱跨出一步，挺直了身躯，脚下忽然发出一阵沙沙的响动，安弃低头一看，发现它的双脚已经完全踏穿了石板，陷入黄沙中，直到深及小腿。翼人在运功！安弃明白过来。可它运功干什么？因为使用登云之柱回归天界需要耗费他的力量吗？

正在疑惑间，翼人蓦然从嘴里发出一声长啸，那啸声如同涨潮的海水般汹涌澎湃，不可遏止地冲入每个人的耳中，让他们的血液都似乎要沸腾起来。就在人们捂住耳朵难以忍受时，翼人收住了啸声，一对巨掌猛地向前平推而出。一声低沉的轰鸣后，安弃惊讶地发现登云之柱上出现了一道裂纹，一些碎石掉落下来。翼人再推出一掌，这次他看得很清楚，登云之柱的表面随着这一掌凹陷下去，又是几块石头落下。也只有翼人那种能够令大山崩塌、大地开裂的神力，才能够伤到这根连接天地的石柱。

"他根本不必要谋划着欺骗我的，"漫天黄沙中，翼人咆哮着，"因为我来到这里的目的，和他一样，就是要毁掉登云之柱！"

2

翼人要毁掉登云之柱？

安弃等三人你看看我，我看看你，都是大惑不解，甚至以为翼人是在开玩笑。但它没有，还在发起一波又一波的冲击，而登云之柱在它的巨力下已经出现了多处裂痕，碎石如雨下。

"它是不是疯了？毁掉登云之柱对它有什么好处？"季幽然困惑地问。

"快住手！"狼族的族长却发出了这样的暴喝。他用族语发出指令，战士们迅速行动起来，齐刷刷地装备好强弩，对准了翼人。

"不许你这么做！"族长叫道，"你不能毁了登云之柱！那样整个大地都会化为灰烬！"

翼人摇摇头："那正是我所期待的。你们人类原本就不配继续活下去，我毁了这根柱子后，你们还有足够的时间去等待死亡呢。"

这两句对话并不长，却好似一盆冰水浇到了安弃头上。当他自以为自己已经掌握了全部的真相时，事情却又起了不可思议的变故。

"毁了登云之柱，大地就会化为灰烬？"他喃喃地说，"明明是这根柱子存在，大地才会被翼人掠夺啊？这到底是怎么回事？"

季幽然和易离离也露出了极度不解的神色，三个人一时间有点呆呆的，直到被几名狼族牧民强行拉走才回过神来。狼族战士们已经将翼人团团围住，一个个高举弓弩，随时准备放箭。

"神使，请您立刻住手！"族长强行控制情绪，仍然用恭顺的语气说，"登云之柱不能被毁掉，如果您一意孤行，请别怪我们对您无礼。"

翼人停了下来，转过身来，脸上的表情略带嘲弄："就凭你们那点本事，能阻挡我吗？"

"能不能都必须要阻挡，"族长说，"如果是您的族人共同决定要放弃人类，我们无话可说；但如果仅仅是您个人的意志，那我们只能以死相拼。"

翼人哈哈大笑："以死相拼？你们蝼蚁一样的生命，死了又能有什么作用。"它大手一挥，一股无形气劲发出，位于前列的四名战士身子当即被击飞出去，哼都来不及哼一声就毙命当场。但其他人面色不变，马上有另外四人上前，补齐了缺口。

"螳臂当车，何苦呢？"季幽然低声说。

"你说得对，"安弃说，然后提高了声音把季幽然这句话喊出来，"螳臂当车，何苦呢！"

除了族长，在场并无人能听懂，但听了他这一声喝的气势，都还是微微一愣。安弃已经趁机跑到了人群最前方，对族长说："歇会儿吧，你们杀人是够了，杀这个老怪物，还不够他塞牙缝的。"

族长摇摇头："我们没有选择。"

"可是他有啊，"安弃说，"行走江湖，动刀动枪那是下下策，关键还是要以理服人，大家讲道理嘛。你们把他当神，他却偏偏不给你们面子，总得有点理由吧？听他慢慢讲完，大家商量商量，喝上几碗酒，说不定又成朋友了……"

虽然小木匠越说到后面越不着调，但话里倒也不无道理。族长挥挥手，示意族人稳住，向着神使再次微微鞠躬："如他所言，请神使赐下毁灭登云之柱的理由。"

翼人看了安弃一眼："你又想用什么阴谋诡计拖延时间吗？"

安弃一摊手："拖延时间来干吗？等着天上再掉个神使下来制服你？只不过是要死也不能做糊涂鬼，你也让我们死个明白啊，你那么大本事，还怕我们翻盘不成？"

这话果然切中要害。多年来被教主囚禁的生涯让这位翼人的内心充满了对人类的极度痛恨，但正因为如此，他才更要在人类面前表现出高人一等的骄傲姿态，以便维系他饱受践踏的自尊。

"好吧，我让你死个明白，"翼人说，"你们这几个愚不可及的小蚂蚁，一路跟着我到这里来，都把我们翼人当成毁灭大地的元凶了吧？你们这些卑微的生灵啊，没有一刻停止加害于他人，却又没有一刻不在害怕他人的加害。连你们的救命恩人，也会被当作恶魔。"

"救命恩人？"安弃更加糊涂。

族长阴沉着脸走到他跟前，想要问他的来历，安弃没好气地回答："等你问清楚，这根柱子早被它当成牙签掰断了。别管我们了，快点讲讲翼人到底是怎么回事。"

"什么怎么回事？"族长有些诧异，"你们是被它带来此处的，还有什么不知道的吗？"

翼人狂笑起来，那单调的模拟音在空旷的沙漠中远远传开，带有一种无法言说的慑人气势："他们知道！他们什么都知道！他们把自己当作大救星，想要毁掉登云之柱，以此来拯救人类呢。"

族长更加愕然："开什么玩笑？怎么可能毁掉登云之柱，那我们不是全完了吗？"

他接下来的这句话如五雷轰顶，打得安弃、易离离、季幽然完完全全地不知所措。他们都怀疑自己听错了，但族长的话非常清晰，一个字一个字地钻进耳朵，钻入脑海："神使们怎么可能是毁灭大地的元凶？全靠了它们舍弃自己的生命，大地才能得到拯救啊！"

安弃"啪啪"地给了自己两记耳光，利用那热辣辣的疼痛勉强让自己冷静下来。过去的一切判断闪电般在胸中划过：散落人间的翼人遗骨……傩人的石碑……燃烧的天空、颤抖的大地和奔走呼号的人群……铺天盖地的翼人……登云会总坛中的死囚牢……狰狞而充满怨毒的被囚翼人……

"我们错了？全都推断错了？"安弃喃喃自语，不敢相信。

翼人离开登云之柱，大步上前，来到三人面前。它伸出右掌，朝向三人，易离离明白了它的意思："我们过去。他大概会用某些法术，直接向我们传递记忆。"

这大概是翼人族独特的能力吧，安弃想，死囚牢中的那一夜，翼人也是这样从他的头脑中吸走了地图，这才开始挣脱束缚。

正在想着，天空忽然暗了下来，身边的苍茫大漠也一下子变成了一座热闹的城市。安弃先是一怔，随即反应过来，自己已经进入了翼人的幻境中。

身边是一座中原风格的城市，城中人数不少，大街上显得熙熙攘攘。随着天色的突然昏暗，人们都停住了脚步，诧异地望着天空。

接下来的场景，几乎和蜃景里所见到的一模一样，也曾无数次出现在安弃的想象中，但真到了身临其境，那种震撼的感觉仍然难以用言语形容。举目可望的天空全部变成了墨一般浓重的黑色，带给人沉重的压迫感，就像是天幕即将坠落一样。

从空中传来的轰鸣声先是低沉而断续，接着越来越响，越来越绵密，终于成了一连串的巨大轰响，仿佛是有什么怪兽在发出愤怒的吼叫。一些星星点点的亮光开始在漆黑的云层里出现，但那并不是星光，而是无数燃烧的火焰。那些火焰从云层深处冒出头，带着尖锐的嘶吼声，向着地面凶猛地砸了下来。

眼见一团火球就冲着自己头顶奔来，安弃慌忙想要躲闪，却发现那火球在空中时看上去并不大，落到地面却比一片晒谷场还要宽大，根本无从躲避。他惨叫一声，眼见着从天而降的烈焰砸在自己身上，却并没有什么感觉。

真笨，他有些懊恼，这只是幻境而已，可为什么那样逼真的声光和氛围仍然让自己以为那就是现实所发生的呢?

火焰不断坠下,大地上已经是一片火海,到处都在燃烧,火光冲天,黑烟弥漫,空气中充斥着浓烈的皮肉焦煳的气味。侥幸没有被火焰卷进去的人们不知所措,挤在没有被烧着的地方惊叫痛哭,不知所措。

就在这时候,天上却出现了新的异动。云层里钻出许多黑点,在半空中飞舞,那是翼人,数之不尽的翼人。它们伸展着双翼,飞翔于血色的天际,就像一群宣判大地命运的死神。

安弃目不转睛地看着翼人们,那些飞舞的身影令他莫名其妙想起了平原地带常见的蝗灾。在他离开北谅山四处游荡后,也曾见过一两次。那些蝗虫就像这样,一飞起来就遮天蔽日,它们所经过的地方,不会有半点庄稼留下来。翼人们也会这样吗?像秋风卷落叶般,把大地上的生气全都收割走吗?

然而……翼人们接下来所做的事情却大大出乎安弃的意料。他揉揉眼睛,从怀里掏出千里镜,仔细看着。然后他的血液近乎凝固了。

翼人们根本没有冲向大地。相反,它们竟然是在用自己的躯体去阻挡那些掉落的火焰!它们在空中盘旋、飞翔,不断地和天火碰撞,然后被烧成灰烬后消失得无影无踪。也有的翼人一时没有被烧尽,残躯落到了地面上,仍然在熊熊燃烧着,火光中隐隐露出焦黑的双翼和手足。

随着翼人的数量越来越多,它们逐渐集结在一起,在乌云中结成了一道宽阔的幕帐。一部分翼人游弋在外围,用生命阻挡住天火,其余的翼人则很快完成了集结。那道用翼人的血肉之躯组成的屏障,几乎遮挡了半边天幕。

然后它们开始高速上升,利箭一般刺入了乌云中。一道令人睁不开眼睛的耀眼白光后,震耳欲聋的惊天轰响传入了人们耳中。安弃捂住耳朵,勉强睁开眼,讶异地看见乌云开始驱散,不断落下的火球消失了,阳光又重新照射在满目疮痍的大地上。这是那些翼人和乌云中的某样东西碰撞造成的结果吗?

安弃有了一种醍醐灌顶的彻悟:是翼人们拯救了大地众生。这些翼人不是什么恶魔！它们真的是救世主，是拯救者！

幻境消失了。身边的环境又变成了严酷的克鲁戈大沙漠。三个人神情木然，相互之间竟然找不出什么话来说，那种无比强烈的震惊让他们濒临崩溃。安弃再次狠狠扇了自己两记耳光，咬了咬嘴唇，颤抖着开了口："我明白了。这次是全明白了。并不是因为你们翼人出现，才发生那样的灾难，而是因为灾难发生，翼人才出现！"

翼人点点头，没有说话。安弃接着说："但是人类并不了解这一点，他们并不能像我刚才那样，冷静地观察一切，而只能在烈火中到处逃命。所以那些幸存的人压根就没有看到你们所做的一切，因为那时候他们一定已经躲到了安全的洞穴一类的地方。但在此之前，他们眼中所能见到的，只有你们伴随着天火降临，所以你们被当成了毁灭大地的魔鬼。"

翼人缓缓地说："天界与人界，并不都是静止不动的，它们也都在缓缓地移动，缓缓地摩擦。当天地两界经过数万年的移动，到了彼此靠得最近的那一点时，那种摩擦就会演变为激烈的碰撞，产生巨大的灾变。这样的灾变，如果没有其他外力干涉，就会一直持续下去，直到二者再次被弹开，而到了那个时候……也许整个大地上的万物都全部化为灰烬了。"

"所以你们才在那个时候出现，"易离离恍然大悟，"你们用自己独特的神力，在天界与人界挤压到顶点之前，抢先把它们强行推开，以此挽救大地，使之不至于毁灭殆尽。事实上你们成功了，每次虽然大地仍然遭受巨大的浩劫，却总能有生命和文明的碎片保留下来，再进行新的演进。"

"光靠神使们自身的力量是不够的，"族长叹息着补充说，"就像我们需要吃饭一样，神使们的生命力来自一个力量之源。每次浩劫，它们都会耗费苦心积累的力量之源来推开天界与人界，在此过程中还会有无数的族人为此丧命。而那些消耗掉的能量，会给天界带来巨大的困扰。但它们从来没有放弃过这片大地，从来没有只图自保而袖手旁观。我们狼族的祖先一次次看着残余的神使们通过登云之柱回归天界，那种感激无法尽说。所以我们才对神使们如此恭敬，因为它们值得我们去尊敬。"

安弃体会到了一种悲壮的情怀。他实在没有想到，这个看起来凶狠可怖的种族，却有着如此伟大的心灵。而之前的一些疑点，也都有了解释。

翼人族之间的确存在着争论与反叛，却并不像易允文所推论的那样，其根本矛盾在于，一部分翼人不愿意为了拯救人界而付出惨重的代价，它们希望保护自己的种族，保护自己的力量之源，不去在意地面上生灵的死活。当年从天而降的两个翼人，叛逃者怀着一种极端的心态：想要毁掉登云之柱。一旦登云之柱被毁掉，从地面再也无法回到天界，如果灾劫再次到来、翼人们再度现身，它们就将面临无法回家的尴尬。叛徒认为，这是最好的阻止自己族人无谓牺牲的方法。

安弃盯着翼人："那时候，你为了追逐叛徒来到人间，是为了保护登云之柱，挽救人类，而现在，你改变了主意，打算和那个被你杀死的叛徒一样，毁灭登云之柱，对吗？"

翼人再度笑了起来："我为了救你们而来，却被关了二十多年，差点被吸成干尸。我被你们的谎言所欺骗，被你们的贪婪所禁锢，被你们的残忍所伤害。我不得不同意那些叛徒们的看法，你们人类，不值得拯救。所以我和那个老头子互相欺骗，他以为他在利用我，毁掉那条可能引来灾星的通道；我却实质上在利用他，要毁掉那条给你们带来拯救的通道。"

它怒吼起来，有如大漠的风暴在咆哮："我要毁了登云之柱！毁了你们这些不配活下去的渣滓！"

3

没有人再去说多余的话，因为谁都能看出来，这个翼人的决心已经无法动摇了。怀着拯救之心而来，却换得二十多年生不如死的痛苦囚禁，让它的胸中只剩下了无穷无尽的怨毒和不可磨灭的仇恨。教主已经死了，但这种仇恨显然不可能因此消除。它把这种仇恨扩散开来，笼罩到了所有人类的头上，笼罩到了大地上一切生灵的头上。

"神使啊！"族长长叹一声，知道一切已经不可阻止。翼人的心灵已经扭曲，眼下的形势迫使他不得不率领族人与之一战。登云之柱必须要保住，保住这根连接天与地的石柱，也就是保住了人类、保住了大地生灵的脆弱希望。他们的生存来自于另一种生物的牺牲，这本来是荒谬而残忍的，但他们别无选择，因为生存的本能压倒一切。

而眼下，同样是为了生存，他们将不得不杀死这个翼人。

"战士们！全力阻止他！"族长高声喊道，"哪怕是粉身碎骨，也一定要阻止他。"

狼族战士们的训练有素在这一时刻体现了出来，多年来无比恶劣的生存条件以及长期与中原皇帝的对抗令他们不畏惧任何敌人。几乎是在族长下达命令的同时，他们就已经迅速进入了作战状态。早已选定的小队头领带领着各自的士兵投入战斗，令行禁止，他们按照平时不断演练的队形四散分开，以避免被翼人造成大面积杀伤，同时不断使用特制的强弓向它身上射去。在与中原人类的历次战争中，这样的强弓——通常被称之为"狼齿"——完全是中原人的噩梦。无数人甚至连弓弦响都听不到，就已经被射穿了咽喉或者心脏。

但翼人不同于他们狼族所对付过的任何一个敌人，他的躯体庞大而坚实，其威力之强足以开山裂石的恐怖力量更是超乎想象。可以把两个紧贴在一起的人一箭射穿的强弓狼齿，一支支地带着呼啸之声射向翼人，却只能射入翼人的表皮，而翼人只需要轻轻挥动一下双翼，强劲的气流就足以让弓箭失去准头和力道，就像是一根根无力的麦秆。

"阻止我？"翼人发出嘲弄的笑声，"来吧，试试吧！"

它一边继续着对登云之柱的猛烈攻击，山崩海啸般的巨掌一次又一次地重重击打在柱身上，一边好整以暇地用双翼挡开弓箭，眼看粗大的石柱上又增添了几道醒目的裂痕。而狼族战士射出来的弓箭对它而言真的像是在挠痒痒，它甚至看都不必看一眼，好整以暇地用双翼不断拍打，挡开弓箭。

"老头儿！"它呼喝着正在声嘶力竭地组织着战士们的族长，"看在你对我还算有礼，我今天并不想多杀伤你们的人。毁灭的日子还隔得很远，你何苦为了蝼蚁一样卑微肮脏的后人来把你们的命都送掉？"

"这不过是我族的宿命而已，"族长一字一顿地回答，"就像天界中的神使，为了保护与它们无干的大地万物而付出生命，我们也一样可以那样做。"

"想要做英雄？"翼人嘲讽地笑笑，"那就让你们体会一下英雄的感觉吧。"

它转向正在不断向它进攻的人群，一声长啸，双掌推出，一股灼热的气浪立即席卷了离它最近的几名狼族战士。他们的身上立即燃起了熊熊火焰。被烈火焚烧的战士连忙在地上就地打滚，却仍然无法熄灭那奇特的火焰，片刻之后，就已经被烧成了焦炭。

族长神色不变，挥着手继续指挥族人们进攻。不只是成年的精壮战士，甚至连部族中的老人、儿童和妇女也加入了进来。他们没有力量拉开强弓，只能几人一组，合力拉动一种简陋的床弩。看上去，所有的沙漠牧民们都已经抱定了必死的决心，在这样的气势下，居然真的有少量箭支射到了翼人身上。虽然不能穿透表皮射进去，毕竟射得它一阵疼痛，表皮也被擦伤了一些地方。

翼人的怒火被点燃了，它不再好整以暇地玩猫捉老鼠般的戏弄游戏，而是开始全力猛击登云之柱，柱上的裂缝在不断增多、扩大，间或它还会回身还击一两下，每次都是声势惊人，一击之后，会留下好几具被打得粉碎的尸身。

但狼族战士们仍然没有半点退却，在这场力量悬殊有如以卵击石的战斗中，他们坚强而倔强地与敌人缠斗着，就像是荒原中永不屈服的狼群。面对着一个不可能击败的敌人，面对着一场不可能取胜的战争，狼族仍然如同他们过去无数次做到的那样，长嗥着亮出自己的狼牙。

安弃无能为力，只能躲得远远的，看着狼族徒劳地冲锋，徒劳地送命。他也有点热血沸腾，想要上前助阵，却又明智地知道自己实力相差太远，上去也只能是枉送性命。他掐着自己的额头，焦急地思索着办法，但在这个远远超乎自然的恐怖力量面前，好像什么样的诡计都没有办法生效。

他一时间恍恍惚惚地明白过来，所谓的绝对实力代表着什么，那真的是无论怎样也弥补不了的巨大鸿沟。

他在恐惧与绝望中不甘心地苦苦思索着，猛一回头，忽然发现季幽然不见了，赶忙瞪大眼睛寻找，发现这个不怕死的家伙已经冲了上去，只能在心里暗暗叫苦这一惊非同小可。

"快回来！"他大喊起来，"别去送死啊！"

但已经太晚了。季幽然毕竟身怀绝技，身形晃动间已经欺近翼人身旁，运足内力使出冰灵诀。翼人只觉得左脚一麻，整个足踝已经被冻住，它微微吃惊，反手劈出一掌。一股无法躲避的劲风扑面而来，季幽然就像断了线的风筝，身子飞出去老远才落在地上，一口鲜血止不住地狂喷而出。

安弃抢上去扶住她，只见她面色惨白，嘴唇抖了抖，连话都说不出来了。他赶忙在季幽然身上摸出伤药，不管三七二十一塞了一把入口。季幽然勉强运功化开药力，几下吐纳后，用微弱的声音说："死不了……大概是因为我身上也有一点翼人的力量吧。"

安弃这才宽心，把她交给易离离，抬眼看去，登云之柱上的裂痕越来越多、越来越密，底部的花纹状雕刻已经全都被毁掉，表面变得一片狼藉。这根石柱再粗，这样打下去再有半个时辰，只怕也得断掉，而狼族的弓箭完全无法伤到翼人。它隔一会儿会伸出手，在背上随手一抓，那些插在表皮上的利箭就会像牙签一样纷纷掉落。这一场搏斗的力量太不对等，令中原人心惊胆战的克鲁戈狼族，在翼人面前就像是一群只会嗡嗡乱飞的苍蝇，除了留下一片片的尸体之外，别无他法。而他们的数量本来就很少，伤亡惨重之下，攻势也越来越微弱。

"你们的祖先一直在和翼人打交道，就没有什么办法让这个疯子停手吗？"安弃冲着族长嚷嚷道。

族长眉头紧皱："倒是有，最早的时候，我的祖先们也曾经把它们当作敌人，而试图同他们对抗。我们有一样祖先遗留下来的神器，或许能对付它，但是……但是时间不够了。神器的发动需要耗费时间。而且，它的反应非常快，就算使用神器，也不大容易打中。"

"我看这根柱子那么粗，至少要半个时辰才会被打断吧。"安弃说。

"你忽视了柱子本身的重量，"族长说，"那些伤口会在重压下不断扩大，如果再多一些裂缝，即便神……即便翼人停手，裂缝也会在自身的重压下不断扩张，超过……超过我们修补的速度。天长日久，登云之柱还是会彻底断裂、倒下。"

安弃狠狠骂了句什么，抱着头蹲在地上，脑筋飞速地转动。突然之间，他跳了起来，脸上的表情很奇怪："如果这家伙不打登云之柱，而是打烂你们的村子，没关系吧？"

族长凄然摇头："别说村子，拿我们全部族的命去换，又有何不可？"

"就等你这句话了！"安弃拍拍他肩膀，"无论如何想个办法让我靠近它，只要能靠近就行！"

族长看了他一眼，目光中稍有犹豫，安弃大吼起来："你没有别的选择了！横竖都是死，相信我一次吧，虽然机会很小，但这是唯一的办法！让我靠近它！"

族长的目光闪烁不定，但很快变得坚毅，重重点了点头。他用本族语言大声发号施令，立刻有二十来名战士奔到了跟前。

"跟着他们去！"族长说，"他们会舍弃性命帮助你！"

此时翼人的力量已经发挥到了极致。它二十多年来都被囚禁，被苦苦压制着，从身体里产生的力量全都一点一滴地被登云会教主所抽干，从来没有机会展示自身的强大。现在运功越猛，力量越是一点一滴地复苏，令它的心胸中充满畅快。它怒吼一声，双掌一齐推出，不远处的登云之柱上又印上了两个清晰的掌印，大块的碎石飞迸而出。

这才是我应该有的气势，它骄傲地想，在这片充满了小虫蝼蚁的大地上，我就是神，没有任何事物能够阻止我。眼前的这些人都只是虫子，污秽恶心的虫子，我要把它们全都消灭干净，我要让整个大地颤抖。

就在这扬眉吐气的时刻，它发现有一小队人在箭雨的掩护下悄悄靠近了。它轻蔑地一笑，有用吗？弓箭不能穿透我的身体，你们靠近了用刀枪就可以吗？它不动声色，等到人们靠近后，才猛地发力。这一下存心扬威，并没有直接攻击他们，而是像当年教主所做的那样，在沙地上制造了一个巨大的陷坑。那些战士们来不及躲闪，全都掉入了流沙中，迅速被吞没。他们在流沙中拼命挣扎，但越是挣扎，沉入得越快，不久之后就已经被沙子没过头顶，消失在了地下。

这些可怜的小虫子！翼人得意至极，仰天发出阵阵狞笑，完全没有注意到还有一个漏网之鱼。那个人伏在地上，一点一点地爬动，借助着众多尸体的掩护，慢慢挪到了靠近翼人的地方。当翼人又在登云之柱上拍下数掌后，才回头见到了他，正是那个用尸体的残片制作成的傀儡人——小木匠。

小木匠的手中举着一把锋利的匕首。想用这把小玩意儿来对付我吗？翼人觉得这简直可笑至极。但大大出乎它的意料，小木匠既没有朝自己冲过来，也没有拿匕首投掷。他竟然将匕首的锋刃对准了他自己的右腿，然后毫不犹豫地一刀扎在大腿上。

这厮疯了？翼人很纳闷，眼看着小木匠连续扎下三四刀，鲜血犹如喷泉，奔涌而出。看小木匠的脸，显然疼得够呛，但他还是坚持着下刀，从自己血肉模糊的右腿上生生挖出了一块肉。翼人虽然对于什么样的杀戮场面都不感惊奇，见到这个胆小怕事的小木匠居然如此勇悍，倒也略有一点佩服，本来已经准备好的一掌没有拍出去。

这一刹那的犹豫酿成了苦果。小木匠看来已经快疼晕过去了，脸上每块肌肉都在抽搐，浑身被汗水湿透，却仍然咬紧牙关，用完好的左腿支撑着站起来，手里捧起了那块刚刚挖出来的肉。这具身体只是用残尸拼凑起来的傀儡，却仍然有血有肉，有着属于自己的灵魂。

小木匠用尽全身的力气，大喊一声，把那块肉扔到了翼人面前。就在它纳闷的时候，一只肉眼几乎看不见的小虫子从里面钻了出来。该小虫体色雪白，伴有红色的道道纹路，类似一只飞蚂蚁。

赤纹龙蚁终于苏醒了。在那没有生命气息的躯体里禁锢了那么久，它一直都陷入沉睡中，没有办法出去寻找新的宿主。但现在，它终于摆脱牢笼，钻了出来。

周围的环境好像是沙漠，干燥、炎热，到处都是在空气中飞舞的黄沙，那是龙蚁极少到过的地方，但这没有关系。在什么地方都不重要，重要的是身边有活生生的动物，无论人，无论兽，只要有生命就行。

幸运的是，就在它身边就有一个生物，而且是它上百年的生命里从来没有见到过的庞然大物。那魁伟的身躯、健硕的筋肉，浑身上下散发出的旺盛精力，让龙蚁无比兴奋。这可真是个绝妙的宿主啊，龙蚁毫不犹豫地钻了进去。

几名战士冒死上前，把已经陷入半昏迷状态的安弃背了回来。易离离手忙脚乱地给他止血，但这伤口太深，而且伤到了动脉，根本止不住，她忍不住哭出了声。安弃微微一笑："别哭，我本来就是个死人，大不了再死一次。"

运功疗伤完毕的季幽然横了他一眼："祸害万年在，你没那么容易死。"说完用刚刚凝聚起来的一点真力，在他伤口上轻拂一下。伤口立刻被冻住，痛感也大大减轻了。

"你可真厉害！"安弃竖起大拇指称赞说。

季幽然神色黯然："别高兴得太早，我只能救你的命，却救不了这条腿。虽然血止住了，但腿上肌肉和血管在冰冻之下，会很快坏死。你这条腿……恐怕……"

易离离倒吸一口凉气，安弃却神色如常："丢一条腿总比丢一条命好。你看看翼人那副模样，就算躯体完好，又有什么用？"

此时战士们都停住了攻击，所有人都盯着翼人，无比地诧异。族长走到安弃面前，深深地鞠了一躬："尊敬的英雄，你成功了。"

安弃微微一笑，抬头看着半空中："是啊，我成功了，不过你们的家园也保不住啦。"

翼人发疯了，在众目睽睽之下发疯了。确切地说，在被赤纹龙蚁寄居后，它已经完全不能操控自己的身体，而只能听凭龙蚁幸福地享受着这具崭新的、比以往任何宿主都更加强大有力的身体。它忽而高高地冲上天空，忽而在地面上制造一个巨大的深坑，在他惊人的神力之下，那些石砌的房屋都像沙土一样脆弱不堪，一触即溃，整个狼族的村庄很快化为了废墟，无数人被它误伤而死。它每飞过一处，地面的黄沙都被卷起，恍如一场小小的风暴。

但人们顾不上去为村庄的倒塌而伤心，反而无限欣喜地发现，它真的没有继续攻击登云之柱了。它只是忙乱地、全无目标地四处冲击，发泄着无穷的精力，偶尔能打中登云之柱一两下，也完全是无意识的——那是赤纹龙蚁正在体验这一具新的躯体。这个世界上最具力量的翼人，以救世主的身份降临人间却一心想要毁灭整个大地的翼人，无论如何也想不到，自己会被最渺小的飞蚁所制伏。登云之柱就在它身边，他却只能徒劳地攻击其他的物体，徒劳地浪费自己的神力。他把这个世界上所有的生物都当成微不足道的虫子，却没有料到自己会栽在真正的虫子身上。

"村子毁了没关系，"族长高声喊道，"只要登云之柱还在，我们的大地就还在，我们的部族也永远不会消亡！勇士们，准备吧！"

安弃扭过头，就看到了族长所说的神器，见到它时，他忍不住笑了。那怎么能算是神器啊，根本只是一具比普通的弓弩大出数百倍的巨弓而已。作为一个手艺精湛的木匠，他很快就能判断出，该巨弓虽然样貌粗糙，设计却很巧，能够发挥出极大的冲击力。他几乎可以想象，在若干次劫难之前，当人们还不了解翼人的真相时，那些远古的狼族工匠是如何咬牙切齿地琢磨着这张巨弓，如何希望着这样的兵器能够阻止那些从天而降的入侵者，保卫自己的家园。他们都只是普普通通的凡人，与"神"沾不上半点边，所能依靠的只有群策群力的智慧，不懈努力的双手，以及永不屈服的意志，所谓的"神器"，只是一种精神上的鼓舞。现在，它终于有了派上用场的机会，而它的对手，正是创造者们的假想敌，来自天界的"神"。

拯救世界还是得靠木匠，右腿已经完全麻木了的小木匠安弃自豪地想。

巨弓被放在带有滑轮的木头架子上，推车的战士小心控制着方向，使它不至于在发射前就招致敌人的注意。一柄从上古时代就流传下来的比人体还粗的箭支被放到了弓上。几名战士一同操控着机关，全神贯注地瞄准。

"瞄准一点，别打偏了！"小木匠在一旁嘟嘟囔囔，"不会只有这一支箭吧，要是只有这一支就惨了。一定要小心……"

季幽然一把捂住他的嘴："当心我把你的嘴也冻起来！"

在小木匠不满的呜呜声中，所谓的"神箭"被射了出去。这支不带一点神力的凡俗的巨箭，带着神灵附体般的破空之响，划过布满血腥味的灼热沙漠空气，划过飞扬的黄沙与灰尘，准确地命中了翼人的胸口。

翼人的身体立刻被穿透了。箭支带着无可阻挡的冲击力，将它的身体穿在箭身上，继续向前飞行。"啪"的一声巨响，巨箭射到了登云之柱上，箭头深深没入了一个之前翼人造成的大窟窿里。浓稠的血液顺着胸前的伤口流出，涂在柱身上，流淌到石板上。翼人庞大的身躯就这样被牢牢钉在了登云之柱上，仿佛一个濒死的受刑者。

翼人微微张嘴，似乎还想说点什么，但鲜血不断从嘴里涌出，它已经说不出话来。它只是努力而艰难地侧过头，想要最后看一眼连接天地的登云之柱，看清楚这道通往家园的大门。但它的头只扭到一半，就不动了，生命的迹象完全消失，只剩下一具在半空中微微摇晃的尸体。

赤纹龙蚁感受到了宿主的死亡，它愤怒地、极不情愿地从尸体里钻出来，无奈地放弃了这具它生命中寄居过的最好的躯体，向着前方有很多活着的生物聚集的地方飞去。它看准了一个身体，正准备钻进去，忽然感到浑身被一阵寒气所包围。龙蚁感觉到了不妙，想要转向逃走，但那寒气越来越重，顷刻间把它冻结在了一粒小小的冰珠中。

安弃从季幽然手里接过冻成了冰的赤纹龙蚁，叹息一声："你们说这东西要是拿回中原去卖，得值多少钱哪！"

他手上用劲，把龙蚁捏成了粉末。在忽然平静下来的大漠中，伤痕累累的登云之柱依然沉默地屹立着。

4

三个月后。合安城。

安弃来到平南将军府外，犹豫片刻，还是决定不要上前通名。他现在的身份还是刺杀方惟远的通缉犯呢，贸然闯入实在不是明智之举。

但他确实担心。离开沙漠后他就听说，谢谦已经权倾一时，气焰嚣张到了极致，官职比他高的老家伙们都不得不忍气吞声。而就在今天，谢谦将要登门拜访方惟远。有小道消息说，谢谦手里"掌握了足够的方惟远结党营私阴谋叛逆的证据"。这一趟上门，很可能是图穷匕见，要将方老头儿拿下治罪。至于那些所谓的证据是真是假，谁管呢？反正不识时务的方惟远身边已经没什么盟友了，文武百官争相以站在谢谦这一边为荣。

所以安弃只能按照老传统，翻墙而入，这可费了大劲。好在这座府邸于他而言熟门熟路，所以还是很容易地在一棵大树上找到了藏身之所。他忧心忡忡地等待着，听见谢谦好大的阵势进了府门，听见方惟远咳嗽连连地出来迎接。他从树梢后略探出头，看见方惟远站得倒是笔挺，神情也还是不减倨傲，但脸色蜡黄，头发又白了许多，而且两腿也在轻微地颤抖，显然身体状况不可能回复从前了。谢谦则仍然是满面微笑，礼数周全，一副胸有成竹的样子。两相比较，看来胜负已分。

两人开始激烈的言辞交锋，不外乎是些"去年十月你与某国某某某在某地秘密接触""你他妈的放屁"之类可以想象的你来我往。这种争辩到了最后，必然是谢谦霍然翻脸，把方惟远当场扣押。他想要上前解救，想想以自己的本事，上去了也只能白白搭上一条性命，心里不由得充满焦虑。

果然谢谦说到最后脸色一变，大喝一声，活脱脱是说书人故事中的台词："那就休怪我无情了！"安弃心里叫苦，眼见着谢谦抬起手来做出手势，身后的卫兵立即猛扑上前。然后……

　　然后他们出手按住了谢谦。士兵们一拥而上，七手八脚地把谢谦制服了。谢谦不知所措，嘴里愤怒地呵斥着，但没有人听他的命令。

　　安弃看着这惊人的一幕，目光转到了方惟远身上，更是吓了一跳。方惟远刚才那副衰迈的老态忽然间消失得无影无踪，又恢复了他当年老当益壮的外表。他轻蔑地哼了一声，说起话来中气十足："你以为你那几个三脚猫的刺客，就能伤得了我？那不过是我故意诈伤设的局，要引你上钩。"

　　"这些日子来那些投靠你的人，也都是我们的安排。他们要么手里有实权，要么是王公大臣的子嗣，对你都是很有用的，所以你为了尽快扩大自己的势力，一定会着意接纳和重用他们，这样一来，你的身边慢慢安插的都是我们的人了。你以为你手握大权，实际上，你只是个空架子而已。"

　　谢谦面无人色，嘴唇哆嗦着，颓然垂下头去："你赢了。"

　　方惟远哈哈大笑，最近数月来诈伤装病，实在把他憋得够呛。现在一番苦心没有白费，终于解决掉了心腹大患，实在够他好好笑上一阵子。

　　但笑了几声后，旁人都发现不对劲，不远处的一株大树上，居然也传来一阵年轻人的笑声。方惟远循声望去，就看见了小木匠的脸。此人趴在树上，笑得上气不接下气。

　　"我真是小看了你，"安弃拼命想止住笑，"你刚才装成个病老头儿的样子，真像。"

　　方惟远在书房里听安弃讲完了大漠中惊心动魄的遭遇，眉头微微皱了起来。

　　"关于登云之柱……我们……我们有……"他一时不知该怎么说。人类的劫难已经是确定无疑了，但他能做什么，天下人又能做什么？

　　"我们商量过很多次了，"安弃说，"虽然不知道多久之后才会发生，但让子孙后辈傻傻地等死，总不像是万物之灵的作风。也许我们可以重建一个登云会。"

"想干吗？"方惟远一怔，"也想造反不成？"

"我就是想造反，有您老在也不敢哪，"安弃赶忙拍马屁，"我想，总得有一种温和的方式，把这件事一点一点地透出去。就算灾难不可避免，提前做好准备，多活下来一些人，多保留一些东西，也是好的啊！总比死得一塌糊涂什么都不知道强吧。而且说不定，我能想办法通过登云之柱到天界去一趟，和翼人们谈谈。"

方惟远像不认识一样看着他："你的胆子真是越来越大了。"

安弃一笑："我根本都不能算是个人，还有什么好怕的？"

方惟远心里一沉，他想要安慰几句可怜的小木匠，却又发现没什么话合适，况且他向来不擅长此道。小木匠反过来劝他："放心好了，我早就想明白了，管我是从哪儿来的，有什么关系呢。现在我还能吃饭睡觉，还能到处捣乱，能用我的脑子把那么厉害的翼人给干掉，还能勾搭姑娘，和真正的人也没什么区别。不对，应该是我比真正的人还要厉害才对。"

"净会吹牛，你还真是想得开呢。"方惟远哼了一声。

"想得开也好，想不开也罢，我终究还是我，"安弃认真地回答，"我过去也曾经迷惘过，彷徨过，不知道自己究竟是个什么玩意儿。但最后我还是想通了，无论怎样，我就是我。什么身份、什么来历、什么血统，不能影响到我分毫。就像不管天与地如何运转，不管大地的下一次劫难什么时候来临，我们总得活下去。我还年轻，有很多事要去做，还能去勾搭姑娘哪！"

方惟远终于有了一丝笑意："和你在一块儿的那两个姑娘？你想勾搭哪一个呢？"

"两个都想要！"安弃厚颜无耻地回答。

方惟远摇摇头："我虽然没见过她们，但听你的描述，这两个姑娘可没一个好对付的。当心竹篮打水一场……"

他这个"空"字还没出口，心里忽然想到了儿子方仲。方仲如果还活着，也差不多该到谈婚论嫁的年纪了，也不知道这个犟儿子会听从父母之命呢，还是会像安弃一样自己去追求自己的幸福呢？

安弃看出了方惟远目中的感伤，猜到他想起了什么，不敢吭声了。但他很快发现，方惟远望向他的眼神中不再有昔日的切齿仇恨，而是有一种他从未体会过的父亲般的慈爱。恍惚中，他有一种错觉，自己是在代替方仲好好地活着。

"年轻人，放手去做自己想做的事吧。"方惟远的语气已经俨然像是一位严厉的尊长教诲自己的后辈。安弃不再多话，告辞出去，并顺手掩上门。方惟远并没有送他。

走出书房门口后不久，安弃忽然听到门响。一回头，白发苍苍的老将军正站在门口。

"有空的时候，过来看看我，"老头儿的语气很平淡，"还有，下次再来，走大门，谁也不会拦着你的，别老干些翻墙上树的事，对你的……腿……不大好。"

安弃咧嘴一笑，挥了挥手离去。他的步伐不慢，但走路姿势略显奇怪，右脚踩在地上，发出木头点地的清脆响声。